絶体絶命文芸時評

佐々木敦

絶体絶命文芸時評

目次

文芸時評

2015-2020

滝口悠生「ジミ・ヘンドリクス・エクスペリエンス」
多和田葉子訳「変身《かわりみ》」
星野智幸「呪文」

前口上的な文言を記したほうがいいのだろうか。

わたしはいまだもって「文学」なるものが結局のところ何であるのかを知らないし、知るための努力もさほどしていないと思う。だがそれでも「文学」の専門誌ということになっている文芸誌や、そこから生まれた「文学」の本などなどを、あれこれ読んでみることはできる。読んでしまえば何かを考えたりもするし、考えたことを書けもする。そうして自分が書いたことをたまたま読んだ誰かが、まだ知らない世界へと誘われたり、知っているはずの世界の見方が変わったりするといいなと素朴に願っている。そうしたことに比べたら、そもそも「文学」が何であるのかなんて、大した問題ではない。

滝口悠生《ゆうしょう》の中編「ジミ・ヘンドリクス・エクスペリエンス」（「新潮」）は、2001年の9月末、当時大学1年生だった「私」が、ひとりバイクで東北を旅した時に体験した幾つかの出来事を、いまや妻子もある2015年の時点から回想しながら、そのあいだに位置する複数のエピソードを交え、あの頃から現在までに横たわる短くはない歳月が、どのように過ぎ去ったのかに思いを馳《は》せる、という小説である。こう書くとなんだかややこしいが、実際はもっとややこしい。時間軸はやたらとあっちこっち跳び回るし、あからさまな省略や欠落もある。まるでいま目の前にあるかのように克明に覚えていることと、ぼんやりとしか思い出せないことと、すっかり忘れて時間の底に消えてしまったこと。かと思えば、とつぜん蘇《よみがえ》ってくる記憶だってある。つまり、思い出すとはどういう行為なのか、がこの小説のテーマである。高校時代の破天荒な美術講師との恋。大学の先輩への片思い。自主映画を撮る親友。いわきで出会った東京電力に勤める男たち。仙台のアーケード街でジャンベを叩《たた》くストリート・ミュージシャン。酔っぱらいのおじさん。途切れ途切れに語られる挿話はいずれも魅力的だ。

　題名は不世出のギター・ヒーロー、略称ジミヘンが率いていたバンド名だが（「私」がジミヘンに影響されてライブでギターを燃やし、エスカレートして焚《た》き火しながら演奏するようになる展開には爆笑した）、ジミヘンが得意としたフィードバック奏法のように、幾つもの思い出が増幅されながら回帰してきては、また遠くへと戻ってゆく。全部がうまくいっているわけではないとしても、とても好ましい作品だと思う。この小説が描く時間には「2001年9月11日」と「2011年3月11日」が含まれている。どのように描かれているのかは、ぜひ読んで確かめてみてほしい。

　多和田葉子によるフランツ・カフカの新訳「変身」（「すばる」）は、「へんしん」ではなく「かわりみ」と読ませる。多和田は長年ドイツに住んでおり、日本語と独逸《ドイツ》語の両方で作品を発表しているが、こうした翻訳はほぼ初めてではないか。しかも相手はカフカである。冒頭はこうだ。「グレゴール・ザムザがある朝のこと、複数の夢の反乱の果てに目を醒《さ》ますと、寝台の中で自分がばけもののようなウンゲツィーファー（生《い》け贄《にえ》にできないほど汚《けが》れた動物或《ある》いは虫）に姿を変えてしまっていることに気がついた」。ウンゲツィーファーはこれまで害虫とか毒虫と訳されてきたが、多和田は語源に遡《さかのぼ》って、より多義的な意味合いを残している。

「変身」の日本語訳は複数存在しているが、多和田の言葉選びは妙にゴツゴツとしていて、けっして悪い意味でなく、読み進めながら何度も引っかかった。近年流行の「古典新訳」的な読み易《やす》さとは一線を画しているが、かといって「小説家による翻訳」ということだけで理解するべきものでもないように思う。逐語訳とも超訳とも異なる、多和田がカフカを読む声が、原語と日本語で二重に聞こえてくるような翻訳だ。

カフカが「変身」を書いたのは１９１２年だから、すでに１００年以上が経《た》っているわけだが、かつて「不条理」などと呼ばれたグレゴール・ザムザの運命、そして彼の変身に翻弄《ほんろう》される家族の運命は、いまや何度目かの新たなリアリティーを映し出しつつあるように思われる。近未来のグロテスクな日本の姿を幻視した問題作「献灯使」（講談社）に続く多和田の仕事が、たまたまではあれ、これであったことは、よくよく考えてみるに値するのではないか。

星野智幸の長編一挙掲載「呪文」（「文藝」夏号）は、時代の変化に取り残され、急速に寂れつつあった商店街に現れた救世主と、彼の思想の不気味な正しさが、生きにくさと自己承認欲求に喘《あえ》ぐ若者たちを無意味な（だが、それゆえに意味があるとされる）自死へと煽動《せんどう》してゆくプロセスを、巧みな構成で物語る。舞台は小さな町だが、作者が見ているのはもっと大きな何かだ。それはかつては不条理と呼ばれたものかもしれない。しかし今、それは単に「現実」と呼ばれる。

2015.4

上田岳弘「私の恋人」
文學界新人賞
乗代雄介「十七八より」
高橋弘希「朝顔の日」

第28回三島由紀夫賞は、上田岳弘《たかひろ》「私の恋人」（「新潮」４月号）に決まった。上田は２０１３年に「太陽」で新潮新人賞を受賞してデビュー、芥川賞候補に挙げられた第２作「惑星」と併せた最初の作品集「太陽・惑星」が刊行されている。「太陽」も三島賞候補になっており、三つ目の作品で大きな賞を射止めた。ＳＦ的とも評されるその作風は、人類史と地球儀と進化論を丸ごと包含せんとする超マクロなスケールの寓話《ぐうわ》を、なんともユニークな仕方で個人（たち）の物語に圧縮する。

「私の恋人」は、前２作と同様、単純素朴な題名とは裏腹に、実に一筋縄でいかない作品である。この小説の「私」は、生まれ変わりを繰り返している。１人目の「私」は、10万年前に生息していた、未来の何もかもを予知し得るほどの高度過ぎる知性を持ったクロマニョン人、２人目の「私」はナチスに命を奪われたユダヤ人ハインリヒ・ケプラー、そして３人目はＩＴ系の会社で働く井上由祐35歳。この３人目の「私」には過去の２人の記憶がある。井上こと「私」は、キャロライン・ホプキンスという女性と知り合う。本人は知らないが、彼女は１人目の「私」の空想の産物であり、２人目の「私」が独房で思い続けた女性でもあり、つまり三重になった「私の恋人」なのであった。彼女は「私」に、高橋陽平という男と「行き止まりの人類の旅」の二周目をしてきたと話す……奇抜な設定と不可思議な挿話が複雑に織り合わされたストーリーは要約を拒む。まだ生硬な部分もあるし、さすがにもう少し分かりやすく書けるのではないかという気もしなくはないが、いつかトマス・ピンチョンばりの巨大な傑作をものにしそうな、期待の新人である。

新人といえば、2誌の最新号で新人賞が発表されている。文學界新人賞は加藤秀行「サバイブ」と杉本裕孝「ヴェジトピア」の2作同時受賞。前者は外資系エリートの友人2人が住む「三階建ての３ＬＤＫ」に「主夫」として居候しているベルギービールの店で働く男に、やはり外資系キャリアの恋人ができる話で、登場人物全員が「勝ち組」という設定は逆張りめいていて面白いし、描写も会話も達者で洒脱《しゃだつ》だが、ラストをありがちで無難な倫理で落としてしまっている感は拭えない。後者は自分を植物だと思っている女性が花屋を営む吃音者《きつおんしゃ》の夫の子を妊娠する。彼女は清掃サービスの仕事で、植物屋敷と呼ばれている家に出入りするようになるのだが、そこには植物状態の老婆《ろうば》が居た。彼女は「植物婆」のふりをして夫に手紙を出す。すると意外にも返信があり、奇妙な偽文通が始まる。同じ文學界からデビューして「乙女の密告」で芥川賞を射止めた赤染晶子に、ちょっと似た雰囲気がある。だが赤染のように、語りが徐々に変質していって、えたいの知れない場所に迷い込んでしまうような不気味な優雅さには、まだ程遠い。

群像新人文学賞の乗代《のりしろ》雄介「十七八より」は、こんなふうに始まる。「過去を振り返る時、自分のことを『あの少女』と呼ぶことになる。叔母はそういう予言を与えた。そのとき彼女はまだ生きていて、だから今はもういない。親族中を三代さかのぼっても見つからない癌《がん》だった。これは、人どもが様々な意味で頻々と出入りしている特別病室で姪《めい》に最期の言葉を告げようという時、他の親族を冷え冷えした廊下に追いやらざるを得なかった二人の関係にまつわる記述である」。凝った文体と才気走った饒舌《じょうぜつ》が、延々と続く。叔母と姪の、まるで観客に聞かせているかのような芝居がかった会話には、文学的／文化的な引用、参照、目配せが大量に注ぎ込まれており、そうしたものが好物の読者には読みごたえ抜群と言えるが、そうしたものしかないということをどう受け取るかは微妙なところではある。「あの少女」と、両親と弟、教師たち、男子学生との、肥大した自意識を互いに突つき合うような関係も、思わせぶりの域を出ていない。文彩や蘊蓄《うんちく》で飾り立てた部分よりも、大学病院の老婦人のエピソードなど、むしろごく普通に出来事を語ろうとした時の言葉の追い込まれぶりに、光るものを感じる。とはいえ、久しぶりに新人らしい新人と言っていい。

　上田岳弘の次に「指の骨」で新潮新人賞を受賞、新人らしからぬ筆致で「戦争」を描いて芥川賞候補にもなった高橋弘希が、第2作「朝顔の日」（「新潮」）を発表している。やはり舞台は戦時中で、北国の山上にある病院にTB（肺結核）で入院中の妻を見舞う男の心象を描く。選ばれた時代背景にばかり目が行ってしまうが、この作家がやろうとしていることは、おそらくもっと観念的な作業である。そしてそこには、良くも悪くも、というただし書きが付く。いくらでも感傷的になり得る物語を、ぎりぎりで引き留める抑制ぶりには感心させられた。

2015.5

金原ひとみ「軽薄」

「文學界」特集「『反知性主義』に陥らないための必読書50冊」

「群像」特集「対話」

福永信「未来を生きる君へのダイイングメッセージ」

金原ひとみの４００枚長編一挙掲載「軽薄」（「新潮」）では、社会的成功者の夫と、小学生の可愛《かわい》い息子があり、彼女自身もスタイリストとして華やかな業界で働く女主人公のカナ29歳が、姉の子供である大学生、弘斗19歳と肉体関係を持つ。叔母と甥《おい》の不倫の始まりは弘斗の突然の激情によるもので、カナには思いも寄らなかった筈《はず》だが、それにしてはあまりにも自然に2人は抱き合うし、それは一度きりでは終わらない。カナは10代の頃、愛情と憎しみの区別がつかなくなる破滅的な恋愛の果て、男がストーカー化し、ナイフで刺された経験があった。そのショックから立ち直る過程で現在の夫と出会い、それ以後は平穏で充実した人生を送ってきた。ではなぜ彼女は甥の求めに応じてしまうのか。一方、弘斗は10歳も年の離れた叔母への慕情と忠誠を繰り返し口にする。彼は最初から「二人で海外で暮らさない？」とまで言う。一見、非の打ちどころのない好青年である彼は、いったい何を考えているのか。だがこれは金原ひとみの小説なので、許されぬ恋の顛末《てんまつ》をドラマチックに波打たせてゆくよりも、カナが彼女の脳内世界において、現実に起こる出来事や、やがて露見する幾つかの隠された事実に対して、如何《いか》なる屈託と納得を繰り広げてゆくのか、が焦点となる。

　そこで重要なのは、題名に選ばれた「軽薄」ということである。小説の終わりになって、ようやくこの語は出てくる。「私はこの思いに全てを差し出すだろう。軽薄の上に築き上げてきた全てを、差し出すだろう」。カナは「軽薄」と「この思い」を鋭く対立させる。だが、敢《あ》えて問わねばならない。彼女は正しいのか？何を軽薄と呼び、誰が軽薄であるのか。何が軽薄でなく、誰が軽薄さを免れているのか。この作家の小説は、いつもヒロインにべったりと寄り添っているようでいて、読み進むうちに、ひょっとすると書き手自身もはっきりとは意識していないのかもしれない、微妙な、だが無視し難い「彼女」への距離感を、そこここに生じさせてくる。これまた例外ではない。題材も道具立ても限りなく通俗的であるにもかかわらず、ここには「文学的」としか呼びようのない不可解な手触りがある。


　文芸誌も雑誌である以上、毎号なんらかのトピック、いわゆる「特集」があったりする。今月は「文學界」が、50人もの学者や評論家を集めて「『反知性主義』に陥らないための必読書50冊」（私も寄稿した）を、「群像」が特集「対話」と銘打って、小野正嗣とＳＭＡＰの稲垣吾郎、古井由吉と堀江敏幸、穂村弘と小澤實と小池昌代の対談鼎談《ていだん》を掲載している。前者は、今や流行語化している「反知性主義」の参加者それぞれの定義と捉え方の違いや、本を選ぶにあたって「文芸誌」の特集であることを意識しているかどうかなど、単なるブックガイドとはひと味違う読み応えがある。後者は特集と呼ぶには本数的に物足りないが、テレビ番組出演をきっかけに実現したという小野稲垣対談の、お互いの仕事への敬意に満ちた誠実な言葉の交わし合いには、これがけっして只《ただ》の客寄せ企画ではないことが窺《うかが》えて好感を持った。

　さて、今月最大の問題作は、福永信「未来を生きる君へのダイイングメッセージ」（「すばる」）である。福永は昨年1年間にわたって「文學界」の「新人小説月評」を担当して、明敏な批評眼とシャープな舌鋒《ぜっぽう》を披露し、現今の文壇きっての前衛的／実験的な小説の書き手が、同時にきわめてすぐれた小説の読み手でもあることを鮮やかに証明してみせた。退任して久々に自ら長めの小説を発表したわけだが、これがすごい。

形式としては、雑誌のライターの「おれ」の独白である。或《あ》るビルの地下に変死体があるので見てきて原稿に書けとメールで依頼された「おれ」が、そこに行ってみると実際にうつぶせで血を流して倒れている人間がいた。だがその男はまだ死んでおらず、ふと見れば自分の血をインク代わりにして指で地面に文字を書いている。いわゆるダイイングメッセージというやつである。ならばミステリ仕立てかと思いきや、その「仏さん」は血文字で「おれ」とあれこれ会話を交わすばかりか、死にかかったまま異様な長文でわが身に起こった事件を延々と語り続けるのだ。こんなことがあるわけないとか、さすがにもう死んでるでしょとか、当然のツッコミが何度も頭をよぎるが、むろん何もかもが確信犯なのである。だが、作者の狙いはブラックユーモアでもナンセンスでもない。ここには「書くこと」と「読むこと」の関係、そして「（物）語ること」にかんする込み入った考察が、あからさまに潜在している。落語めいたばかばかしさの底に、福永信の小説論が押し込められているのだ。「今」を「人ラ」と、「言」を「二一一口」と書くのも面白い。

2015.6

第153回芥川龍之介賞
村田沙耶香「消滅世界」
綿矢りさ「ウォーク・イン・クローゼット」
原田宗典「メメント・モリ」

第153回芥川龍之介賞は、羽田圭介「スクラップ・アンド・ビルド」（「文學界」3月号）と又吉直樹「火花」（同2月号）に決まった。羽田は4度めの候補、又吉は文芸誌デビュー作での受賞である。精神的活劇介護小説とでもいうべき羽田作品、2人のお笑い芸人の長年の交情を悲哀と狂気と滑稽の入り交じった筆致で描いた又吉。羽田は今後も安定した仕事ぶりを見せてゆくだろう。又吉は2作目がいつ読めるか。人気芸人の受賞が「文学」に齎《もたら》すものよりも、いきなりの芥川賞が、この出てきたばかりの新人作家に、何を与え、何を強いてゆくのかが気になる。短いものでもいいので、とにかくコンスタントに書いてゆくことを望みたい。

村田沙耶香の長編一挙掲載「消滅世界」（「文藝」秋号）は、昨年評判を取った「殺人出産」に続く、異様な設定のディストピア小説である。今度もテーマは「出産」だ。近未来の日本、戦争（どうやら第3次世界大戦らしい）で新生児が極端に減り、その対策として人工授精が飛躍的な進化を遂げた。戦後もその状況は加速し、今では交尾（性交とは呼ばれない）で妊娠するケースは稀《まれ》になっている。それどころか交尾する人間自体、急速に減っており、特に夫婦間の交尾は近親相姦《きんしんそうかん》と呼ばれて忌み嫌われている。恋愛と結婚と出産のあいだの繋《つな》がりが完全に切断された世界。珍しく両親の交尾で産まれたヒロインと、その夫（もちろん2人は交尾などしない）は、実験都市千葉に移住する。そこでは男性も出産が可能になる新技術が試行されている。産まれた子は「子供ちゃん」と呼ばれてまとめて育てられ、誰もが「おかあさん」として「子供ちゃん」全員に愛情を注ぐことが義務化されている。性的関係、配偶関係、家族関係が次々と「消滅」し、種の保存としての再生産＝出産のみが残される……グロテスクな思考実験は、しかし妙なリアリティーを持っている。それはもちろん少子化が加速度的に進む日本の現状に照らしつつ読んでしまうからだ。ひとつのアイデアをとことん突き詰めていくだけの作品だが、こんなやり方でないと出ない迫力がある。村田は今どき、問題作らしい問題作を書ける貴重な才能だと思う。

　綿矢りさの「ウォーク・イン・クローゼット」（「群像」8月号）は、村田作とは対照的、と言ってしまうと誤解を招くかもしれないが、こう言ってよければ、とにかく問題作にだけはするまいという作者の意地（？）のようなものを感じさせる。ヒロインは28歳のOLで、半年前に別れてから新しい恋人を探している。彼女が武器とするのはもっぱら洋服で、いわく「年齢に合わせて似合う服は変わると分かってはいても、ガーリーで清楚《せいそ》なモテファッションを卒業するのは彼氏ができてから」。彼女の今いちかんばしくない恋活模様に、ランジェリーモデル出身で最近は芸能人としても顔が知られてきている親友のだりあや、昔アタックして玉砕した年下のショップ店員のユーヤなどが絡みつつ、物語は進行する。

　最初の1行さえ目に入れてしまえばあっという間に最後までするすると読み切ってしまう卓抜なリーダビリティには毎度敬服するが、しかし私が知りたいのは、一体いかなる動機が綿矢にこれを書かせたのかということである。これだけの達者な技があるのだから、村田ほどでなくてもいい（誰もが村田になったらそれはそれで困る）、ほんの僅《わず》かでもいいので何ごとか「問題」らしきものを潜ませてほしいと思うのは無い物ねだりなのだろうか。

原田宗典「メメント・モリ」（「新潮」8月号）は、「十年ぶりの復活作」だという。「私は今、何を書こうというあてもなしに、これを書き始めた。こんなふうにして書くのは初めてだ」。この冒頭の一文をそのまま受け取る必要はないが、ともかくも一見とりとめなく、無頼派というか破滅型というか、いっそ「ダメ」と呼んだ方がよさげな作家の「私」の身に起こったさまざまな、コミカルだったりシリアスだったり、時にはホラーぽかったりあからさまに反社会的だったりする数々のエピソードが、数十年という長い時間を自在にあちこち跳び回りながら綴《つづ》られていく。題名は「死を想《おも》え」であり、全体を「死」の記憶と予感が濃く薄く覆っているのだが、描かれているのは明らかに悲惨な方向の話ばかりであるにもかかわらず、読後感は奇妙に爽やかなのだ。作者の物腰というか、その書きぶりは最初から最後まで歴然として「ダメ」なままなので、こんな言葉は似つかわしくないのかもしれないが、傑作である。どこまでが事実と照応しているのかはわからないし、どうでもよい。全てが事実でも、全てが嘘八百《うそはっぴゃく》でも、この小説の価値は変わらない。

2015.7

「戦争」特集／「早稲田文学」特集「広島について、いろんなひとに聞いてみた」
早稲田文学新人賞
川上未映子「苺ジャムから苺をひけば」
三輪太郎「憂国者たち」

毎夏のことだが、文芸誌数誌が「戦争」を特集している。「文學界」９月号は「戦火は遠からず」と題して、高井有一原作の映画「この国の空」公開に合わせた主演女優、二階堂ふみのインタビューとグラビア、脚本監督を手掛けた荒井晴彦の寄稿、映画とは別の青来有一と堀川恵子の力のこもった論考など。「すばる」の特集は「戦争を、読む」。古井由吉のインタビュー、加藤典洋、林京子、堀江敏幸のエッセー、大岡昇平の「野火」を映画化した塚本晋也監督のインタビュー、アンケート企画「戦争を知るための一冊」など、盛り沢山《だくさん》の内容。

「文學界」の方がやや中身が薄いのは、同誌掲載でダブル芥川賞の「又吉直樹・羽田圭介スペシャル」が急《きゅう》遽《きょ》入ったからだろう。受賞をネタにした羽田の掌編「成功者Kのペニスオークション」が実に人を喰《く》っていて面白い。せっかくの「芥川賞受賞第一作」を、こんなひどい話で済ましてしまうのは、かつて阿部和重が「グランド・フィナーレ」でデビュー十年を経て遂《つい》に芥川賞を貰《もら》った後、受賞第一作として書いたのが、いまだに単行本未収録の問題作「課長島雅彦」だったという一件以来ではないだろうか。受賞後の振る舞いを見ていても、どうも羽田にはかなり変なところがある。芸人の又吉直樹の方が、ずっと常識人に思えてくる。

「早稲田文学」秋号の特集は「広島について、いろんなひとに聞いてみた」。大江健三郎インタビューを中心に、堀川恵子と重松清の対談、小山田浩子と市川真人による広島東洋カープの栗原健太インタビューなど。マイケル・エメリック単独選考による早稲田文学新人賞も発表されている。受賞は二名。「贄《にえ》のとき」の中野睦夫が七十八歳、「小悪」の桝田豊が三十九歳。「abさんご」で同賞を受賞した黒田夏子が当時七十五歳なので、中野は最高齢記録を更新したことになる。そして黒田とはタイプが異なるが「贄のとき」もかなり前衛的な作品である。

長年、会うことのないまま経済的援助を受けてきた父親を訪ねて、庶子の「わたし」は父親が「局長」として勤務する役所にやってきたが、すでに退職したと言われる。しかし父親は「裏の局長」として今も役所内に棲《す》んでいるかもしれないというのだ。「わたし」は父親の存否を明らかにするべく建物内を彷徨《さまよ》い始めるのだが……。エメリック氏も選評で書いているように、すぐに思い浮かぶのはカフカと安部公房だが、その系譜に属する残雪や小山田浩子とも共通する感触がある。今となっては古典的ともいうべきシュールさ、不条理感を懐かしく感じつつ読み進めていくと、ラストに唖然《あぜん》とさせられるトンデモない展開が待っている。

「小悪」は、一九八七年、地方都市の子供たちの小さな悪とその余波を淡々と描いている。好作だが、こちらは妙に枯れていて、一瞬、作家と作品が入れ替わっているのではないかと思ってしまった。

川上未映子「苺《いちご》ジャムから苺をひけば」（「新潮」9月号）は、「ミス・アイスサンドイッチ」（「新潮」13年11月号）の続編である。前作で小学四年生だった主役二名は六年生になっており、語り手が「ぼく」こと麦くんから「わたし」ことヘガティー（おならが紅茶の匂いがしたということからつけられた失礼な渾名《あだな》）に変わっている。ヘガティーは母親を早くに亡くし、映画評論家であるらしい父親と二人暮らしなのだが、ある日ネットで、父親が母親の前に別の女性と結婚しており、一女をもうけていたことを知ってしまう。思いも寄らぬ事実にショックを受けた彼女は父親に不信の念を抱き、麦くんの助けを借りて、自分と半分だけ血の繋《つな》がった「姉」を探し出そうと思い立つのだが……。駆け抜けるようなテンポと瑞々《みずみず》しい言葉の選び方に魅せられて一気に読み終えた。今月最良の作品である。なお、前作を読んでいなくても問題はない。

三輪太郎の長編一挙掲載「憂国者たち」（「群像」9月号）は、文芸批評家でもある三輪の、小説の形を借りた最新評論ともいうべき作品である。大学で近代日本文学を講じる「私」のゼミ生の男女、「橘アカネ」と「鷲見恭一朗」は、以前付き合っていたのだが別れて以来、妙に反目し合っている。アカネは卒論のテーマに三島由紀夫を選び、三島の自決を肯定的に捉えようとする過程で、ボスニア・ヘルツェゴヴィナの内戦で虐殺に関与したとされるセルビア人共和国の元大統領ラドヴァン・カラジッチが三島を読んでいたことを知り、サラエヴォへと調査に旅立つ。一方の鷲見は、ネトウヨへの興味から謎の右翼集団「昭和鏡」と出会い、その独特の教義に惹《ひ》かれてゆく。どこまでが事実や資料に基づき、どこからが虚構なのか判然としない部分こそが読みどころである。「群像」は「戦争」特集をしていないが、この作品をもってそれに代えたということだろう。

2015.8

筒井康隆「モナドの領域」／赤坂真理「大津波のあと」
谷崎由依「幼なじみ」
「文學界」特集「酒とつまみと小説と」
「すばる」特集「国民のための新しい道徳教科書」

　今月は何をおいてもまずは筒井康隆「モナドの領域」（「新潮」10月号）を取り上げないわけにいくまい。著者自身の言葉として「最高傑作にして、おそらくは最後の長篇」と予告された三百三十枚一挙掲載。発売前からインターネットを中心に大きな話題となり、早々に「新潮」は増刷を決めた。

　この小説に登場するのは、全知全能の存在、すなわち「神」である。物語は、ある街の河川敷で女の片腕が発見された事件から幕を開ける。商店街のベーカリーで、アルバイトの美大生が、それとそっくりの右腕をパンでこしらえる。パンは評判を呼び、次々と客が詰めかける。美大生は恐らく犯人ではなく、なぜそんなことができたのかはわからない。やがてベーカリーの常連である美大の老教授が、奇妙な言動を取り始める。彼はひとびとに対して、これから起こる出来事や当人以外には知る由もないことを次々と言い当て、自分はこの世界の何もかもを知っており、あらゆることが自分には可能なのだ、と告げる。つまり、神である。

　だが、この神は宗教的な神ではない。そんなものは所詮《しょせん》は人間の考え出したものでしかないと彼は言う。そしてこの小説は、この神（と呼ぶしかないような何か）の存在をめぐって、ディープな哲学的論議に足を踏み入れてゆく。とはいえ、それはけっして堅苦しいものではない。この作者ならではの、物語自体の推進力と人物造形の面白さに乗せられて一気に読み終えた時、読者は「最高傑作にして、おそらくは最後の長篇」という大胆不敵な言葉のほんとうの意味を知ることになる。そして「神」とはいったい誰のことなのかも。ラストシーンは、筒井康隆の長年の愛読者ならば涙を抑えることができないだろう。私も、そうだった。

同じく「新潮」の赤坂真理の中編「大津波のあと」は、中年に差し掛かった孤独な男性新聞記者の元に、先の震災後に避難所で出会った「ふたば」というこどもから、四年ぶりに不思議な便りがある。謎めいたメッセージが記された招待状と、ギターのピックの半分。どうやら現在のふたばは「DJテレキャスター」と名乗り、陸前の海浜でレイブ(ダンスミュージックの野外フェスティバル)のような催しを計画しているらしい。記者は記憶に誘われるように北へと向かう……。『東京プリズン』以来の本格的な小説であり、あくまでも個のヴィジョンを通してアクチュアルで歴史的な主題に突破する力業は今回もさえているが、登場人物たちがそれぞれに抱える複雑な背景がいずれも高速の内的独白のみで語られており、『東京プリズン』のような大作になるべき作品を何分の一かのサイズに圧縮したかのような物足りなさも感じてしまった。素朴な感想として、もっと読んでいたかった。

今や独自のカルチャー誌路線をひた走る「文學界」の10月号特集は「酒とつまみと小説と」。柴崎友香と島本理生と村田沙耶香の「日本酒女子会」鼎談(ていだん)。角田光代、池内紀、菊地成孔《なるよし》、坪内祐三、島田雅彦、山田詠美などなど総勢二十七名による「グラスを傾けながら読みたい名文撰《せん》」、極上つまみ小説と銘打たれた戌井《いぬい》昭人と藤野可織の短編など。「文學界」はさらに「名門校国語教師が芥川賞で試験問題を作ってみた」という企画もやっている。やはり特集主義に傾く「すばる」10月号は「国民のための新しい道徳教科書」。瀬戸内寂聴の巻頭言、中島京子と姜英淑《カンヨンスク》の対談、小野正嗣の講演、松浦理英子のインタビュー、高橋源一郎の小説「M氏のこと」など。文芸誌とはいえ、読み応えのある特集であれば、いくらやってもらっても構わない。

谷崎由依の百六十枚の中編「幼なじみ」（「群像」10月号）は、実質的には夫婦でありながら入籍はせず、子供も作らず、かつては友人たちも一緒に住んでいた一軒家にそれぞれ部屋を持って、恋人＝夫の「翔太」と同居している「笑子」の前に、「林田累」という女性が、小学校の同級生だったと言って現れる。しかし彼女は同一人物とは信じられないほどの美女に変貌しており、性格も変わっていた。売り出し中のライター「林かさね」になっていた林田累は、笑子と翔太に急速に接近する。

明け方に鴉《からす》の死骸が郵便受けに投げ込まれる冒頭の場面から、不穏で不吉な予感がひたひたと小説を覆っており、雰囲気はともすればホラーに近い。だが、それでも決定的なカタストロフはなかなか到来することがなく、そのことがかえっておそろしい。濃密な心理劇であり、力作だと思う。惜しむらくは、ここ一番、もっと描写で追い込むべきところを、むしろ言葉を削ってムードに流してしまっている。そうされると、まるで小説が、急に映画に変わってしまったかのような戸惑いを感じる。ラストシーンもいわば映画的だが、ちょっと作り過ぎと思わなくもない。もっとも、この終わり方を捨てるのは難しかっただろう。

2015.9

文芸誌四誌新人賞
黒名ひろみ「温泉妖精」
本谷有希子「異類婚姻譚」
木下古栗「GLOBARISE」

今月は文芸誌四誌で新人賞が発表されているが、全体的にやや低調な印象を否めない。新潮新人賞は高橋有機子「恐竜たちは夏に祈る」、すばる文学賞は黒名ひろみ「温泉妖精」（佳作の竹林美佳「地に満ちる」も掲載）、文藝賞が山下紘加《ひろか》「ドール」と畠山丑雄《うしお》「地の底の記憶」、群像新人評論賞は当選作なし（優秀作二編掲載）。眼高手低という言葉があるが、それぞれ苦心して書かれてはいるものの、いわば眼中手中という感じで、新人賞らしい野蛮な輝きに乏しい。全部に触れることは無理なので、ひとつだけ取り上げておく。

「温泉妖精」は、カラーコンタクトと整形で外国人のふりをしているが、実はバレバレのエリザベス・リンチこと岡本絵里二十七歳。彼女はあらゆる意味で恵まれない自分の人生を変えるべく「外人」になったのだが、幸福は一向に訪れない。楽しみといえば温泉めぐりくらい。愛読する毒舌だらけの温泉ブログで唯一けなされていない旅館に遠路はるばるやってきたが、そこはどうして褒められているのかわからないしょぼい宿屋で、天然温泉でさえなかった。宿泊客は自分以外に一人だけ。彼女はもうひとりの客がブログの主のハンドルネーム「ゲルググ」であることを見破る。影（本名は影山）というその男は相当な金持ちのようだが見た目はさっぱりで、おまけに最悪の性格の持ち主だった……。

温泉行の現在時に過去のエピソードを自在に挟み込む手際も、絵里とその家族、影、旅館で働くアンナといったいずれも居そうで居なさそうな登場人物たちを描き出す辛辣《しんらつ》なユーモアと鋭い叙情にあふれた筆致も、なかなかのものである。何より読んでいて愉《たの》しかった。ひょっとすると「文学」よりも「エンタメ」向けの資質なのかもしれないが、今月の新人賞作品の中では、もっとも即戦力感のある人だと思う。頑張っていただきたい。

本谷《もとや》有希子の中編「異類婚姻譚《たん》」（「群像」11月号）は、「ある日、自分の顔が旦那の顔とそっくりになっていることに気が付いた」という一文から始まる夫婦奇譚。長年連れ添った夫婦は次第に似て来るといわれるが、もちろんこの作者なので、話はまともな方向には向かわない。妻の「私」を「サンちゃん」と呼ぶ旦那は、稼ぎがいい分、家では完全に脱力していて、真面目な話を一切しようとせず、毎日テレビのバラエティー番組を三時間も観《み》る。旦那のおかげで「私」は働かなくて済んでいるのだが、ある時ふと気づくと、旦那の目鼻が緩んで崩壊しており、人間の顔ではなくなりかかっていた。驚きながらも、それにもすぐ慣れていく「私」。やがて夫婦の関係は、奇妙な反転現象を起こしていく。

現実生活にもあるだろう些細《ささい》な引っかかりや違和感を、リアリズムの範疇《はんちゅう》を踏み越えてひたすら拡大してゆく、シュールだが身につまされる想像力は、本谷有希子ならではのものである。不満があるとすればラストだろうか。寓話《ぐうわ》的と言ってもいいようなファンタスティックで「いい話」で落としている。最後の最後でまた毒を注入してみせはするのだが、なんとなく息切れしてしまってこのあたりで終わらせるために急ぎ導入したアイデアという感じがしてしまった。もっと長く書いてもよかったのではないだろうか。

　木下古栗《ふるくり》は、奇才、異能、変態（?）といった呼称が誠にふさわしい作家である。書き手の狂気をリアルに感じさせるほどおかしな小説を書かせたら、今や並ぶ者はいない（並ぼうとする者もあまりいなさそうだが）。「GLOBARISE」（「文藝」冬号）は、十二編の短編の一挙掲載である。どれを取っても、唖然《あぜん》とさせられるふざけぶりと、あらすじを書いただけでこの文芸時評欄が終わってしまうほどの露骨な危なさを放っている。一九七〇年代あたりの筒井康隆の物語逸脱力、タブー侵犯力、言語破壊力を彷彿《ほうふつ》とさせる。エログロナンセンスという古めかしい言葉を、二〇一五年の現在形にアップデートしたと言えばいいだろうか。

　しかしこの徹底した不真面目さは、真面目な話、現状では極めて貴重なものだと思う。あらゆる意味で普通の小説だけは絶対書くまいという古栗の悲壮な覚悟（のようなもの）が生々しく伝わってくる。これでもかというほど手を替え品を替え連打される実験的な手法の数々は、しかしその実験の革新性が決定的に失われてしまった後の時代に為《な》されているという事実をあっさりと引き受ける清々《すがすが》しさに満ちている。

　どれだけでたらめを極めても、それが作者個人の人間性＝キャラクターによって放免されるとすれば閉口だが、ここにはそれもない（古栗は実質的に覆面作家に近い）。それにしても、八〇年代に大ヒットした世界平和を歌うあの名曲の英語詞を十度も繰り返すのには笑った。最後に登場する表題作は寿司《すし》屋が舞台の猟奇殺人絵巻からぶっ飛んだ発想で「地球の終わり」に至る傑作。

2015.10

上田岳弘「異郷の友人」
福永信「店」
滝口悠生「死んでいない者」

上田岳弘《たかひろ》「異郷の友人」（「新潮」12月号）は、題名も内容も前作の三島由紀夫賞受賞作「私の恋人」と微妙に対になっているというか、更《さら》にその前のデビュー作と第二作の「太陽・惑星」とも同様の世界観、小説観で出来《でき》ていて、まだしばらくはこの路線でやっていくのだという作者の気概のようなものを感じた。

上田の全作品を貫いているのは、一言でいえば「超越的存在の無能と無為」をめぐる思弁である。今回は「吾輩《わがはい》は人間である。人間に関することで、吾輩に無縁であるものは何もないと考えている」と開始される。程なくこの「吾輩」は過去の輪廻《りんね》転生全ての人生の記憶を保持しており、現在は「僕」こと食品卸会社の札幌支店に勤務する一見ごくごく普通の三十二歳の独身サラリーマン「山上甲哉」の中にいる、というか「僕」であることが語られる。のみならず「僕」は自分とは縁もゆかりもない、だが同じ時間を生きているらしい二人の人物の意識と記憶を覗《のぞ》き見ることが出来る。「Ｊ」はオーストラリアに生まれ、奨学金を得てスタンフォード大学に通うためアメリカ合衆国に渡った美形で頭脳明晰《めいせき》な青年で、国際的なハッカー組織を抜けようとして「最後の仕事」を命じられる。「Ｓ」は、淡路島を中心とする新興宗教の教祖である。阪神・淡路大震災を予言したことがきっかけで衆目を浴び、現在は三万人余の信者を抱えている。更に「S」は自分の信者の意識と記憶を覗き見ることが出来る。つまり「僕」こと「吾輩」は「S」を通して彼の三万人余の信者の心の中をも見ているのだ。ここまででも十分にややこしいが、この小説の特殊な設定はまだまだあるのだ。だがもうやめておく。確かに過剰にややこしいが、上田の書きぶりがスマートなので、ちゃんと読んでいけば意外と混乱することはないだろう。複雑な入れ子状になった登場人物たちの「現在」は、次第にひとつに統合されていく。

　問題はもちろん、このややこしく特殊過ぎるお話が何のためになされているか、である。先に「超越的存在の無能と無為」と書いたが、実際「僕」は「J」の上司から「神様」と呼ばれるのだが、彼はただ他人の心を覗いているだけで、そこに意志をもって介入することは出来ない。「僕」の特殊能力に理由がないように、世界に起こる出来事もただ理由なく起こるのであって、つまりこの「神」は知っているだけで殆《ほとん》ど何も出来ない。上田の作品にはしばしば人類史上の特異点のような概念が登場する。今回も「S」が「大再現」なるものを予知・予言するのだが、それは「僕」たちの思いも寄らない、だが読者である私たちにとってはすでに事実である出来事として、この小説の最後に起こることになる。

　今月の「新潮」は極めて充実していて、以前「未来を生きる君へのダイイングメッセージ」（「すばる」7月号）を取り上げた福永信の短編「店」は、前作の「血文字で延々と書かれてゆくダイイングメッセージ」に続いて「書くとすぐに死んでしまうおそろしい風土病にかかった男からの手紙」という人を喰《く》いまくった内容の相変わらずの問題作だし、二〇四五年＝戦後一〇〇年の未来を舞台とする黒川創の新連載「岩場の上から」に、渾身《こんしん》の変化球で政治劇に挑んだ岡田利規の戯曲「God Bless Baseball」、星野智幸と岸政彦の対談「社会の断片と物語の呪文」など、読みどころ満載である。

三島賞、芥川賞と、受賞は逃したものの連続して候補になり、俄然《がぜん》注目株となった滝口悠生《ゆうしょう》の「死んでいない者」（「文學界」12月号）は、期待に違《たが》わぬ力作である。通夜の晩、死んでいなくなって間もない、曾孫《ひまご》まで居るのだからまず大往生と呼んでよかろう男の家族親族たちが、さまざまなことをしたり思ったり思い出したりする、と言ってしまえばそれだけの話なのだが、故人の子である五人きょうだいがそれぞれ伴侶を得て子を孫をもうけていることもあり、互いの精確《せいかく》な関係がわからなくなるほど入り組んだ関係が、むしろおおらかさと豊かさをありありと湛《たた》えつつ、幾つものごく些細《ささい》な、だがすこぶる印象的な挿話が、ごく自然なようで、よくよく考えると何処《どこ》か不可思議に思えてくる、多焦点的とでもいうべき闊達《かったつ》な語りで綴《つづ》られてゆく。現在の隙間から自在に顔を出す過去たち。それでも今、想起されるしかない記憶たち。最終的にそれは、テレサ・テンの歌と、誰が打っているのかもわからない深夜の寺の鐘の音へと見事に収斂《しゅうれん》する。いや、歌と音の内へと開放されてゆく、という方が正しいか。

読みながら小説の時間と自分の思い出が共振してゆく気がした。たまにはこういうことを書いておいても罰は当たらないと思うのだが、これは相当な傑作である。少なくとも、新人と呼ばれている作家のものとしては、一年間に一作か二作しか出ないレベルの作品だと思う。

2015.11

「群像」特集「21世紀の暫定名著」
「新潮」特集「想像力の新しいパースペクティブ」
朝吹真理子「TIMELESS」／滝口悠生「文化」
朝井リョウ「ままならないから私とあなた」

「群像」1月号が「21世紀の暫定名著」という特集をやっている。「一般書篇」「日本文芸篇」「海外文芸篇」の三つの分野で、それぞれ座談会形式によって今世紀に入ってからの十五年間を振り返ってみようというものである。私は清水良典、松浦寿輝、富岡幸一郎の各氏と「日本文芸篇」に参加した（司会は佐藤康智氏）。いくらなんでも気が早い企画であることは確かだが、しかし他の二分野ともども、具体的な書名を挙げていくと、このたった十五年の間に幾つもの大きな、おそらくは不可逆的な変化があったのだということをあらためて思い知らされる。インターネットと携帯電話の時代が訪れ、二〇〇一年九月十一日とそれ以降の出来事があり、一一年三月十一日とそれ以降の出来事があった。時代と社会の鏡であることだけが文学や書物の役割ではないが、それにしてもここでの「暫定名著」のリストには「二十世紀」との違い（落差？）があまりにも色濃く感じられると私には思えた。日本も世界も、あらゆる意味で不安定性、流動性がいや増していて、すぐ先の未来さえ見通すことがむつかしい。更《さら》に十五年後にもう一度同じ企画をやったとしたら、そこには一体どんな風景が広がっているのだろうか？

先月号を「極めて充実」と評価したばかりなのに、

またもや「新潮」1月号が気合の入った誌面を組んでいる。「想像力の新しいパースペクティブ」と題した創作特集で、京都に住む三姉妹を描いた綿矢りさの三百枚一挙掲載「手のひらの京」を筆頭に、芥川賞受賞作「きことわ」以来、実に五年以上のブランクを経ての小説となる朝吹真理子の新連載「TIMELESS」第一回、そして上田岳弘《たかひろ》、円城塔、小山田浩子、高橋弘希、滝口悠生《ゆうしょう》、田中慎弥、藤野可織、山下澄人という八名の気鋭による短編競作となっている。待望と言ってよい朝吹の「TIMELESS」は、二十代後半の女性である「私」こと「うみ」と、キスさえしていない彼女の夫「アミ」が、六本木で催された友達の結婚式の二次会からタクシーで抜け出すと、四百年前の徳川家二代将軍秀忠の妻、三代将軍家光の母である江姫の火葬や、百年前の永井荷風の「偏奇館」での暮らし、死んでしまった高校時代の友人「ゆりちゃん」との十年前の思い出が、語りの内に忽然《こつぜん》とやって来る。初回だけでは作品の狙いの全貌は見えないが、古典的かつ現代的な独特な文体は五年前と変わらず冴《さ》えていて、少し安心した。

短編はまたもや滝口の「文化」が、目線の高さ、完成度ともに頭一つ抜けている。十一月三日文化の日の昼間に、神保町の居酒屋で老人がひとり飲み食いするだけの話だが、この作家らしい時間と空間のおおらかでありながら大胆な扱いが随所で自在に試みられ、そこで何故だか語っている「私」というものを、人称としても視点としても極めて豊かに押し広げている。小山田の「名犬」もよく出来《でき》ている。夫の実家のある田舎の温泉で、不妊の問題を抱えているらしい「私」が耳にする老女二人の雑談。語り口の上手《うま》さは相変わらずだし、ラストの一言の切れ味も見事。上手過ぎるし見事過ぎるくらいだ。藤野の「ネグリジェと世界美術大全集」も面白かった。こちらは老女のひとり語りである。妙な題名と思うかもだがその通りの内容なのだ。

時間の分断と跳躍にセンスがあって、もっと読んでいたくなった。山下の「率直に言って覚えていないのだ、あの晩、実際に自殺をしたのかどうか」は、この作者が初めて意識的に挑んだ「私小説」である。自分自身の遠い過去を思い出す小説を書いているから今、無理をして思い出しているのだとでも言いたげな、ぶっきらぼうな独白の只中《ただなか》から、ほのかな光のような叙情が立ち上がってくる。

今月も総勢二十五名に及ぶ文化人、作家、有名人による「書き初め」企画をやっていて、独自のカルチャー路線をゆく「文學界」1月号に、朝井リョウの三百枚一挙掲載「ままならないから私とあなた」が掲載されている。当代きっての人気作家だが、文芸誌には初登場ではないか（エッセイなどはあったかもしれないが）。〇九年から二二年まで、日付入りの断章形式で、「私」こと「香山雪子」と、彼女の長年の親友「吉野薫」の関係を描いてゆく。単語の選び方のレベルまで計算し尽くして読者を物語世界に引き込んでゆく技は巧みとしか言い様がないし、ここ一番の映像的な場面描写はさすがだが、雪子と薫がファンになるバンド「Over」がSEKAI NO OWARIを元にしていたり、薫が設立するメディア企業にもモデルが思い当たったりと、現実とのあまりの近さに少々違和感を覚えた。朝井は最近の長編「武道館」でアイドルの世界を描いていたが、ここにはあの作品ほどの距離感もない。物語は近未来まで延びてゆくが、描かれているのはあくまでも現在なのだ。

2015.12

第154回芥川龍之介賞
羽田圭介「コンテクスト・オブ・ザ・デッド」
宮内悠介「半地下」
戌井昭人「ゼンマイ」

第154回芥川龍之介賞は、滝口悠生《ゆうしょう》「死んでいない者」（「文學界」12月号）と本谷有希子《もとやゆきこ》の「異類婚姻譚《たん》」（「群像」11月号）に決まった。それぞれ本欄で取り上げた作品であり、特に「死んでいない者」は絶賛した。実をいえば読後すぐに「次の芥川賞はこれに決まりだ」とさえ思ったが、そこまで露骨に書くのはさすがに憚《はばか》られた。二編の受賞作はタイプはまったく違うが、小説とは、文学とは、何よりもまず「文章」「文体」であるという当然の事柄をあらためて思い出させてくれる。本谷の劇作家ならではの闊達《かったつ》で絶妙な口調。滝口のごくごく自然なようで油断のならない語り。二人の実力は歴然としている。今後もさらなる高みを目指して突き進んでいってほしい。

「群像」2月号で、前回の芥川賞を又吉直樹と共に受賞した羽田圭介の新連載「コンテクスト・オブ・ザ・デッド」が始まっている。第一回は一挙二百枚。映画ファンならすぐわかるように、この題名はいわゆる「ゾンビ映画」のパターンにのっとっており、実際この小説の舞台となる世界ではゾンビ（変質暴動者と呼ばれる）すなわち死んだまま蘇《よみがえ》った死者たちが街中をうろうろして生者を襲ったりしている。しかしこの荒唐無稽な設定の上で展開するのは、本欄がこうして毎月取り上げている、そしてもちろんこの作品が掲載されている「群像」を含む各文芸誌を中心とする「文学」の世界、いわゆる「文壇」の内幕もの、パロディーなのである。

本が売れない純文学作家、見栄えだけで重宝される女流作家、話題作を書いた途端に手のひらを返す編集者たち。羽田の筆は辛辣《しんらつ》かつ滑稽で、かつて筒井康隆が書いた「文壇」をめぐるスラップスティック小説の傑作『大いなる助走』を思い出した。初回のラストでは文壇バーになんと夏目漱石（のおそらくゾンビ）が出現する。確かにこの世界ではすでに故人の文豪が続々と蘇ってきても不思議ではない。羽田は受賞後、ことによると又吉以上にテレビに出まくっているようだが、その弾《はじ》けっぷりが作品にも反映されている。今後どういう展開が待っているのかまるで予想がつかないが、問題作であることは確かである。

「文學界」が特集にしろ小説にしろ従来の「文芸誌」からの脱却（?）をはかっていることは間違いないようだ。先月の朝井リョウに続いて、2月号には宮内悠介の文芸誌初小説となる百五十枚の中編「半地下」が掲載されている。宮内はＳＦ畑出身で、デビュー作『盤上の夜』と第二作『ヨハネスブルグの天使たち』が続けて直木賞候補に挙げられた。純然たるＳＦに属する作品が直木賞候補になること自体が画期的であり、受賞はしなかったものの一躍注目を浴びた。すでにＳＦプロパーの雑誌以外でも活躍している。

だが「半地下」はＳＦではない。幼少から少年期までをアメリカで過ごした「僕」の回顧譚である。なぜ、彼が海を渡ったのかといえば「運送屋の社長だった父があるとき大きな借金を作り、姉と僕を連れてはるばるニューヨークまで逃げて来た」からである。その父親はすぐに失踪してしまい、アップタウンの狭いアパートに姉と弟だけが残される。姉はやがて個性的なレスラーになる。日本語から英語の環境にとつぜん移動させられた「僕」は、周囲の人々とのかかわり合いの中で少しずつ成長してゆく。技巧的と言ってもいい鮮明な描写や時間経過の処理と、取り戻されようのない過去が孕《はら》む切実さの外縁を旋回しているかのようなナイーブな感覚が同居した不思議な感触の小説で、宮内の他の作品群の底にあるものを垣間見るような気がした。

　戊《いぬ》井《い》昭《あき》人《と》の中編「ゼンマイ」（「すばる」2月号）も面白かった。一九六七年に「ジプシー魔術団」の一員として一年間の日本巡業を行った、体を小さくすることが出来る女ハファの消息を求めて、当時彼女と恋仲だった現在七十七歳の運送会社社長竹芝と、ひょんなことからガイド役を務めることになったライター業の「わたし」が、二人でモロッコに旅立つ。いかにも戊井作品らしい剛胆で放埒《ほうらつ》な竹芝のキャラクターが魅力的だ。

　作中でも言及されるが、モロッコはポール・ボウルズを筆頭にアメリカのビートニクの作家たちと縁の深い、ある種の文学の聖地のような土地である。戊井は以前からビートニクへの関心と共感を語っているが、いわばこの作品はビートニク風の竹芝の人生と旅を「わたし」が記録する、というスタイルを採っており、主役はあくまでも竹芝なのだが、しかし随所に「わたし」自身の無軌道ぶりも顔を出す。

　結末はしんみりさせるが、こういう話はこう落とすしかないだろうなとも思え、この手練をどう判断するかは読者次第かもしれない。ともあれ力作である。戊井はすでに五度も芥川賞候補になっているのだが、この作品はどうだろうか？

2016.1

「文學界」新芥川賞作家二人小特集
「早稲田文学」特集「足の組み替え」
「早稲田文学」「30年後の世界―作家の想像力」
荻世いをら「私のような躯」

「文學界」3月号が新芥川賞作家二人の小特集を組んでいる。滝口悠生《ゆうしょう》は編集部のインタビューと江南《えなみ》亜美子による受賞作「死んでいない者」を中心とした作家論。そして受賞第一作「夜曲」。本谷有希子《もとやゆきこ》は吉田大助によるインタビュー。滝口の新作は小さなスナックに集う人々を描いたごく短いものだが、時と場所と人物を一旦《いったん》固定した上で自由自在に語りを羽ばたかせる技は急速に名人芸の域に達しつつある。この危なげのない実験性、ほとんどそうとは見えないほどの自然さを装った高等技術は貴重なものである。だが、であるからこそ今後はこの抜群の上手さが自明化、自動化してゆかないことを祈る。本谷のインタビューは彼女のさまざまな表現活動を長年見守ってきたライターによるもので、率直な受け答えの内に文学者としての自覚と矜持《きょうじ》が見え隠れする。二つのインタビューを読んで、一見あまり共通点がなさそうに見える滝口と本谷は、天然と計算の独特なブレンド、という意味では似ているところがあると思った。

「早稲田文学」春号の、編集委員のひとりでもある堀江敏幸が責任編集した特集「足の組み替え」が面白い。いかにも堀江らしい言葉遣いの特集名は、足を組み替える程度のささやかな変化によっても、ことによったら違う世界が開けてくるだろう、ということだ。ｉＰｈｏｎｅで小説を書くことで知られる山下澄人が初めて手書きで脱稿したという「浮遊」は、何ということもない喫茶店での一コマが複数の視点に分散して、あちこちの時空間に飛び散ってゆく。その意味ではこれまでの山下作品の延長線上にあると言えるが、やはりどこかが違う。ここではむしろ分散と散開の有様《ありさま》よりも、バラバラにされている視点がそれでもひとつの語りに収まっていることの不思議と不可解に重心が置かれつつあるように思える。「しかしこれはわたしなのか」と自問している者は果たして「誰」なのか。他にはマンガ家でもある小林エリカ、岩手県気仙地方の方言ケセン語の専門家、山浦玄嗣《はるつぐ》、文芸評論家の加藤典洋などが「創作」を寄せている。人気作家が「責任編集」する特集は、ともすれば業界人の顔見世興行になってしまう危険性を帯びているが、この企画は人選もコンセプトもかなり冒険しており、成功している。確かにこれは「足の組み替え」である。

「群像」3月号の特集は「30年後の世界――作家の想像力」。今から三十年後、二〇四六年は「戦後一〇一年」に当たる。このお題に応えた十二人の作家の短編競作と、奥泉光、島田雅彦、高橋源一郎による鼎《てい》談《だん》。先日亡くなった津島佑子《ゆうこ》が「半減期を祝って」という作品を寄せている。セシウム１３７の物理的半減期は約三十年である。エッセイのような始まり方をした小説は、やがて「愛国少年（少女）団＝ＡＳＤ」なる組織をめぐるディストピア小説に変貌する。その他、「高尾山にオスプレイが墜《お》ちたとの情報を買い、ノラネコたちは崖を登った」という一文から始まる古川日出男「列島、ノラネコ刺すノライヌ」、「戦後一〇〇年」の「大学人」の姿を描く谷崎由依「黒板」、現在の状況から演繹《えんえき》される考え得る限りあらゆる「起きてはならないこと」が起こってしまった未来が舞台の吉村萬壱《まんいち》「コレガーレスギル」等々、ほとんどの作家が実に薄暗い未来像を描き出している。描かれているのは「三十年後」だが、作家たちが見据えているのは紛れもなく「今」である。従って「今」が変われば、想像力による「未来」にも光が差し込んでくるのだろうが。

今月いちばん読み応えがあったのは、「すばる」3月号の荻《おぎ》世《よ》いをら「私のような躯《からだ》」である。一言でいうと、ボディビル×ストーカー小説。ただAとのみ記される主人公は、資質と才能に恵まれたボディビルダーであり、ステロイド等の筋肉増強剤の使用には反対の立場である。やがてAが知り合うことになる、彼に勝るとも劣らないボディビルダーのBは、使用肯定派である。二人は互いの実力を認め合うライバル関係になるのだが、物語はそのことよりも、Aが「ストーカー問題の解決」を業務とする会社で働くことになってから出会う幾つかの異常な案件にかんするエピソードに頁《ページ》を費やしてゆく。ボディビルの専門用語が説明抜きに多用され、ストーカー事件の加害者と被害者のヘビーでグロテスクな心理的／具体的闘争の顚末《てんまつ》が事細かに語られる。

非常に変な小説である。だが面白い。長編の分量だが、何をどうしたいのかもよくわからないまま、最後まで読まされてしまった。ボディビルは肉体（筋肉）の膨張、ストーキングは精神（愛情）の膨張ということだろうか。荻世には以前もボディビルを題材とした小説がある（「筋肉のほとりで」、「すばる」二〇一〇年十2月号）。久々の文芸誌登場だが、随分クセ者になって還《かえ》ってきたようである。

2016.2

蓮實重彦「伯爵夫人」
保坂和志「地鳴き、小鳥みたいな」

ボヴァリー夫人の後に伯爵夫人がやってくるだなんて、誰が予想し得ただろうか？

「伯爵夫人」（「新潮」4月号）は、三百枚一挙掲載の長編小説である。蓮實は二〇一四年、長期にわたって執筆され、自らライフワークと呼んでいた浩瀚《こうかん》な『「ボヴァリー夫人」論』を遂《つい》に完成、刊行したが、まさか次に「夫人」繋《つな》がりの小説を書いてしまうとは。しかしこの驚きは、この作品を読み始めるとすぐさま質の異なる驚愕《きょうがく》へと転じることになる。そのあまりの面白さに夢中になって頁《ページ》を繰りながら、唖然《あぜん》、呆然《ぼうぜん》、愕然《がくぜん》とさせられたのは私だけではないだろう。なにしろこれは、まぎれもなく一種のポルノグラフィというべき代物なのだ。

内容がポルノなので、ここでの紹介は大変むつかしい。単に男女の色事が描かれているだけではない。筋立ては言うに及ばず、むしろそれ以上に、書きつけられる単語のレベルで、この小説は徹底的にはしたなく、いやらしい、つまりは助平そのものの作品なのである。どこを引用しても公器たる新聞にはふさわしからざる字句が含まれてしまうのだが、かろうじてまだ物語が開始されたばかりの冒頭の一文はこうである。「傾きかけた西日を受けてばふりばふりとまわっている重そうな回転扉を小走りにすり抜け、劇場街の雑踏に背を向けて公園に通じる日陰の歩道を足早に遠ざかって行く和服姿の女は、どう見たって伯爵夫人にちがいない」

ちがいない、と思ったのは、この小説の主人公である青年・二朗。時代は太平洋戦争開戦前夜、舞台は大日本帝国の帝都東京。二朗は帝大法科への入試を控えた高等学校生で、最後まで名前が記されることのない伯爵夫人は彼が家族と住む屋敷に同居しているのだが、その理由は定かではなく、そもそも彼女が本物の「伯爵夫人」であるのかどうかも甚だ怪しい。ことによると上海あたりの高級娼婦《しょうふ》の成れの果てなのかもしれない。活動写真狂いの二朗は「ごく他愛もない聖林《ハリウッド》製の恋愛喜劇」を観《み》た帰りに伯爵夫人を発見した。彼女は彼に「せっかくですからご一緒にホテルへまいりましょう」と誘う。そして二朗のめくるめく冒険が始まる。ここから先は書くわけにはいかない。

蓮實はこれまでに二作の小説を発表している。「陥没地帯」（一九七九年）と「オペラ・オペラシオネル」（九四年）である。三つ目に当たるこの作品は過去のどちらとも読み味が異なっている。度を超して助平である、という点のほかに、先にも述べたように、とにかく無類に面白い、ということが挙げられる。この面白さは、通俗性と言い換えてもよい。謎と魅力に満ちた伯爵夫人に翻弄《ほんろう》されつつ展開する二朗の冒険は、迫り来る戦争の影を背景に、虚実と夢現《ゆめうつつ》のあわいをしどけなく行き来しながら、ドラマチックと呼んで差し支えない見事な幕切れへと収斂《しゅうれん》してゆく。ともあれ、元東大学長のフランス文学者が突然著したこのポルノ小説が読者と世間にどのように受け止められるのか、興味津々である。

今月もうひとつ触れておくべきは、保坂和志の中編「地鳴き、小鳥みたいな」（「群像」4月号）だろう。まず新聞連載された彼自身の長編『朝露通信』の冒頭の一文「たびたびあなたに話してきたことだが僕は鎌倉が好きだ」が引用される。『朝露通信』は作者が幼少から青年期までを過ごした鎌倉と山梨という二つの土地についての作品だが、この小説はその連載途中に「私」が、『朝露通信』ではあっけなく消えてしまい正体が明らかでなかった、不倫の恋人であるらしい「あなた」の運転する車に乗って、記憶を確かめるために母の実家のある山梨に行ってきた、という話である。といっても、いわゆる私小説とは違う。いや、むしろこれこそ「私の小説」なのかもしれないが、ここで「あなた」は「私」を「加藤さん」と呼ぶ。「俺は加藤っていうのか」「だってそれ以外に何て呼べばいいのよ」。ここで思わず噴き出してしまった。

　最近文庫になった長編『未明の闘争』以後の保坂は、小説にはいかなる禁じ手もない、という真理をあらゆる手段で証明し続けており、それはもはや文法的に変であっても意味は通じる、むしろその変であることによってこそ伝わる何かがある、という次元にまで及んでいるのだが、この小説ではその過激さは更に極まっている。そして実際に、明らかに日本語の文章としては間違っている箇所が多々あるのにまったく問題なく読めてしまうし、ほとんどとりとめもなく次々と思い出したことや思いついたことが記されていっているだけのようなのに、「伯爵夫人」とはまた別の意味で、やはり無類に面白いのだ。

　小説とは限りなく、果てもなく自由な形式であるということを、この作品は体現している。しかしこれを誰にでも出来ると思ったら大間違いだ。

2016.3

鹿島田真希「少年聖女」
今村夏子「あひる」

本欄を担当して丸一年が経過した。手前味噌《みそ》で恐縮だが、先日、私は『ニッポンの文学』という新書を上《じょう》梓《し》した。そこで私は「文学」とは「芥川賞の可能性がある小説」すなわち「文芸誌に掲載されている小説」のことである、という身も蓋《ふた》もない定義を提出し、従って「文学」とは「ミステリー」や「ＳＦ」などと同じく一種の「ジャンル小説」なのだ、という主張を展開した。結局のところ「文学」と「文学以外」を分かつのは、文学の専門誌であるところの「文芸誌」に載ったものかどうか、ということでしかないのだと。

この意見には当然、反論があるだろう。文芸誌以外で書かれた小説にだって「文学」的な作品はあるし、文芸誌掲載の小説にも「文学」性がまるで感じられないものがあるではないか、と。それはそうかもしれない。私もそう思う。だがその場合、私の考える「文学的」「文学性」と、あなたのそれは同じものだろうか？

「文学」とは何なのかよくわからない、とは要するにこういうことである。もちろん文芸時評などという仕事を仰せつかったからには、これは「文学」だが、これは「文学」ではない、と断言する毅然《きぜん》とした意見を持っているべき、少なくともそう振る舞うべきなのかもしれない。しかし私には、自分の知らない「文学」性、まだ私が理解していない「文学」的な何かがあるのではないか、という可能性を排除できないし、排除すべきでないとも思っており、そのことを期待してさえいるので、やはりこれからも、あれこれ考えつつ「文学」の曖昧さと付き合っていくしかないのだと思っている。

　鹿島田真希のひさびさの書き下ろし長編「少年聖女」（「文藝」夏号）は、この作家の面目躍如たる奇怪にして神聖な力作である。種々の魚たちが棲《す》む水槽が店内に点在するゲイバー「Ａｑｕａ」で、専門学校生の「僕」は「優利＝ユウリ」という店員から、かつて少年のふりをしてここで働いていた女が、それまで誰にもバレなかったのに、ある時初めて店に来た男に正体を見破られた、という話を聞く。そこからユウリは、その女「河合珠子＝タマ」と、その男「高橋武史」の伝説を語り出す。かまぼこ工場で働く武史は親子ほども年下のタマに一目惚《ぼ》れし、彼女をやみくもに愛し、やがて二人は結婚する。幼いころから母親と義父たちからあまりにも酷《ひど》い仕打ちを受けてきたせいで、ほとんど異様とさえ言ってよい純粋無垢《むく》さに達しているタマは、武史には「叡智《えいち》」があると言う。

　各章は「僕」の一人称から始まるが、いつのまにか武史とタマの物語（それはユウリが語っている筈《はず》である）に横滑りしている。二層構造になっている理由も、時間的な距離も、小説の中盤くらいまで定かではない。謎めいた書き方だが、最後にその意味は明らかになる。タマのルームメイトで、チェルノブイリの百キロ圏内の場所で原発事故に遭い、その後産んだ子を甲状腺ガンで喪《うしな》い、失意のため酒びたりになり廃人同然となった夫を置いて日本にやってきた「オリガ」や、武史の故郷北海道の海岸沿いの村唯一の医者の妻で、夫が膵臓《すいぞう》ガンで突然死して以後、医院を継いで自ら診療を行うようになり、やがて亡き夫の服装を身に纏《まと》って診断書に夫の名前をサインするに至る「倉山晴子」など、これでもかというほど悲惨なエピソードが次々と登場する。

鹿島田の小説世界にはほとんど常に、神秘を欠いた宗教性とでもいうべき独特の強固な観念がみなぎっており、この作品で交わされる登場人物たちの会話やその行動原理も容易には解きほぐし難い。しかしそれと同時に、道具立てといいキャラクター設定といい、この小説はエキセントリックな通俗性を濃厚に帯びていて、読み始めるやいなや読者を底なしの深淵（しんえん）へと引きずり込む不思議な魅力を持っている。こういう作品に出会うと、文芸誌以外には発表されることがないだろう、しかし歴然と面白い「文学」というものが存在するのだとあらためて思う。こういう書き方を敢《あ》えてするのは、およそ「文学」と「面白さ」は、どこかで相いれないものと思われている節があるからである。だが、そんなことはないのだ。

文学ムックと銘打たれた新雑誌『たべるのがおそい』の創刊号に、今村夏子の短編「あひる」が載っている。今村は太宰治賞受賞のデビュー作「こちらあみ子」を含む本で二〇一一年に三島由紀夫賞を受賞後、長い沈黙に入り、同書の文庫版に短編を書き下ろしていたのが二年前のことだった。「あひる」はあひるの話である。これまでの作品と同じく、簡潔で透明な文章によって、ひとの痛みと歓《よろこ》びが、その切実さと残酷さが、さりげなくも丁寧に、鮮やかに描かれる。今村は紛れもない天才だ。私たちは彼女が滅多《めった》に小説を書かないことを嘆くよりも、こうしてまた読めることを感謝しなくてはならない。

2016.4

崔実「ジニのパズル」
内村薫風「鏡」
中村文則「私の消滅」

蓮實《はすみ》重彦《しげひこ》「伯爵夫人」（「新潮」4月号）の三島由紀夫賞受賞が「事件」だったとするなら、それは後期高齢者の元東京大学学長が受賞したからではなく、世が世ならば発禁処分になっていてもおかしくないほど淫乱で助平なあの小説が、天下の文学賞を射止めてしまったことにある。そのことに較《くら》べたら、作者がどのような経歴を持つ人物かなど大した問題ではない。記者会見で受賞者が繰り返し作品の内容にかんする質問を求めていたのは、ちゃんと読んだのかと疑う憤りというよりも、要するに意地悪だったのだ、と私は思っている。なにしろ公の場では三行だって朗読することが出来ないはしたない作品なのだから。ともあれ、当たり前だが候補に挙げられたからには受賞する可能性があるのであって、小説としての企《たくら》みとその達成度という点で「伯爵夫人」が受賞に値することは一読して明らかなので、ごちゃごちゃと騒ぐことはないのではあるまいか。

群像新人文学賞を珍しく選考委員の満場一致で受賞したという崔実《チェシル》「ジニのパズル」（「群像」6月号）は、なるほど力強く魅惑的な作品である。それぞれタイトルの附された短めの断章形式で、在日韓国人ジニの物語が綴《つづ》られていく。アメリカ、オレゴン州の高校の場面から始まるが、ほどなく時間は巻き戻り、日本で生まれ日本語しか話せないジニが、日本の小学校でのはじめての被差別経験を経て、思い立って「東京で一番大きな朝鮮学校」の中学部に入学するが、教室でも校外でもマイノリティーとして扱われる日々に疑問と反抗心を蓄えてゆき、やがて学校の体育館に飾られた金日成と金正日の肖像画に対する或《あ》る行動に出て、その結果、日本を出てアメリカに渡り、有名な絵本作家ステファニーと出会うまでの経緯が、生き生きとした一人称で語られる。

　まず何よりもこの小説の魅力は、ジニの発する言葉の輝きだ。文自体に抑えつけようのないエネルギーが漲《みなぎ》っている。ジニは幼くはあるが精神的には紛れもない「革命家」であって、自分の内側の世界と世界の内にある自分をともに救うべく奮闘する。彼女がやみくもな闘いに賭ける希望と失望と更なる希望が、そのまま文章になっている。ところどころまだ生硬な部分もあるし、全体の構成はもっと緊密に仕立てられると思うが、まずは即戦力の新人と言っていいだろう。第二作が早くも待ち遠しい。

　内村薫風《くんぷう》「鏡」（「新潮」6月号）は、この覆面作家の過去作同様、人を喰《く》った、だが妙に考えさせられる話である。航空自衛隊のパイロットとして領空侵犯に対する緊急発進待機中の「私」の現在時の物語と、その十年前に「私」が地元で遭遇した虎騒動の顚末《てんまつ》と、学生時代に「私」がスペイン、プラド美術館で見たベラスケスの絵画にまつわる蘊蓄《うんちく》が、あっちこっち交錯しながら語られていく。三つのエピソードのつなぎ目となるのが「鏡」である。ベラスケスの謎に満ちた有名な作品「ラス・メニーナス（侍女たち）」に描かれた鏡（らしき物）の解釈には多くの美術史家や思想家が挑んできたが、作者はこの絵を逆手に使ってトリッキーな寓話《ぐうわ》を紡いでみせる。とりとめもない語り口に油断していると、結末に至って多数の伏線の鮮やかな回収ぶりに驚くことになる。やはりこの作家はクセ者だ。この作品も一種の「パズル」と呼べるかもしれない。だがそれは論理ではなく倫理的なパズルである。そしてこの倫理にはリアルな政治や外交にかんする作者の考えが含まれている。知的な悦《よろこ》びを喚起する実に手の込んだ作品である。

　中村文則「私の消滅」（「文學界」6月号）も、凝った仕掛けを持つ作品である。テーマはマインド・コントロール、人格改造。冒頭（ここからすでに仕掛けは始まっているのだが）「僕」と名乗る語り手と共に、謎めいた古いコテージの部屋に残された複数の「手記」を読み進むうちに、いつしか読者は迷宮に入り込んでゆく。サスペンスフルなミステリー仕立てで物語られるのは、これ以上ないほどに悲惨な人生を送ってきたひとりの女性と、彼女にかかわった男たちのグロテスクな運命の成り行きである。脳科学や精神医学の達成を突き詰めると、要するに「私」とは容《い》れ物に過ぎない。いや「身体」が「私」すなわち意識＝精神＝心の容れ物なのでは、と思われるかもしれないが、私から「私」を抜き取ってまったく別の「私」を挿《い》れることが可能だとしたら？　私が私だと思っている私の一貫性、私の同一性は、ほんとうに信頼にたるものなのだろうか？　なぜならその「信頼」だって「私」がしているに過ぎないのだから……。

　心理的な、神経症的なスリラーであり、狭義のミステリーのジャンルでは似たような作品が幾つか思い当たるが、こういう小説が「文学」の雑誌で読めることが興味深い現象というべきなのかもしれない。

2016.5

山下澄人「しんせかい」
「すばる」特集「読む温泉」

　山下澄人「しんせかい」（「新潮」7月号）を、目が覚めるような思いで読み終えた。今月はこの作品のことだけを書いてもいいくらいだ。目が覚めると書いたが、それと同時に、これは夢を見ているみたいな小説でもある。どちらでもよい。目が覚めたからにはさっきまで眠っていたのだろうとか、夢であるからにはいつか目覚めるのだろうとか、そういった当たり前の区別がまったく通用しないところで書かれている小説でもある。これまで聴いたことのない美しい音楽を聴いているような小説だ。

「ぼく」という語り手は「やました　すみと」という名前で、やがて「スミト」と呼ばれるようになる。ぼくは間違えて配達された新聞に載っていた「二期生募集」という記事を読んで、生まれ育った土地からはるか遠くにある、有名な脚本家だという【先生】の主宰する学校みたいなもののある【谷】にやってくる。そこは入学金も授業料も一切かからない、基本的に【先生】のお金で運営されている、映画やテレビの俳優や脚本家を育成するための全寮制の学校みたいなもので、ぼくたちはその二期生に応募して選ばれたのだ。

　ぼくはそれまで自分が俳優になりたいのかどうかもわかっていなかったが、ブルース・リーや高倉健にはなりたかった。【谷】ではお金を取られないかわりに馬たちの世話をしなければならない。それだけでなく、自分たちが住む建物も自分たちで造ったりしなければならない。他にもいろいろと肉体労働がある。むしろそちらの方が大半を占めている。しかしもちろん授業もある。期間は二年間である。この作品は、ぼくの【谷】での二年間をただ書いていくだけの小説である。

　ただ書いていくだけと書いたが、しかし幾つかの特徴があって、その最大のものは、ぼくが思い出している、ということだ。当たり前だと思われるかもしれないが、そうではない。たとえばあるひとりの人物が、自分が過去に体験したことを回想しつつ書いているという体の小説はよくある。というよりも「ぼく」などの一人称で書かれた小説は、それ以外のことは出来ない。一人称の小説は常に過去形なのだ。だから当たり前なのだが、そんな当たり前を超えて、この小説は「ぼくが思い出している」という感じが強く迫ってくる。強いと言ってもそれはテンションが高いとか押しつけがましいということではなく、むしろ書かれ方は淡々としているのだが、にもかかわらずこの「思い出している感じ」はとても麗しい。

　懐かしいとかとは違う。ぼくはまったく懐かしがってはいない。ただ思い出している。それも極めて詳細に、克明に。おそらくは遠い過去の【谷】の日々のさまざまな出来事が、幾つもの場面が、まるでいまそれを体験しているかのように描写される。それはほんとうに、ぼくの目の前にいま見えているかのようだ。だがそんなことはないし、そんなわけもない。単なる回想ではない。いや、ほんとうの回想は、むしろこんなものなのではないか。いや、これはやはり回想ではない。だってこれは小説なのだから。フィクションなのだから。

　山下澄人は、小説家になる前は劇団を主宰して作演出と出演をしていた。その前は倉本聰の富良野塾の第二期生だった。だからといって【谷】は富良野とは限らないし、【先生】が倉本聰だともどこにも書いてない。ぼくと作者の名前が同じなのも、これが実体験に基づく小説であることを保証してはいない。こういうことは小説を読む際の大前提だと思うが、それでもしかし、むしろ私は、ぼくは山下澄人なのだと言ってしまっていいような気がする。だがしかし、それはいわゆる「私小説」的なものとは、どこかが決定的に違っている。そしてその違い方こそ、この小説の最大の魅力だ。願わくば、この小説の清新さと大胆さが真っ当に評価されますように。

「すばる」7月号の特集は「読む温泉」。何だそれはと思ってしまうが、別府大学で行われた同学講師でもある澤西祐典《さわにしゆうてん》と、円城塔《えんじょうとう》、福永信《しん》の鼎談《ていだん》と、温泉にまつわる三人の短編（鼎談中にも三人の「別府小説」の掌編が挟み込まれている）、上田岳弘《たかひろ》や村田沙耶香、中島たい子などのエッセイ、大澤信亮《のぶあき》の評論で構成されている。てっきりのほほんとした湯加減の良い特集かと思ったら、土地や固有名などをめぐる、かなりハードで原理的な小説論が展開されており（この顔ぶれなら当然かもしれないが）、思わず看板に偽りあり、偽装温泉と言いたくなったが、むろんこれは冗談である。

しかし『憲法の無意識』（岩波新書）にかかわる柄谷行人へのインタビューを中心に据えた「文學界」7月号の特集「民主主義の教科書」と並べてみると、文芸誌の特集も、ずいぶんと手を替え品を替え感が出てきたものだと思う。

2016.6

第155回芥川龍之介賞　村田沙耶香「コンビニ人間」
「群像」特集「マイソング」／「文學界」特集「怪」
木村友祐「野良ビトたちの燃え上がる肖像」
仙田学「愛と愛と愛」

第155回芥川龍之介賞は、村田沙耶香《さやか》の「コンビニ人間」（「文學界」6月号）に決まった。この欄では取り上げていなかったので、感想を記しておきたい。

題名の通り、コンビニエンスストアで働くひとりの女性の物語である。彼女は社会生活に必要な最低限の情緒が理解できない、いわゆる発達障害とされるような人間なのだが（たとえば幼い頃、彼女は死んだ小鳥を見て「お父さん、焼き鳥好きだから、今日、これを焼いて食べよう」と言ったりする）、コンビニでバイトすることになって人生が一変する。毎日するべきことがすべて完璧に決まっており、それをこなしていれば周囲からの評価や賞讃《しょうさん》が得られることに、彼女は「私は、今、自分が生まれたと思った。世界の正常な部品としての私が、この日、確かに誕生した」と思う。

以来彼女は模範的なコンビニ店員、いやコンビニ人間としての日々を、三十六歳になる現在まで送ってきたのだが、ある日、まともに働くことの出来ない（働く気のない）、それでいてプライドだけは高い男がアルバイトで入ってきたことから、物語が展開する。男はすぐ女性客へのストーカー行為によって店を辞めさせられるのだが、ひょんなことから彼女は彼を「飼う」ことになる。もちろん恋愛関係ではない。二人の間に性行為は一切ない。彼は他者からの非難（と本人が思っているもの）から逃れるため、彼女は家族や友人から恋愛や結婚についてこれ以上とやかく言われないために、相手の存在が都合良かったのだ。そして……。

村田はこれまでも、世界／社会とちぐはぐであるしかない人間が、世界／社会の歪《ゆが》みや矛盾に自らを馴致《じゅんち》してゆくことによって、遂《つい》には生き甲斐《がい》のようなものを得る、という物語を繰り返し書いてきた。もちろんこれはグロテスクな物語である。だがしかし、それをあたかも肯定しているかのように、肯定せざるを得ないとでも言うかのように、肯定することが正しいのだとでも言うかのように描いてゆくところに、この作家の真骨頂がある。

村田が現実にコンビニで今も働いていることが話題になっているが、この小説はいわゆる「フリーター小説」の問題圏からは離脱している。彼女が相手取っているのは、もっと普遍的な主題である。

文芸誌の特集主義的傾向については何度も書いてきたが、今月も「文學界」が「怪」、「群像」が「マイソング」、「すばる」が「ＬＧＢＴ——海の向こうから」と、それぞれに趣向を凝らした特集を打っている。

「マイソング」は日本のポップスの名曲をタイトルに冠した短編小説アンソロジーで、幾つか挙げると、滝口悠《ゆう》生《しょう》が広末涼子の「ＭａｊｉでＫｏｉする5秒前」を、青木淳悟がMr.Childrenの「innocent world」を、片岡義男がりりィの「私は泣いています」を、独自のタッチで料理している。ネタが何であれ、個性の強い作家は自分の世界に引っ張り込む。

「怪」は「異色短編特集」と銘打たれており、ホラーとまでは言わないが（ホラー的なのもある）広い意味での「怪異」的な題材を扱った作品が集められている。藤野可織「怪獣を虐待する」はいつもながら題名と摑《つか》みは良いのだが、どうも結末が雰囲気に流れている気がしてしまった。ＳＦ畑からの越境組である高山羽根子「L．H．O．O．Q．」は掌編だが、淡々とした口調が効いている。一番面白かったのは小山田浩子「広い庭」。描写と語り自体から立ち上がる何とも言えない不気味さ。小山田は「三田文学」夏季号の短編「予報」も良かったが、そろそろ長めの作品が読みたい。

木村友祐《ゆうすけ》「野良ビトたちの燃え上がる肖像」（「新潮」8月号）は、二年後にオリンピック（作中では名称を変えられている）を控えた、ほんの少しだけ近未来の神奈川県境の河川敷で暮らす「野良ビト」たちの肖像を描いている。とにかくホームレス生活の描き方に非常にリアリティーがある。二年先という絶妙な設定によって、格差や貧困や差別といった現在この国が抱える問題がさらに極まっていることが次第に明らかになり、事態はのっぴきならない様相を呈してゆく。力作と思うが、ラスト間際の話法の仕掛けはあまり感心しない。またそこを経た結末はいささかナイーヴなのではないだろうか。気持ちはわかるのだけど。

仙田学「愛と愛と愛」（「文藝」秋号）は、序盤から畳み掛けるような悲惨な話のオンパレードに思わず引き込まれる。元アルコール依存症の塾講師と、実兄がマスメディアに騒がれる殺傷事件を起こしたことで人生が目茶苦茶《めちゃくちゃ》になったかつての教え子の、普通とはかなり違った恋愛のかたちを描いているのだが、最後まで緊張感が持続しないのが残念。それからこの作品、同じ「文藝」前号の、本欄でも取り上げた鹿島田真希「少年聖女」に、どことなく設定が似ている。むろん偶然なのだが、なんだか不思議な気がした。

2016.7

舞城王太郎「Would You Please Just Stop Making Sense?」
乗代雄介「本物の読書家」
岸政彦「ビニール傘」

　小説にとって「結末」とは実に厄介なものだと思う。何であれ物語と呼べるような要素があるからには、当然ながら最後にはそれなりの決着を付けなくてはならない。説得力のある結末、なにげない結末、意外な結末、いろいろな結末のあり方が考えられるわけだが、小説には常に必ず「最後の一行」というものがあるのだから、そこまで読んだら全編の終わり、その続きはないということが厳然たる事実である以上、たとえ作者が敢《あ》えてあやふやな結末、謎めいた結末を用意したとしても、読者はただ、そういう結末として受け取るだけのことである。小説の有限性が「結末」の「結末」ぶりをどこまでも担保してしまうのであって、そこから逃れるには「未完」にするしかないのだが、それでは意味がない。だが、鮮やかな結末、見事な結末というものが、どこかうさんくさいのも確かなのだ。

　これは特にミステリー小説に顕著であって、どれだけ奇々怪々な事件が次々と起こったとしても、最後には名探偵が登場して、すべての謎を解き明かし、多少の紆余《うよ》曲折はあれ真犯人が明らかになる。そういうものだといえばそれまでだが、ミステリー嫌いの人が苛《いら》立《だ》つのは、世の中には「謎」だけがあって「解決」がないままの出来事が多々存在しているからである。しかし小説でそれをやろうとすると、なんとも中途半端というか、単なる出来損ないか失敗作のように見えてしまう。

ミステリー畑から小説家としてのキャリアをスタートさせた舞城王太郎は、一貫してこの難題に取り組んできた。「解決」へと至らない「謎」の物語、「結末」を回避する小説を書くこと。久々の中編「Would You Please Just Stop Making Sense?」（「新潮」9月号）も同じ問題意識の延長線上にある。

舞台はアメリカ、カリフォルニアで、語り手の「俺」は殺人課の刑事。あだ名はスポンジだが、本名は「マサツグ・タナカ」。異臭の通報があった一軒家のバスタブから三体の死体が見つかり、その下からまだ生きている男が発見される。男は実はニューヨーク市警の刑事で、彼の友達をストーキングしている巨大な女にスタンバトン（スタンガン機能の付いた警棒）で攻撃されて意識を失い、気づいたら死体と一緒にバスタブに押し込められていた。殺されていたのは全員男で、住所も年齢も全く異なっていて互いに無関係なようだが、しかし三人とも「ロベルト・アルフォンソ」という名前だった。そこに理由あってスポンジが同居している幼なじみのアンジェリーナの娘ジーナの謎めいた予言が絡んできて……。

こうしてあらすじを記していても何が何だかわからないと思うが、この先もわけのわからないことが続々と起こる。そして普通なら、こうした展開の果てには「解決」が待っている筈《はず》なのだが、そのように小説は進んでいかない。過去の幾つかの舞城作品と同様、夥《おびただ》しい奇怪な「謎」を宙吊《ちゅうづ》りにしたまま、この作品は「結末」を迎える。

明らかに舞城はわざとやっている。従って作者の狙い通りに仕上がっているのだが、しかしそれでもどうしても不満が残ってしまう。「解決」のない「謎」こそリアルなのだ、要するに世界とはそういうものなのだ、という真理の証明は、こういうやり方でしか出来ないのだろうか?

乗代《のりしろ》雄介の群像新人文学賞受賞第一作「本物の読書家」(「群像」9月号)も、小説における「結末」の不可避性が仇《あだ》になっていると私には思えた。主人公は、親族間で孤立している高齢の大叔父を老人ホームに送り届けるため、共に茨城県高萩市までの列車に乗る。子細は不明だが、大叔父は若い頃に川端康成から貰《もら》った手紙を秘匿しているらしく、その所在を確かめるのが彼の隠れた任務である。そこに見ず知らずの男が話し掛けてきて、三人は「本物の読書家」談義に花を咲かせるのだが……。

デビュー作「十七八より」に較《くら》べると格段に面白くなった。前作でも特徴的だった次々繰り出される文学ネタは、今回も鼻につくといえばつくものの、ここまでやればそれも味と言っていい。川端からの手紙をめぐる「謎」と、たまたま同じ車両に乗り合わせたかのような男の「謎」への興味によって最後まで読まされる。だがしかし「結末」が、舞城とは全く別の意味でだが、やはり弱い。無難に纏《まと》めてしまっている。物語を、小説を、必ず終わらせなければならないということは、かくも難儀なことなのか、と思ってしまった。

評判になった『断片的なものの社会学』にも小説的な文章が含まれていたが、社会学者の岸政彦による初小説「ビニール傘」(「新潮」9月号)は、秀作である。大阪の片隅で生きる、若く貧しい複数の「俺」と複数の「私」の物語。意想外の幻想的な「結末」が待っているのだが、とても良い。これがビギナーズ・ラックなのかどうかは、次作を読んでみないとわからない。

2016.8

「群像」「群像短篇名作選」
宮内悠介「カブールの園」
星野智幸「眼魚」

「群像」10月号は、創刊七十周年記念号ということで、八百ページを超える超大冊。分厚さの大半を占めるのは永久保存版「群像短篇名作選」で、三島由紀夫から川上弘美に至る総勢五十四名の小説家が同誌に寄稿した短編を再録している。ひとつの雑誌に載った小説のみから成る珍しい戦後文学アンソロジーになっており、目次を眺めているだけでも愉《たの》しい。

　太宰治「トカトントン」、庄野潤三「プールサイド小景」、小沼丹「懐中時計」、藤枝静男「悲しいだけ」、丸谷才一「樹影譚」、多和田葉子「ゴットハルト鉄道」、保坂和志「生きる歓び」、角田光代「ロック母」など、それぞれの代表作と言ってよいものもあれば、レアな作品も混ざっており、純文学読者必携と言える。「群像70年の短篇名作を読む」と題された、辻原登、三浦雅士、川村湊、中条省平、堀江敏幸による座談会、清水良典と坪内祐三による評論、今はなき匿名の連載コラム「侃侃諤諤《かんかんがくがく》」傑作選も載っていて、とても充実した内容である。願わくば、このまま創刊百周年まで続いていって、これを上回る千ページの大特集をやっていただきたい（私が生きてないかもしれないが）。

　宮内悠介は、文芸誌への初登場だった「半地下」（「文學界」2月号）を以前取り上げたが、二作目となる「カブールの園」（同10月号）をさらに面白く読んだ。ＳＦ畑出身で、デビュー作から二冊続けて直木賞候補に挙げられて以後、理系文系（という分け方も古いが）を兼ね備えた膨大な情報量と卓越した処理能力を武器に、ジャンルをまたぎ超えた執筆活動を展開している。

　前作と同じく舞台はアメリカだが、今回の主人公＝語り手は日系三世の女性である。彼女は大学時代の友人たちとＩＴ系のベンチャー企業を起業し、ソフトウエア・マネージャーとして働いているのだが、子供のころに負ったトラウマ（心的外傷）を現在も抱えており、クリニックで新技術による療法を受けている。母親との間もずっとうまくいっていない。彼女はある日、社長である友人から休暇を取ることを命じられる。心身ともに疲れているようだから、ヨセミテにでも行ってリフレッシュしてこいと言うのだ。彼女は気が進まないが、上司命令とあれば従わざるを得ない。だがその小旅行は、結果として彼女にとって自らのルーツを探る旅となる。自分の母親の、母親の母親の、そして自分自身の、アメリカで生きる日本人としての、日系人としての運命。やがて彼女は、第二次世界大戦中に在米日系人が収容されていたマンザナー強制収容所跡に向かうことになる。

　時代設定は限りなく現在に近いと思われるが、ヴァーチャル・リアリティー（仮想現実）を利用した心理療法技術や、インターネットのクラウドを駆使した音楽の共同制作など、この作家ならではの斬新なアイデアが随所に盛り込まれており、近未来ＳＦの趣もある。

　だが、この小説の白眉は、日系一世たちがアメリカで立ち上げた日本語による同人雑誌「南加文藝」に掲載された野本一平による評論「伝承のない文芸」の召喚だろう。合衆国への同化の必然として、世代が移り変わるにつれて「日本／日本語」の記憶と歴史が失われていくこと、それゆえに日本語で書かれた文学はやがて消え去る運命にあることが、そこでは「伝承のない文芸」と呼ばれている。ここに込められた問題意識は、文芸の範疇《はんちゅう》を超えて、アメリカで生きる日系人であるヒロインの、彼女の親たちの、かつて海を渡ってアメリカにやってきた日本人のアイデンティティーへと敷衍《ふえん》される。力作である。非常に大きなテーマであり、それだけにこの枚数にまとめるのは少々もったいないような気もした。長編に出来る素材だと思う。いつかあらためてトライしてほしい。

星野智幸の「眼魚《めざかな》」（「新潮」10月号）は、短編としてもかなり短い方だが、震撼《しんかん》させられた。急性落涙症候群、奇妙な夢遊病、突発性難聴、飛蚊《ひぶん》症ならぬ飛魚症とでも呼ぶべき症状、矢継ぎ早に異様な出来事が描かれてゆき、奇怪なイメージが次々と迸《ほとばし》り、事態を把握するよりも先に物語がどんどん進行してゆく。

とはいえ、語り口はあくまでも淡々としており、これも一種のＳＦないし幻想小説のような装いだが、やがて「軍活」や「大沈み」といった、誰にでも何の話をしているのかがわかる造語が現れるにつれて、ほとんど怒りにも近い、激しい寓意《ぐうい》のようなものが急激に立ち上がってくる。これは五年後の「震災後小説」であり、と同時に「以前の小説」でもあるのかもしれない。二〇一〇年代に入ってからの星野は、大江健三郎賞を受賞した『俺俺』、読売文学賞の『夜は終わらない』、多方面から絶賛された『呪文』と、野心的な作品が続いており、どちらかといえば長編タイプの作家だと思っていたのだが、これだけ凝縮された短編を読まされると、今後は短めの作品もコンスタントに発表してくれたらと思う。

2016.9

鴻池留衣「二人組み」／古川真人「縫わんばならん」
春見朔子「そういう生き物」／ふくだももこ「えん」
町屋良平「青が破れる」

　大学で担当している演習の授業で、今期は「文芸誌の研究」ということをやってみている。履修者は三十名ほど。この欄で取り上げている文芸誌の最新号を各自一冊選んで、ひとりずつ発表をさせている。演習の題目は「エディター文学論」。いま私が教えているところは出版業界への就職を希望する者が多く、中には小説家志望もいたりするので、面白いのではないかと思ったのだ。

　カリキュラムの始めに、学生たちそれぞれに「文芸誌」にかんする認識を自己紹介を兼ねて話してもらった。シラバス（授業要項）にも「文芸誌を扱う」と記してあり、そのつもりで履修登録をした者たちであるはずだが、ほとんど全員がこれまで「文芸誌」なるものを読んだことがなく、中には存在さえ知らなかった学生も居《お》り、かろうじて「買うことはめったにないが新しい号が出たら書店でチェックはする」という者が二、三名居たに過ぎなかった。

　私はこの結果をなかば予想していたが、それでもいろいろと考えてしまったのは事実である。とはいえ、必ずしも悲観しているわけではない。学生たちが「文芸誌」という不思議なものと遭遇して、どんなことを思い、何を考えるのか、とても興味がある。せっかくこうして文芸時評をやっているのだから、今後はその演習にかかわる話題も折に触れて書いていこうかと思っている。

今月は、「新潮」11月号、「すばる」11月号、「文藝」冬号の三誌で新人賞が発表されている。新潮新人賞は鴻池《こうのいけ》留衣《るい》「二人組み」と古川真人《まこと》「縫わんばならん」のダブル受賞。すばる文学賞は受賞作が春見朔子「そういう生き物」で佳作がふくだももこ「えん」。文藝賞が町屋良平「青が破れる」。それぞれの選考委員の選評を読んでも、自分で一読してみても、文句なしの鮮やかな受賞と呼べる作品は残念ながら一つもない。才気も意欲も一定以上認められるのだから、多少の弱点には目をつぶって、ともかくも世に送り出そう、という感じである。もちろんそれで構わないのだ。

「二人組み」は、優等生だがひねくれた反逆児の中三男子の本間が、坂本ちゃんという極端に無口でおとなしい女子に八割が性的、二割がナゾの興味を抱いて接近する。かなり達者な文章で、身もふたもないことをさらりと書いてのけるさまにひかれた。今風の作品で完成度も高い。ただその分こぢんまりとしている感もある。これとは対照的に「縫わんばならん」は、長崎県の島の旧家を舞台に、四世代、一世紀以上の時間を封じ込めた野心作である。記憶という、けっして順序立てて流れているわけではない捉え難いものを相手取っているのだが、方法に筆力が追いついていない。小説的な試みとしての高度さを自ら宣言しているような記述が複数あるのも気になった。ちなみに先の演習の第一回発表では、二人の学生が共に「新潮」の新人賞を取り上げていて、ひとりが「縫わんばならん」は滝口悠生の芥川賞受賞作「死んでいない者」、そして「新潮」の同じ号に掲載されている滝口の新作「茄子《なす》の輝き」に似ているのではないかと指摘していた。

「そういう生き物」は、五編の中でもっとも気持ち良く読んだ。「どこかでこぷこぷと音を立てているものの正体に、私はまだたどりつけずにいる」という最初の一文からごく自然にひき込まれる。ストーリーは性的にデリケートな内容を扱っているが、題材よりも素朴だが清新な文章の魅力で勝負している作品だと思う。それだけに、筋運びの人工性が目立った。「えん」は十七歳の女の子を描いた青春小説として良くできている。ある意味、五人の中でもっとも即戦力感があるが、それは同時によくあるタイプということでもある。作者は「父の結婚」で商業デビューも果たした映画監督でもあるが、小説も書いていくのだろうか。

「青が破れる」は、文藝賞の伝統（?）ともいうべき野性味のある佳作である。ボクシングをやっている「おれ」の語りは、朴訥《ぼくとつ》としながらも時として妙に哲学的になり、比較的短い分量のわりには意外なほどドラマチックな事件が次々起こるのにも驚く。面白いのだが、よく読むと微妙に計算されているようにも思えてきて、計算の何が悪いのかと問われそうだが、ひらがなの意識的な多用といい、一皮むけば確信犯、という感じは逆にマイナスに思えた。二作目が問題だと思う。

「文學界」11月号で、阿部和重が長編小説「Orga(ni)sm」の連載を開始している。『シンセミア』『ピストルズ』に続く「神町三部作」完結編とのことである。前二作とはまたしても趣向を一変し、いきなり作者と同じ名前の人物が登場する。二〇一四年三月三日夜、「阿部和重」宅に「ニューズウィーク」の記者を名乗る血まみれの「ラリー・タイテルバウム」が訪問する。まだ何が何だかわからないが、すでにして阿部ならではのたくらみの予感がぷんぷんする。

2016.10

服部文祥「息子と狩猟に」
加藤秀行「キャピタル」

ほとんどありとあらゆるコト／モノが小説の題材にはなり得る。小説にはさまざまなジャンルがあるということだけではなくて、それぞれのジャンルの中にも多様性がある。登場人物の職業身分や趣味嗜好《しこう》だけを見ても色々である。それがどういうタイプの小説なのかということとは別に、それがどんな題材を描いているかということが、その小説の個性や魅力をある程度決定づけている。

そんなことは当たり前だと思われるかもしれない。ならば小説でなく文学ならどうか。文学の定義が明確でないと思われるかもしれないが、私はかねがね「文学とは文学の専門誌であるところの『文芸誌』に掲載され、それゆえに芥川賞の受賞作になる可能性を持った小説のことである」という自分なりの定義（？）を持っているのでそれに従う。文芸誌に掲載されている小説＝文学の題材にもそれなりのヴァリエーションはあるものの、小説全体に較《くら》べるとまだまだ狭いように思える。端的に言って、文学にカテゴライズされる小説の主人公の仕事＝職業には多様性が乏しい。そもそも何をして暮らしているのか判然としない人物もいる。それは文学自体が明らかに浮世離れした営みであるからかもしれない。しばしば作品ごとに新たな取材や資料集めが必要とされる文学以外の小説とは違い、作家が自分自身をリソース（資源）にしている場合が多いことも関係しているだろう。

服部文祥《ぶんしょう》の「息子と狩猟に」（「新潮」12月号）では、テレアポ詐欺チームのリーダー加藤のパートと、小学六年の息子を連れて奥秩父に狩猟に出かけた倉内のパートが交互に描かれていく。加藤は高度に組織化された詐欺集団を率いて幾度も大きな成果を上げてきたが、その手腕が仇《あだ》となって思わぬトラブルに落ち込んでいく。倉内は初めて狩猟に同行させた息子を気遣いつつも、獣の生々しい実在を感じるとともに非日常的な、それゆえに原初的な本能と繋《つな》がった狩りの時間に没入してゆく。

特筆すべきは、どちらのパートもディテールが詳細に描き込まれていることだ。テレアポ詐欺の最前線はどうなっているのか、電話口での舞台さながらの寸劇の模様や、詐欺チームの複雑な指揮系統や役割分担、耳慣れぬ専門用語が矢継ぎ早に記される。狩猟にかんしても、狩り場での諸注意から動物との距離の取り方、しとめた獣の処理や料理の仕方などに多くの言葉が費やされている。加藤と倉内、どちらのパートの描写にも極めてリアリティーがある。それらが現実とどのくらい同じであるのかは重要ではない。私はテレアポ詐欺のことも狩猟のことも全然知らない。問題はリアルではなくリアリティー＝本当らしさなのだ。だが、そうは言っても濃厚なリアリティーを現実や事実と完全に無関係に生み出すことはむつかしい。

交互に語られていった二つの物語は、ラスト近くになってひとつに収斂《しゅうれん》する。技術的なことを言えば、クライマックスの導き方、特に視点の交錯がいささか生硬であり（特に息子の独白が唐突に入ってくるのは戴《いただ》けない）、ひとによってはショッキングであるのかもしれない結末も、そのあからさまなアンチヒューマニズムの効果を上げ切っていない。だが、ともあれ読ませる。

加藤秀行の「キャピタル」（「文學界」12月号）は、デビュー以来この作家が描き続けてきた「高度資本主義社会における勝ち組たちの憂鬱《ゆううつ》」を更に一歩推し進めた中編である。コンサルティングファームで働く須賀は会社から七年間勤務した報償として一年間の「サバティカル＝一時休養」を与えられ、ある成り行きによってタイのバンコクに滞在している。そこにファームの元先輩社員で現在はファンドに勤める高野から連絡がある。高野の会社で採用予定だったタイ人女性アリサが交通事故に遭い、その後入社を取りやめるという連絡があったきり音信が途絶えたので、見舞いがてら接触して事の次第を調べてほしいというのだ。須賀は病院にアリサを訪ね、彼女がデータセンターを所有するタイの上場企業を親から受け継いだことを知る。アリサの人生と人生に対する考え方が須賀のそれと共振する。そして二人は高野のいる東京へと発《た》つ……。まさに勝ち組中の勝ち組たちの物語と言えるが、ここにも好ましいリアリティーがある。私のコンサルや投資会社の知識は詐欺や狩猟と同程度だが、それでも登場人物たちの逡巡《しゅんじゅん》や苦悩は理解出来た。文体にはそこはかとなく村上春樹からの影響を感じるが、比喩は春樹ほど上手《うま》くない。過去への戻り方も行き当たりばったりで計算が甘い。しかし、ここまで書けていれば秀作と呼んでよいだろう。

服部文祥は登山家、加藤秀行はバンコクでマーケティング会社を経営している。リアリティーはリアルをリソースにしている。結果として、二人の作品はユニークな「文学」になっている。だが、他に方法はないのだろうか、という気もしてしまう。

2016.11

「すばる」特集「17」
「群像」特集「五〇人が考える『美しい日本語』」
上田岳弘「塔と重力」

「すばる」1月号の特集「17」には驚かされた。もちろん二〇一七年にちなんでいるのだが、とにかく「17」という数にこだわって、谷川俊太郎、角田光代、平野啓一郎、吉本ばななら総勢十四名によるエッセイ「十七歳のとき」、青山七恵、滝口悠生《ゆうしょう》、上田岳弘《たかひろ》の鼎《てい》談《だん》「『十七歳小説』を読む」、一九一七年に立ち返って夏目漱石没後一〇〇年にかんする水村美苗と小森陽一の対談、ロシア革命一〇〇年をめぐる亀山郁夫、島田雅彦、前田和泉の鼎談、さらには俳人の堀本裕樹の「十七音の遠き海」、数学者・森田真生《まさお》の「数をめぐる十七の断章」など、ヴァラエティに富み過ぎとも思える記事が並んでいる。

　こんな自由連想的な特集の組み方があったのか、と呆《あき》れを通り越して感嘆した次第だが、中でもJ・D・サリンジャー「ライ麦畑でつかまえて」、フランソワーズ・サガン「悲しみよこんにちは」、大江健三郎「セヴンティーン」という「『十七歳小説』を読む」が面白かった。もちろん「十七歳」と言ったって、時代によって全然違っているわけだ。三編は五〇年代頭から六〇年代頭にかけて書かれている。半世紀以上前の「十七歳」を、現代の若手作家三人が縦横に論じている。

特集といえば「群像」1月号では「五〇人が考える『美しい日本語』」をやっている。蓮實《はすみ》重彦、吉増剛造、橋本治、内田樹《たつる》、リービ英雄、穂村弘、堀江敏幸、村田沙耶香、等々が各々《おのおの》「美しい日本語」を選び、エッセイを寄せている。私も書いている。このタイミングでの特集の企画意図については特に誌面では触れられていないのだが、私も含めた何人もの寄稿者が「美しい」と「日本語」の接続に微妙な違和感を表明しているのがなかなか興味深い。そういう反・ナショナリズム的な反応自体も今や紋切り型ではないかと思いつつ、ついつい留保をつけたくなってしまうということだろう。

その中で、佐佐木信綱「夏は来ぬ」を挙げた片岡義男の「美しい日本語は、言葉としては残っている。活字で本のなかに印刷された言葉だ。僕がそのような言葉のほんの一端を知ったとき、そのような言葉が描いたはずの日本の風物は、とっくに消えていたと僕は思う。実体はかたっぱしから消えていき、言葉だけが残る」という述懐が心に残った。

上田岳弘の中編「塔と重力」（「新潮」1月号）は、デビュー作品集『太陽・惑星』、三島由紀夫賞受賞作「私の恋人」、芥川賞候補となった「異郷の友人」と、人類史を丸ごと相手取った極端にマクロな世界観のもとに荒唐無稽な物語を紡いできた注目作家の「種明かし」のような作品として読んだ。なにしろこの小説には、上田作品ではお馴《な》染《じ》みのSF的にぶっ飛んだ設定は出てこない。

主人公の「僕」こと「田辺」は予備校時代、友人たちとの合宿中に阪神・淡路大震災に遭遇、ホテルの倒壊で生き埋めとなり、彼自身は救出されたものの、恋人（になりかかっていた）美希子は亡くなった。「僕」は上京して大学生となり、卒業後はフリーターとして二年間を過ごした後、知人の紹介で起業まもない会社に入り、今では役員となっている。その会社が株式公開をして、まもなくロックアップ期間が終わるので、そうしたら株を売却して会社は辞めようかと考えている。「僕」はフェイスブックで昔の知人を検索していて、大学時代に友人だった水上の消息を知る。かつて「僕」は水上の自殺（?）を食い止めたことがあった。水上は弁護士になり、二度離婚して二人の元妻との間に娘がひとりずついる。「僕」は今も独身だ。二人とも三十代の終わりを迎えている。

「僕」と水上は再会し、しばしば飲み歩くようになるが、学生時代に「僕」から美希子のことを聞いていた水上はやがて「美希子アサイン」と称し、会うたび知らない女性を「美希子」として同席させるようになる。意味不明の行為に「僕」は戸惑うが、徐々にそれにも慣れていく。水上は「田辺＝僕」が登場する小説を書き始める。ある日、十一人目の「美希子」として現れたのは、しばらく連絡が途絶えていた「僕」のセックス・フレンドの葵だった。

フェイスブックをはじめとするSNSが物語の中枢に置かれている。「神ポジション」という言葉が出てきて、文字通り「あたかも神のごときポジションからやたらと壮大な視点で語ること」なのだが、それを実体化させると過去の上田作品になるわけだ。「僕」の経歴は作家自身のそれと意識的に重ねられている。上田岳弘という小説家は、どうしてあのような奇妙な小説ばかり書いていたのかという問いへの、もちろんフィクションではあるのだが、切実な返答らしきものが、この作品のそこかしこに覗《のぞ》いている。「種明かし」とはそういう意味である。これを書くのはかなり大変な、ある意味でしんどい作業だったのではないか。しかしそれに見合う力作に仕上がっている。

2016.12

第156回芥川龍之介賞
「三田文学」特集「保坂和志」
松浦理英子「最愛の子ども」

　第156回芥川龍之介賞は山下澄人《すみと》「しんせかい」（「新潮」2016年7月号、新潮社刊）に決まった。初出時にこの時評でも取り上げて、「願わくば、この小説の清新さと大胆さが真っ当に評価されますように」と書いた身としては、我が意を得たりという気持ちである。四度目のノミネートでの受賞でもあり、順当な結果と言えるだろう。

　個人的な感慨としては、山下が研鑽《けんさん》を経て遂《つい》に栄冠を射止めたというよりも、やっと芥川賞が「しんせかい」のような作品に賞を与える時代になった、という思いの方が強い。今回から吉田修一が加わって選考委員が総勢十名になったわけだが、現在の顔ぶれは読み巧者が揃《そろ》っていると思う。言うまでもないことだが、優れた小説家だからといって他人の小説をよく読めるとは限らない。その意味で、現在の選考委員会は信頼に足る。芥川賞はしばらく「ブレない」だろう。

「三田文学」冬季号の特集は「保坂和志」。私も論考を書いているのでここで触れるのはいささか気が引けるが、雑誌誌面での一人の作家の特集としては稀《まれ》に見る気合の入ったものになっている。まず保坂本人が新作短編「ある講演原稿」と新連載エッセイ「TELL TALE SIGNS」第一回を寄稿している。それから保坂と安藤礼二のおそらく初の対談。磯崎憲一郎が保坂について語った公開インタビューの採録。そして新芥川賞作家山下澄人による長文のエッセイ「保坂さんの本を読んでぼくは小説を書くようになった」。その他、岡英里奈、石川忠司、千葉文夫、鈴村和成、土田知則、岡谷公二、私の論考。

保坂は昨年秋に短編小説集『地鳴き、小鳥みたいな』とエッセイ集『試行錯誤に漂う』を続けて刊行したばかりだが、その精妙繊細な大胆不敵ぶりにはますます磨きがかかっている。磯崎と山下もそうだが、保坂の影響や薫陶によって世に出た小説家は何人も居る。現在の日本文学において、保坂和志は孤立しつつ（保坂はいわゆる「文壇」とは自ら断絶しているように見える）も強力な磁場を形成している。山下澄人の芥川賞受賞によってその磁場はより鮮明になったというべきだろう。もちろん、これは派閥や人脈的な力学の問題ではない。「小説」の問題、そして「文学」の問題である。

松浦理英子の四年ぶりとなる書き下ろし長編「最愛の子ども」（「文學界」2月号）は、この極めて寡作の作家が真に途方もない才能の持ち主であることをまざまざと見せつける鮮烈な傑作である。共学だが男女が別々のクラスに分けられた学園の高等部に通う、十七歳の女子高生たちの物語である。反抗心が強く時に問題を起こす今里真汐と、人気者なのに常に超然としている舞原日夏、この二人は「わたしたち」の中で「妻」と「夫」と呼ばれている。とはいっても日夏＝夫と真汐＝妻は性的な肉体関係を結んでいるわけではない。かといってごく普通の友情の延長線上にあるのでもない、もっと名付けがたい、曖昧だがそれゆえに深く固い感情の紐帯《ちゅうたい》のようなものが二人の間には存在する。

二人の仲は中等部の頃からだが、高校生になって「子ども」が出来る。薬井空穂は不器用な小動物のような少女であり、皆と同い年なのに何につけ異常とも思えるような受動性を発揮する。空穂は「わたしたち」によって「王子様」と名づけられる。夫と妻と子。この〈わたしたちのファミリー〉の成り行きが、たくらみに満ちた筆致で描かれてゆく。

たくらみ、というのはまず何よりも、この「わたしたち」という一人称複数形に因《よ》っている。この小説の語り手である「わたしたち」は、〈わたしたちのファミリー〉のクラスメイトである、それぞれに名前と性格を与えられた何人かの女子高生たちの集合体であり、その中の誰であるとは明示されない。そして更に「わたしたち」は「わたしたち」が直接知る筈《はず》のない〈わたしたちのファミリー〉の内輪の出来事や、真汐と日夏と空穂の心中までも、もっぱら伝聞と妄想によって詳細に記していくのである。

とりわけ後半、三人の関係が少しずつ、やがて音を立てて変化していくに至って、それが現実に起こったことなのか、それとも「わたしたち」の想像でしかないのかが、判然としなくなっていく。しかも驚くべきことは、このような超絶技巧と言ってよい技を駆使しながら、この小説は、取っ付きにくい実験性とは無縁の、めくるめく面白さを有しているのである。

松浦理英子は、デビューから一貫して、性愛にも精神性にも偏らない、だが単純な意味でその中間にあるわけでもない同性愛のかたちを描き続けてきた。それは一見、特異なすがたに見えるが、しかしすこぶるリアルでもある。むしろ、このような愛のあり方こそが、理想ではなく、真実なのではないか。「最愛の子ども」を読んで考えたのは、このようなことである。

2017.1

滝口悠生「高架線」「今日の記念」関口涼子「声は現れる」

　滝口悠生《ゆうしょう》の書き下ろし長編「高架線」（「群像」3月号）が、とてもこの作家らしい飄々《ひょうひょう》とした佇《たたず》まいの好作だった。西武池袋線の東長崎駅から歩いて五分ほどの場所にかつて存在した「かたばみ荘」の住人たち、およびその周りの人物たちによる、一種の群像劇である。

「かたばみ荘」は老朽化の甚だしい木造二階建てのアパートで、各階に二部屋ずつ、計四部屋しかない。大家の方針（？）によって、不動産屋を介さず、各部屋の住人は代々、部屋を出ていく際には次に住む者を自ら連れてくるしきたりになっている。これによって六畳一間に二畳ほどの台所、風呂トイレ付きで家賃三万円という破格の安さが維持されており、貧乏な学生や単身者にはうってつけの物件となっていた。

　小説はまず「新井田千一」のひとり語りから始まる。新井田はきちんと名前を名乗ってから、生い立ちを含めた自己紹介をして、その昔「かたばみ荘」に約四年半住んでいた時のこと、それから自分を継いで部屋を借りた「片川三郎」の奇妙な失踪事件の顚末《てんまつ》について、とりとめもなく語り続ける。いったん話が途切れると「＊」が挟まって、ふたたび「新井田千一です。」と名乗り直して語りは続けられる。それが何度か繰り返されて、起こったことの様相がおおよそわかってきたあたりで、突然、語り手は「七見歩」に変わる。

　七見も新井田同様「七見歩です。」と名乗ってから話し出す。彼は「片川三郎」の幼馴染《おさななじ》みで、自分自身は「かたばみ荘」に住んでいたわけではない。だが三郎に金を貸していたことにより、その失踪事件にかかわることになる。ならば物語は「片川三郎」をめぐって展開していくのかといえば、必ずしもそうではなくて、その後も何人かの語り手が出てきてさまざまなことを語り、いつの間にか「かたばみ荘」を中心とするおおらかで豊かな時間の流れのようなもの、人と人のかかわりの色とりどりの数珠繋《じゅずつな》ぎのようなものが、ゆっくりと、鮮やかに立ち上がってくる。

　最終的に「かたばみ荘」は取り壊されることになるのだが、そこに至って明かされる幾つかの隠された真実（?）は、実のところそれなりに劇的と呼んでもいいものである。ああ、そうだったのか、と読者が抱くだろう驚きは、かなり作り物っぽいとも言える。だが滝口は、それを大袈裟《おおげさ》に描こうとはまったくしていない。むしろ「現実だからこそ、このぐらいドラマチックなことが時にはあったりするんじゃないか」とでも言いたげな何気なさに満ちている。本筋が特に存在してないような作品だが、その中でも瑣末《さまつ》なエピソードや些細《ささい》なディテールがとりわけ面白い。これはもちろん誉《ほ》め言葉として書くのだが、なんだか地味だが妙に心に残る映画かドラマかマンガのような読後感だ。

　滝口は今月「新潮」3月号に短編「今日の記念」も書いている。こちらは離婚歴のある「私」が運転免許の更新を忘れていて、京急線の鮫洲にある運転免許センターまで再交付に行くと、二週間ほど前に飲み屋で隣り合わせになり、ほぼ見ず知らずのまま自分の家に泊めた、だが指一本触れることのなかった女と再会する、という話。

　こういう取り立ててなんでもなさそうな普通の人間

の普通の人生の一断面を切り取って、それほど普通ではない小説に変成させる滝口のセンスは抜群だと思う。彼は「死んでいない者」で芥川賞を受賞してからまだ一年しか経《た》っていないが、この間にかなり多くの中短編を発表している。旺盛な生産力だが質も落ちていない。小説家として極めて良い状態にあると言ってよい。

　フランス在住の詩人で翻訳家の関口涼子による「声は現れる」（「文學界」3月号）は、目次には「散文」と銘打たれている。長短さまざまな断片が六十ページにわたって続く。主題は題名にも冠された「声」である。「大切な人の声を録音してください。この本は、ただそう言うために書かれた」。亡くなった祖父の声。留守番電話に録音されていた筈《はず》なのに、いつのまにか消去されてしまっていた、もう二度と聴くことのかなわない、彼女を呼ぶ祖父の声。この「声」の記憶を引き金として、永遠に失われた声たち、失われていた筈だが録音されていたことによって永遠の再生の可能性を帯びた声たち、それでもなお、その声が発された「その時その場」からは決定的に、絶望的に隔てられてあるしかない声たち、などなどにかんする随想と思弁が黙々と淡々と書き連ねられていく。

　非常に抽象度の高い文章だが、はじめの方にはこんな記述がある。「これから書かれるのは個人的な物語」。そう、これは「物語」なのだ。「散文」とされているが、一種の「小説」としても読める。この分量の一挙掲載は文芸誌としては異例とも思えるが、価値ある試みだと思う。

2017.2

又吉直樹「劇場」
温又柔「真ん中の子どもたち」
青木淳悟「私、高校には行かない。」

又吉直樹が文芸誌へのデビュー作「火花」で芥川賞を受賞した時、私はこう書いた。「二作目がいつ読めるか。人気芸人の受賞が『文学』に齎《もたら》すものよりも、いきなりの芥川賞が、この出てきたばかりの新人作家に、何を与え、何を強いてゆくのかが気になる。短いものでもいいので、とにかくコンスタントに書いてゆくことを望みたい」

同作の雑誌掲載から二年余り、ついに芥川賞受賞第一作「劇場」(「新潮」4月号)が発表された。右のように書いたものの、なかなか執筆の時間も取れないだろうし、プレッシャーだって並大抵ではないだろうから、おそらくかなり待つことになるのだろうと考えていた(そう思ったからああ書いたということもある)。思っていたよりも早かったと言っていいかもしれない。しかも三百枚の長編書き下ろしである。

無名の小さな劇団で作演出を担当している「僕」は、何もかもうまくいかず、病的な気分で街をさまよっていたとき、ひとりの女性を見初めて、なかば強引に知り合いになる。偶然にも女優志望だった沙希という名のその女性と、ほどなく「僕」はともに時間を過ごすようになる。恋愛小説と言っていいだろう。

だが、ここでひたすら描かれているのは、一組の男と女の関係の変遷というよりも、「僕」という人間のどうしようもなく卑小で自己中心的な内面である。彼にはおそらく才能がないわけではないのだが、あまりにも高い理想と純粋さを自分自身に強いているせいで、不遇感と他人への嫉妬と自己嫌悪が綯《な》い交ぜになった感情で身動き取れなくなっている。そんな「僕」を沙希は徹底的に肯定し、底なしにも思える優しさで受け入れる。「僕」は彼女にとことん甘え続け、そうしている自分への不満さえ沙希に向ける。とにかく「僕」の駄目さ、弱さ、非道さが半端ない。身近に居たら絶対に友だちにはなれないタイプである。

物語の展開は良くも悪くも読者の想像を超えることはない。これはそういうことを主眼に置いた作品とは違う。作者がやりたかったのは、この「僕」の捻《ねじ》れまくった自意識の空転ぶりを言葉の力によって極限まで表現し、あわよくば「その先」に突破する、ということだったのではないか。

結末は「火花」同様、とても印象的だが、そこに出口が見えているのかといえば、読者によって感じ方が違うだろう。全体として、情景や心理を丁寧に描き出そうとしている部分よりも、思わず筆が暴走していると思える細部に読みどころがある。文体はますます読みやすく達者になっているが、しかしサービス精神みたいなものはほとんど感じられない。私はそこを好ましく感じた。書きたいように書いている。屈折し過ぎていてどうにも笑えないユーモアの披瀝《ひれき》は、芸人だからこそ出来る技だと言えるかもしれない。

温又柔《おんゆうじゅう》「真ん中の子どもたち」（「すばる」4月号）は、日本エッセイスト・クラブ賞を受賞した『台湾生まれ日本語育ち』の小説版というべき作品である。日本人の父親と台湾人の母親のもとに生まれ、日本で育った十九歳の「私」＝天原《ていえんゆえん》琴子は、中国語を勉強するために上海へと旅立つ。彼女は語学の専門学校である漢語学院で、台湾人の父親と日本人の母親を持つ呉嘉《うーじゃー》玲《りん》と出会い、お互いを咪咪《ミーミー》、玲玲《リンリン》と呼び合う仲になる。小説は「私」たちの一年間の漢語学院での日々を物語ることで、日本、台湾、中国という三つの「国」の「真ん中」で、言語とアイデンティティーが複雑に絡まり合った境遇を否応《いやおう》無しに生きる「子どもたち」の姿を繊細かつ鮮やかに描き出してゆく。

「国語」をめぐって語られるエピソードのひとつひとつが興味深い。一挙に十五年の歳月が経過した最終章で、或《あ》る人物が問いを発する。「母親から受け継いだ言葉」と形容されがちな「母語」は、本当に一つなのか。答えも提示される。一つではない。「母語」は複数の言語から成っている。

青木淳悟「私、高校には行かない。」（「文學界」4月号）は、およそこの作家にしか書けない、というか書かない、じつにユニークとしか言いようのない「少女小説」である。中学三年生の君島澪《みお》を「主人公」として、彼女の夏休みが物語られるのだが、どこも特に変ではないようなのに明らかにおかしい。青木の小説はいつもそうだが、文章も構成も難解というわけではないが、意図や狙いがよくわからないのである。これはいったい何なのか、と思ったら、スタジオジブリ制作のアニメ映画「耳をすませば」の「二次創作」なのだった。しかしこれ、同作のファンが読んだらどう思うのだろうか。やはり何をしたいのかわからないのではないか。要するにそういうことを青木はやりたいのだ。小説の虚構性を誰とも似ていないやり方で追求している稀有《けう》な作家だと思う。

2017.3

村上春樹『騎士団長殺し』
沼田真佑「影裏《えいり》」
ミヤギフトシ「アメリカの風景」

さる二月に例によって鳴り物入りで発売された村上春樹の新作長編『騎士団長殺し』について、文芸各誌が評論を載せている。「新潮」が椹木《さわらぎ》野衣《のい》と上田岳弘《たかひろ》（同誌は先月号にもいしいしんじが長めの書評を寄せていた）、「群像」が清水良典、「すばる」が杉田俊介、「文學界」が小山鉄郎と鈴村和成と山崎ナオコーラと佐々木敦、「文藝」は通常の書評枠だが田村文《あや》と、さながら『騎士団長殺し』論バトル・ロワイヤル状態である。自分も「参戦」しているので滅多《めった》なことは書けないが、さすが村上春樹というべきか、論者によってかなり異なった読みが開陳されていて、あらためてこの国際的人気作家の多面性を思い知らされた気がする。

謎めいた題名の通り、主人公にして語り手である肖像画家の「私」（そう、今回は「僕」ではないのだ）は次々と不可思議な出来事に遭遇する。老いたる高名な日本画家が秘《ひそ》かに描いた「騎士団長殺し」という一枚の絵画に込められた秘密とは何か。「私」の前に忽然《こつぜん》と現れる「騎士団長」の正体とは。「第一部　顕《あらわ》れるイデア編」「第二部　遷《うつ》ろうメタファー編」という奇妙な副題の意味とは。全体として、あたかも村上春樹が「村上春樹らしさ」をあからさまになぞったかのような作品になっており、むしろそのことにこそ真の意図が隠されている、と拙稿では論じた。この小説のある種の論じやすさは罠《わな》である。そして実際、ほとんどの論者が罠に嵌《は》まっているように思える（私も例外ではないかもしれないが）。

文學界新人賞受賞作の沼田真佑《しんすけ》「影裏《えいり》」（「文學界」5月号）が、思いのほか読み応えのある秀作だった。

医薬品を扱う企業の岩手支店に勤める三十過ぎの男性である「わたし」が、もとは同じ職場で、たびたび二人で釣りに出かけたりするほど親しかったのに、先方が転職して以後はあるきっかけから疎遠になっていった男が、どうやら思っていたのとはかなり異なる人間性を持っていたということを、東日本大震災をきっかけに知ることになる、という話だが、新人にしては相当に達者な文章で綴《つづ》られる清冽《せいれつ》な風景と魅力的な釣りの描写に気を取られていると、「わたし」の以前の恋人が性同一性障害者の元男性であることが極めてさりげなく述べられたり、日浅というその友人の悪《あ》しき「正体」を語る実の父親が披露するエピソードが、一体どういうことなのかさっぱりわからないものだったり、そもそも「わたし」が日浅に抱く感情がどのような類いのものなのかも定かではなくなってきて、この小説は読み進むほどにさまざまな引っかかりを生じさせ、意外なまでの深みと広がりを獲得してゆく。

選考委員の何人もが選評で触れている「そもそもこの日浅という男は、それがどういう種類のものごとであれ、何か大きなものの崩壊に脆《もろ》く感動しやすくできていた」という実に印象的な一文も、その意味するところはひと通りではない。派手さは皆無だが、行間を読ませる術に長《た》けている。遅れてきた「ポスト3・11小説」としての佇《たたず》まいも慎《つつ》ましく、かつ大胆である。第二作が楽しみだ。

新人賞受賞作ではないが「初小説」と銘打たれているミヤギフトシの「アメリカの風景」（「文藝」夏号）も良かった。ミヤギは彼自身のアイデンティティーと深く結びついた沖縄の米軍基地とセクシャリティを二つの大きな主題として、写真や映像、オブジェ、文章などから成る一連の作品で注目されてきたアーティストである。限りなくミヤギ自身を思わせる「僕」が、ニューヨークの友人ニルスのアパートで音楽を聴いたり映画のビデオを観《み》たりしている二〇〇五年を語りの現在時として、那覇の泊で通っていた小学校で出会った「薬くん」ことクリスと、クリスとは対照的な性格に見えたジョシュという双子の兄弟との、その後とびとびに続いた交流を思い出す。

ミヤギの最近の映像作品には小説的と言ってもいいようなロマンチックな物語性を持っているものがあり、またブログや作品集に寄せた文章も独特の雰囲気があるので、いつか小説も書きそうだとは思っていた。初小説とは思えないほど読ませる文体といい、そこから浮かび上がるナイーヴで繊細な慕情といい、結末近くの、断り抜きに時間があちこちに跳躍を繰り返す、それでいて前衛ぶった難解さとは無縁の技巧といい、これは賞讃《しょうさん》されるべきデビュー作である。

イベントで本人と話す機会があったのだが、最終的にこのかたちになるまでには改稿作業にかなりの時間を掛けたという。その甲斐《かい》はあったと言えるだろう。出来れば今後はアート作品と小説を並行して発表していきたいとも語っていた。「アメリカの風景」という、一見あまりに芸のない題名には、幾重にも複雑な想《おも》いが込められている。

2017.4

高橋弘希「日曜日の人々（サンデー・ピープル）」
古川真人「四時過ぎの船」
宮崎誉子《たかこ》「水田マリのわだかまり」

高橋弘希「日曜日の人々（サンデー・ピープル）」（「群像」6月号）は、芥川賞候補にもなった新潮新人賞受賞のデビュー作「指の骨」以来、一作ごとに果敢な挑戦を行ってきた気鋭作家による、新たな野心作である。

一時期は恋人と言ってもいい関係にあった同い年の従姉《いとこ》が自殺し、大学生の「僕」のもとに彼女が残した手記が届けられる。そこには彼女が出入りしていた心に闇を抱える者たちが集うサークル「ＲＥＭ（レム）」のことが綴《つづ》られてあった。「僕」は正体を隠してＲＥＭに参加する。ＲＥＭの集会は「寝室（ベッド・ルーム）」と呼ばれるマンションの一室で行われている。それぞれにさまざまな問題を持つメンバーの告白は逐一文章に記録されており、集会が日曜日に行われることから文集は「日曜日の人々」と呼ばれている。その死に納得がいっていない「僕」は従姉の告白を読みたいと思う。物語は「僕」が従姉の自死の真相に近づいてゆく過程を、彼とＲＥＭのメンバーたちとのかかわりを絡めながら描いてゆく。

迫力のある作品である。細密なディテールによって大方の読者には（そして作者自身にも）馴染《なじ》みのない非日常的な世界に強烈なリアリティーを与えるこの作家の才能は今回も遺憾なく発揮されている。どうしようもなく重く暗く悲惨な話だが、負のドラマツルギーに溺れることなく、真正面から主題に取り組んでいるのも頼もしい。人物造形も巧みで、特に拒食症のひなのという女の子が抜群に魅力的だ。

全体の構成にはわかりにくいところがあり、ラストはちょっと甘いのではないかとも思ったが、これはかなりの力作だ。筆力という点では並み居る新人作家の中で際立っている。

新潮新人賞で高橋の後輩に当たる古川真人《まこと》の第二作「四時過ぎの船」（「新潮」６月号）を、芥川賞候補に挙げられたデビュー作「縫わんばならん」よりも面白く読んだ。

亡くなった祖母佐恵子が、夫亡き後十年ものあいだ独居していたが、彼女の死後二年にわたり放置されていた島の家を片付けるため、大村稔は兄の浩と、佐恵子の娘である母美穂と相前後して島にやってくる。浩は全盲だがプログラマーとして一般企業で働いている。稔は三十歳を目前にして無職であり、兄と二人で関東のマンションに暮らしている。兄の生活を補助するためと言っているが、それがたとえ事実であっても、一種の言い訳にすぎないことを、誰よりも稔自身がよくわかっている。

佐恵子は島でひとり暮らしをしていた晩年、認知症に罹《かか》り、思いついたことをすぐさま忘れてしまうようになっていた。稔は島の家で、祖母の字で書かれたメモを見つける。「今日ミノル、四時過ぎの船で着く」。佐恵子がこのメモを書いた一日と、稔たちが祖母の家を訪ねた時の出来事が、並行して綴られてゆく。

一作目よりも文章は大分こなれている。「過去」を喪失していく祖母と、「未来」への意志を抱けない孫が、二重の「現在」において出会うという最後の一文も、なかなか気が利いている。しかしまだ全体として生硬な感触は否めない。ある意味で、丁寧に上手に書こうとし過ぎなのではないか。もっとのびのびと、脱線や肥大をおそれずに、自分にしか書けない世界に取り組んで欲しいと思う。

　宮崎誉子《たかこ》「水田マリのわだかまり」（同）は、独自の世界観と唯一無二の文体を有するユニーク極まりない寡作作家の待望の新作中編である。三日で高校を辞めて現在は洗剤工場で働く「水田マリ」の過酷で夢のない、だがお気楽に見えなくもない生活を、ドラマ性希薄、会話多めで物語っていくのだが、低賃金労働といじめを主なテーマにしていながら、ノリはあくまでも軽い。

　だがこの「軽さ」こそがくせ者なのであって、「マリ、ちょっお前の顔ヤバくね？　なんか瀕死《ひんし》のリスみてーだけど大丈夫かよ」「大丈夫じゃねーよ。洗剤の原液が持つ破壊力がマジ、鼻の奥まで侵入してくんだもん」「それって、マスクすりゃよくね？」「そうかもね」（マリと彼氏の会話）とか、「ニコ、いつ会っても顔ちっちゃーい」「え〜大きくなってもぉ、友達でいてくれる」「今でも無理かも」「え〜ミズマリったら、ムリマリかよ。マジドSだよね」（マリと友達の会話）などといった（かつての）若者言葉満載のどうでもよさげな会話を読んでいると、不思議な多幸感と、同じくらいの量の怒りや哀《かな》しみのようなものが、じわじわと立ち上がってくる。

　いわゆる「文学」らしさを徹底的に排除しつつ、こんにちの「文学」が取り組むべき題材を敢然と相手取っているという点で、宮崎はすこぶる貴重な存在である。この小説が描こうとしているものは、高橋弘希の「日曜日の人々（サンデー・ピープル）」のそれと、ほとんど同じなのだ。

鴻池留衣「ナイス・エイジ」
乗代雄介「未熟な同感者」

鴻《こう》池《のいけ》留《る》衣《い》「ナイス・エイジ」（「新潮」7月号）が抜群に面白かった。以前この欄でも取り上げた「二人組み」で新潮新人賞を受賞してデビューした鴻池は、第二作にして早くも大きく化けたと言っていいだろう。

インターネットの匿名掲示板に「２１１２」というハンドルネームで現れた人物が、自分は二一一二年の未来からやってきたタイムトラベラーだと標榜《ひょうぼう》し、もちろん最初は単なるネタだと思われるのだが、一回目に登場した二〇〇九年に、東日本大震災、民主党政権に代わる自民党政権の誕生とその長期化、福島第一原発事故被災地への立ち入り禁止、という三つの出来事をすべて「予言」し的中させていたということで、俄《にわ》かに話題となる。

「２１１２」はその後いったん姿を消したが、二〇一一年の震災後に再び降臨し、今度は五年以内の「国民的アイドルグループ」の解散とオリンピックの東京開催決定を予言、これものちに実現する（「首都直下型地震」も予言するが、それは当たらない）。そして二〇一六年になって三たび「２１１２」は現れ、なんと掲示板のオフ会（ネットでの知り合い同士が現実に顔を合わせる会）に参加すると宣言する。

小説のはじまりは、このオフ会の模様で、アダルトビデオ女優をして生計を立てている絵里は「アキエ」という偽名で会に参加する。当然皆は誰が「２１１２」なのかを互いに探り合い、あるいは自分が「２１１２」であるかのようなフリをしたりして、それぞれに楽しんでいる。絵里は「進次郎」と名乗る年下の青年と意気投合し、ふと気づくと朝で二人だけになっている。すると進次郎は彼女を「おばあちゃん」と呼ぶ。自分は絵里の実の孫であり、つまり未来からやってきた「２１１２」なのだと。

当然、彼はタイムマシンも持ってきている。なんとそれは赤いキャリーケースに偽装（？）してある。絵里はもちろんそれを信じるわけではない。むしろ進次郎の嘘《うそ》を見破るべく、独り住まいのマンションに同居させることにして、かくして二人の奇妙な共同生活が始まる。やがて「アキエ」は「２１１２」の行状を自ら掲示板に書き込み始める。ネット民たちは盛り上がり、やがてそれは大きな騒動に発展してゆく。

未来から来たタイムトラベラーは、彼にとっての過去であるところのわれわれにとっての未来を知っているがゆえに「予言」をすることが出来る。ＳＦでは古典的な設定だが、この作品の狙いはそこにあるのではない。「２１１２」の予言は、確かに幾つかは当たるのだが、外れる場合もあれば妙に曖昧なところもあり、まともに考えれば、露骨に怪しい。そして人々は、それを百も承知の上で、その怪しさも込みで、このネット出自の「祭り」に参加している。

「ポスト真実（トゥルース）時代の新文学」と「新潮」目次の惹句《じゃっく》にあるのだが、これは本文中にそのまま出てくる表現である。ポスト・トゥルース。ひとは今や自分が信じたいことだけを信じる。無意識にそうしている者もいれば、そういう時代であることをよくよくわかった上であえて「信じることにする」者もいれば、何らかの意図をもって信じるフリをする者もいる。

時間旅行者という極端なネタを使って、鴻池は新しいタイプの日本文学を書き上げた。クセのない文体はあくまでも読みやすく、その徹底した滑らかさは評価の分かれるところかもしれないが、とにかく二百枚の中編を読み始めたら最後まで一息だった。それからこの小説のポイントは、大胆にも次の元号を予言してみせていることだろう。これがもしも当たってしまったら、と思うと痛快な気分になってくる。

乗代《のりしろ》雄介「未熟な同感者」（「群像」7月号）は、この作家がデビュー以来一貫して追求している度を超してブッキッシュ（書物耽溺《たんでき》的）な屈託と純情の世界を、さらに一歩進めた印象の佳作である。フローベール、宮沢賢治、二葉亭四迷、ローベルト・ヴァルザー、保坂和志、柄谷行人、夏目漱石、カフカ、そして今回話の中心に置かれるJ・D・サリンジャーと、次々と非常に長い引用が挟まり、その合間（ほんとうはもちろん逆なのだが読んだ印象としては引用がメインであるかのようなのだ）で、大学のゼミで出会った美少女、間村季那に魅入られる阿佐美の語りが進行する。

これまでにも増して創作と評論のハーフのような奇態な小説になっており、それでいて物語のレベルでもかなりセンセーショナルなことが起こる。しかし独自の作風として確立するにはまだ一歩手前という感じがしてしまうのは何故だろうか。「本物の読書家」（「群像」２０１６年９月号）の時にも指摘しておいたことだが、結末を結末らしく閉じようとする工夫がかえって仇《あだ》になっているのではないか。いろいろと仕掛けを弄《ろう》した結果、策ばかりが目立って本音がぼやけているような気もする。

2017.6

第157回芥川龍之介賞　沼田真佑「影裏」
加藤秀行「海亀たち」
「文藝」特集「現代文学地図2000→2020」

第157回芥川龍之介賞は沼田真佑《しんすけ》「影裏《えいり》」（「文學界」5月号）に決まった。本欄でも初出時に取り上げておいたが、この作品は文學界新人賞受賞作、すなわちデビュー作であり、文芸誌一作目でいきなり芥川賞というのは近々だとやはり「文學界」の又吉直樹「火花」があったものの、新人賞受賞作で芥川賞受賞となると、第百四十八回（二〇一二年下期）の黒田夏子「abさんご」（早稲田文学新人賞）以来のこととなる。しかも黒田はちょっと例外的なケースなので（黒田は一九六三年に一度小説家デビューしている）、その前だと群像新人文学賞受賞作「アサッテの人」で芥川賞を射止めた諏訪哲史の〇七年、今回はそれからちょうど十年ぶりということになる。

「影裏」は、医薬品会社の岩手支店に出向している三十過ぎの独身男性の「わたし」が、職場の同僚だった「日浅」という男と休日に釣りに出かけるなど友人付き合いをしていたが、日浅が転職した後、ある理由から疎遠になってしまい、東日本大震災の津波で日浅が亡くなったらしいと知ったのをきっかけに、かつての友人の隠された面が明らかになっていく、という物語である。丁寧な釣りの描写と、それとは不均衡な人物像の意図的な曖昧さなど、一作目とは思えない巧みな技術が駆使されており、地味ではあるが確かな筆力が評価されたということだと思われる。率直に言えば二作目以降を待ってからの授賞でもよかった気もするのだが、まずはこの幸運な新鋭作家の出発を祝福したいと思う。

同じく文學界新人賞出身で、すでに過去二度、芥川賞の候補に挙げられている加藤秀行の「海亀たち」(「新潮」8月号)は、過去作「サバイブ」「シェア」「キャピタル」と同じく生き馬の目を抜く国際的な起業家の世界を描きながらも、主人公はこれまでのように明確な「勝ち組」というわけではなく、むしろ負けを何とか食い止めようとしているところから物語は始まる。今回の舞台はベトナムのホーチミン(最初はダナン)。野望を抱いて海を渡った「俺」は、ホテル経営の夢があっさりと破れて万事休すのところを、香港からベトナム支社を設立するべくやってきたゲーム関係の広告代理店の経営者二人に拾われる。彼らは「海亀」と呼ばれる、香港が中国に返還される際に他国に移住し、外国人として香港に戻った成功者だった。「俺」は「海亀たち」の会社で働きながら、自分自身の行き先を探り続ける。チャンスをものにして海亀になるのか、それとも?

加藤の小説の最大の特徴は、多くの日本人作家にとってはあらためて問題にするまでもない、それゆえに問題にしようとすれば大問題にするしかない、前提条件としての「日本」が、何ら重要視されていないということだろう。実際にバンコク在住だという作者は、日本に生まれた日本語を母語とする日本人であるということを、いわばたまたまの与件としてしか考えていないに違いない。それでいて日本語で書かれ日本の文芸雑誌に掲載されている彼の小説は、その結果、一種独特のローカルなグローバルさを醸し出すことになる。今作もその意味でかなり面白いが、ちょっと登場人物像が類型的に過ぎる気がするのと(前からその傾向はあったが今回は明らかに描き込みが足らない）、あとは結末のつけ方が少々安易ではないだろうか。開放的な、明日への希望を感じさせるラストだが、そのポジティヴさは自己啓発的な匂いがする。おそらくこの肯定性も故意に選び取られているのだろうが、もう少し翳《かげ》りがあってもいいのでは、と思ってしまった。

私も全面的に参加しているのでここで触れるのは気が引けるが、「文藝」秋号が「現代文学地図２０００→２０２０」という大特集を行っている。この二十年の文学シーンの総括的な座談会（栗原裕一郎、小澤英実、私、司会は田村文）と「来たるべき作家たち」を挙げる座談会（江南亜美子、倉本さおり、矢野利裕、司会は私）に、文芸評論家や編集者三十八名による一頁《ページ》批評、更に百三十一名が参加したアンケート、そして二つの座談会に対応した二葉の「地図」から成っている。

「文学」と呼ばれる世界／業界への主な人材供給装置である各誌新人賞と異業種からの参入によって、年々作家の数は増えている。この特集の目的のひとつは、出来《でき》るだけ数多くの小説家の名前を「地図」に配するということだった。文学は読まれない。読まれているのは芥川賞などの一部の話題作だけだ、とはよく言われることだし、それはまったくもって正しい。だが、それゆえにこそ「地図」が必要なのだ。この特集を繙《ひもと》くことで、ほんの微《かす》かでも文学に興味を抱く、名前も知らなかった作家の小説を読んでみたくなる、という読者がひとりでも増えることが、企画に携わった者としてのささやかな願いである。

2017.7

町田康「湖畔の愛」
青木淳悟「プロ野Qさつじん事件」
筒井康隆「漸然山脈」

「文学」と「笑い」は、あまり相性のよくないものと考えられているのではないだろうか。「笑える純文学」などという表現は聞いたことがない。だが、それは実在する。現に今月の文芸誌には三編も載っている。

町田康の中編「湖畔の愛」（「新潮」9月号）を読みながら、何度も爆笑を抑えることが出来なかった。物語られるのは、湖に臨む老舗ホテルを舞台に演じられる、絶世の美女をめぐる恋のさや当てにして究極の「芸」を目指す者たちの丁々発止の渡り合いである。と書くと真面目な話のようだが、そこはこの作者のこと、全編完膚なきまでにふざけている。

経営陣が変わってサービスが劣化し、従業員の士気も下がりまくりの九界湖ホテルに、立脚大学の演劇研究会が合宿にやってくる。もともとは名称通り「演劇」を「研究」する会だったのだが、長い歴史を経るうち、いつのまにか様々な「演芸」を会員自ら披露する会に変貌していた。年に一度催される発表会で、もっとも多くの会員の支持を集めた者が次期会長になるのだが、九界湖ホテルに程近い会場で開かれる今年の発表会にはもうひとつの意味があった。気島淺という途《と》轍《てつ》もない美人だが、なんであれ才能というものに極度の偏愛を抱きがちで、しかもその偏愛が恋愛感情に直結するという特殊な癖を持った女性が、演劇研究会の若きホープである岡崎奔一郎の「才能」に一目ぼれして、演芸に何の知識もないのに入部してきたのだが、良家の子息で美男でもある岡崎と違って下流出身で醜男《ぶおとこ》、だが「笑い」への情熱と才能は溢《あふ》れんばかりに持った会員、大野ホセアが、会長の座と気島の寵愛《ちょうあい》を賭けて敢然と岡崎に挑戦したのだ。と、こうしてあらすじを記していても実に馬鹿馬鹿しい話なのだが、町田康の天才的な話芸ならぬ筆芸によって、一文一文が本当に可笑《おか》しく、ことによるとこの作者は頭がおかしいのではないかとさえ思えてくる。前代未聞、抱腹絶倒の恋愛小説にして芸道小説である。

　青木淳悟の長編一挙掲載「プロ野Qさつじん事件」(「すばる」9月号)も、笑えるという点では負けていない。日本初のドーム球場(後楽園ドーム)が開場した一九八八年の九月、プロ野球界を揺るがす「さつじん」「ニセ札」事件が起こり、前年に「電撃引退」をしたばかりの読報巨軍ガンアンツの元エースピッチャーで現在は野球解説者にしてテレビタレントのイガワ・スグレが、思わぬことから「事件」に巻き込まれ、真相究明のために奔走する。

　イガワをはじめ、オイ・サダマル、クワワ・マスズシ、キオハラ・キオスク、ホラ・タツノ、ガガリクソソン、カキフ・マサカリなど、有名野球人が誰でもモデルのわかるかたちで登場し、そのネーミングセンスだけでも猛烈に可笑しいのだが、彼らの言動もモデルとなった人物の一般に知られたキャラクターを踏まえつつ過剰に戯画化されており、球界パロディー小説と呼ぶのも憚《はばか》られる異様さに達している。しかも物語自体がファミコン・ソフト「プロ野Qそっくり事件!」をなぞっていることが判明し……。青木はとにかく「変な小説」しか書かない稀有《けう》で貴重な作家だが、今回もその面目躍如たる怪作である。そもそもなぜ今のタイミングでこのネタなのか、さっぱりわからないところが、また笑える。

「文學界」9月号に、筒井康隆の「モナドの領域」以来、一年十一カ月ぶりの新作小説「漸然山脈」が掲載されている。「モナド」の作者自身による惹句《じゃっく》には「おそらくは最後の長編」とあったので、短編は書いてくれるのかなとは思っていたが、御年八十二歳の老作家が書いたとは到底思えない、スラップスティックの最果て、ナンセンスの極限を突破した傑作となっている。

「焼酎を雪で割り、約二合飲んだその勢いで歩き出そうとしたものの、何しろ小さな女たちが肩といわず背中といわず胸といわず、上着の裾といわず足といわず無数にぶら下がっているので前へ進めず、大声で『ラ・シュビドゥンドゥン』を歌ってやる」。これが冒頭である。ストーリーや設定や登場人物の突飛《とっぴ》さ、奇怪さの追求のみならず、文章の意味自体をあらゆる手を尽くして脱臼し破壊するという実験を、この怪物作家は遠い昔から幾度となく試みてきたが、この作品はその最新版にして最高傑作となっている。小説の末尾には「作詞・作曲　筒井康隆」による歌曲「ラ・シュビドゥンドゥン」の歌詞と譜面が附《ふ》されている。瞠目《どうもく》すべき創作力と言ってよいだろう。願わくばこの調子で「モナドの領域」に続く長編もぜひ書いてもらいたいものである。

三者三様だが、どれも最高に「笑える純文学」となっている。いかにもシリアスな「笑えない純文学」よりも、これらの方が余程書くのが大変だと思う。技術だけではどうにもならない天性の言語センスが、文学で笑わせるには必要なのだ。

2017.8

上田岳弘「キュー」
今村夏子「木になった亜沙」

本欄では連載小説はなるべく取り上げない方針でいるのだが（一回分だけで評価するのが困難なため）、時には例外もある。これについては触れないわけにはいくまい。「私の恋人」で三島由紀夫賞を受賞し、過去に二度芥川賞の候補にもなっている注目作家、上田岳弘《たかひろ》の初めての長編「キュー」は、月刊文芸誌の「新潮」と、インターネットの人気ポータルサイト「Yahoo!JAPAN」、すなわち紙とウェブの新旧二種の媒体での連載という画期的な試みである。

「新潮」10月号からの雑誌連載は通常通りの仕様だが、「Yahoo!JAPAN」での連載については説明が必要だろう。まず、これはスマートフォン向けのブラウザーで提供されるコンテンツである。指定されたURL（https://bibliobibuli.yahoo.co.jp/q/）に行くと無料で読むことができる。火曜と木曜の週二回の更新で、一回分は割と短め、一カ月で「新潮」の一号掲載分を消化するペースになっているようだ。紙の雑誌でまとめて読むか、スマホで分割して読むか、というメディアの選択だけではなく、当然ながら前者は「新潮」を購入する必要があるわけで（立ち読みもありえますが）、自分の雑誌の目玉連載をネットで無償で読めるようにするという「新潮」編集部の今回の英断（？）は、やや大袈《おおげ》裟《さ》に言うならば、文芸誌というもの、そして文学と呼ばれるものの行く末にかんして、いろいろと考えさせるものがある。

「キュー」のウェブ連載には、雑誌版にはない新たな趣向が幾つか加わってもいる。各回を読み終えると、読者＝ユーザーがスマホの画面をタップすることによって小説の重要なキーワードである「一般シンギュラリティ」のビジュアルが自動生成されるページがある。ビジュアルは各種ＳＮＳでシェアすることもできる。その次には「キューのＱ」というアンケートのページがある。小説の内容に即した一回一個の質問にＡＢＣＤ四つの選択肢から選んで回答し、集計結果を見ることもできる。どちらもネットならではのユーザー参加型の「サービス」になっており、正直言えば、ビジュアルの方はよくあるスマホアプリの域を出ていないと思うが、こういう企画であれば当然何かしら紙では不可能なアイデアが必要ということだろう。

一九九〇年代の初頭に、筒井康隆は「朝日新聞」紙上での小説「朝のガスパール」の連載をＡＳＡＨＩネット（当時はまだパソコン通信だった）との連動で行った。二〇〇〇年代半ばに阿部和重は「ミステリアスセッティング」をいわゆる「ケータイ小説」の形態で連載した。テクノロジーの進化は、文学なり小説なりの主題や物語のみならず、それらが書かれ／読まれる環境＝インフラにも大なり小なり影響を与えている。いや、そのようなことには無頓着な作家も多いが、ＩＴの発展に敏感にならないでいられないタイプの小説家も居《お》り、自らＩＴ企業の役員でもある上田はその最新ヴァージョンと言っていい。

先に「画期的」と書いておいたが、しかし私は今回の試みのどこがどのように「画期的」なのかを実はまだよくわかっていない。おそらく上田や「キュー」にかかわる人たちにとっても手探り状態なのではないか。さしあたり私が興味があるのは、これが上田岳弘という小説家の作風にいかなる変化をもたらすか、である。初回を読む限り、上田の小説世界の集大成になりそうな予感がある。

Cold Sleepから目覚めた謎の人物。「私の中には第二次世界大戦が入っているの」と言う女子高生。人類が越えてきた複数のパーミッションポイント（知的生命体が進化する途中で避けては通れない事象）。そのひとつである「一般シンギュラリティ」。原爆実験の記憶。今のところ全貌がほとんど見えないので要素を列挙することしかできないが、この作家らしい謎めいた魅力的な道具立てがてんこ盛りである。もともとクセのなかった文体は、おそらく意図的にますます読みやすくなっている。この作品がどこに向かうのか、しかと見守っていきたい。

今村夏子「木になった亜沙」（「文學界」10月号）は、惜しくも前回の芥川賞受賞を逃した天才肌の作家の、特に明記されていないが「文芸誌」初掲載小説である。「あひる」「星の子」を経て、一時期を思えば信じられないほど旺盛に作品を発表しているのが嬉《うれ》しい。

どういうわけか亜沙が触れた食べ物を誰もが口に入れたがらない。ただひとりを除いては。例によって児童文学を思わせる平易な文章で、世界の理由なき不条理に見舞われる少女の悲劇が語られていくのだが、中盤からこれまでの今村小説には見られなかった展開が訪れる。この人にしか書けない佳作だが、この人ならこれくらいの作品は量産できてしまうのではあるまいか。贅沢《ぜいたく》な願いかもしれないが、もっと思い切った飛躍を読みたい。今村夏子を超えられるのは今村夏子だけなのだから。

2017.9

若竹千佐子「おらおらでひとりいぐも」
石井遊佳「百年泥」
温又柔「空港時光」

「新潮」「すばる」「文藝」の三誌で新人賞が発表されている。その中で明らかに際立っているのは文藝賞を受賞した若竹千佐子「おらおらでひとりいぐも」（「文藝」冬号）である。作者は現在六十三歳、小説を書いてみるようになって十数年、八年前に夫に先立たれ哀《かな》しみに沈んでいたとき、息子に薦められて小説講座に通うようになったことが今回の作品に繫《つな》がったという。

　主人公は七十五歳の桃子さん。息子も娘もとっくに家を出ている。十五年前にあっけなく夫を亡くし、つい最近、十六年飼っていた犬が死んで、ついに完全におひとりさまになった。そんな桃子さんの脳内で、最近、たくさんの自分の、そして自分以外のたくさんの声が聞こえるようになった。それらは桃子さんの出身地である東北弁丸出しで、あれこれと勝手なことを喋《しゃべ》る。桃子さんの内心の声といえばそれはそうなのだが、それにしては賑《にぎ》やか過ぎるし、脈絡もとりとめも欠いている。しかし桃子さんは、むしろ面白がって、それらを自分の心の中の「無数の柔毛突起」と呼んで、日々一緒に（？）過ごしている。

　こう書くと、いわゆる認知症の初期症状を想起するだろうし、桃子さん自身もそう疑っていたりするのだが、しかしこの設定から想像するような、言ってしまえば凡庸な、それだからこそ切実でもあるだろう「老境小説」「老人小説」とは相当に異なっている。

実に巧みなのは、桃子さんの内なる「柔毛突起」たちの饒舌《じょうぜつ》な声が、地の文にも浸出していることで、この小説は三人称なのだが、「桃子さん」たち、それ以外の者たちが入れ代わり立ち代わり喋ることによって、結果として驚くほどに豊かで自由闊達《かったつ》な、だが一本筋の通った語り口を獲得している。時間と空間を自在に移動する声によって混乱していくのではなく、時々、妙に知性的で客観的な声が出てきて、冷静にツッコミを入れたりするのも可笑《おか》しい。これは表面的な佇《たたず》まいよりもはるかに野心的で手の込んだ、かなりよく考え抜かれた作品である。作者自身の実人生が下敷きになっていることは歴然としているが、そこに安住していない。才能ある新人作家の誕生を祝福したいと思う。

もう一編、新人賞受賞作に触れておこう。新潮新人賞の二作の片方、石井遊佳《ゆうか》の「百年泥」（「新潮」11月号）である。成り行きでインドのチェンナイで日本語教師をすることになった女性のひとり語りで、これまた作者自身もチェンナイで日本語教師をしている女性なのだが、若竹作がそうであるようにこれもまったく「私小説」ではない。もちろんかなり特殊と言ってよい設定の土台は作者自身の経験に基づいているのだろうが、何しろこの小説においては、インドの会社重役はラッシュを避けるために翼を装着して飛翔《ひしょう》で通勤するし、百年に一度の大洪水で氾濫したアダイヤール川の底からは死者たちやそこに沈んでいる筈《はず》のない語り手の想《おも》い出の品などが浮かび上がってくるのだ。

マジック・リアリズム仕立てと言っていいだろうが（作者はガルシア・マルケスが好きだという）、しかしむしろこうした突飛《とっぴ》な要素によって、世界に冠たるＩＴ立国である現代インドの意外な顔が、リアリズムなのかマジックなのかわからなくなってくるところが面白い。

インドネタ以外に何が書けるのかは未知数だが、文章は達者だし、独特の醒《さ》めたユーモア感覚も心地良い。二作目にも期待したい。

温又柔《おんゆうじゅう》が大人気である。「すばる」11月号採録のシンポジウム「複数の言語、複数の文学」への参加、「文學界」11月号でリービ英雄と対談、「文藝」冬号に連作短編集「空港時光」が一挙掲載と、三誌に登場している。「空港時光」は題名の通り、羽田と台北という二つの空港を舞台とする、それぞれ独立したごく短い十個のエピソードから成る作品だが、芥川賞候補に挙げられた「真ん中の子どもたち」と較《くら》べても、大きく前進している。

台湾で生まれ日本で育った台湾籍の日本語作家である温の作品は、小説とエッセイを問わずまずは自らの境遇に向かい合うことから始まっているが、さまざまな年齢の台湾人（と日本人）の人生の一断面というべきささやかな物語をスナップショット的に描いていくうちに、個を越えた大きなものがゆっくりと立ち現れ、と同時に小さな個も輝きを発する。温自身の個としてのあり方も相対化され、そしてそれは今後の作品で再び個へと引き戻されもするのだろう。

台湾と日本の関係だけではなく、台湾と中国の関係も当然含まれた、言語の問題、歴史の問題、政治の問題、経済の問題、家族の問題、夫婦の問題、親子の問題、等々が、シンプルだが奥行きのある幾つもの問いかけによって考察されている。これはかなりの力作である。「私」の物語からの鮮やかな離陸ぶりは、化けたと言っても過言ではない。

2017.10

石橋正孝「なぜシャーロック・ホームズは『永遠』なのか─コンテンツツーリズム論序説」
松本卓也「健康としての狂気とは何か─ドゥルーズ『批評と臨床』試論」
坂口恭平「家の中で迷子」

群像新人賞の評論部門が独立し（以前は小説部門と一緒だった）、大澤真幸、熊野純彦、鷲田清一という、いずれも文芸評論家ではない、哲学者、思想家というべき三名を新たに選考委員に迎えてから、過去二回は優秀作入選のみだったが、遂《つい》に今回、当選作が出た。石橋正孝「なぜシャーロック・ホームズは『永遠』なのか──コンテンツツーリズム論序説」（「群像」12月号）である。

石橋氏が二十年前に、名探偵ホームズがコナン・ドイル作のその「最後の事件」でモリアーティ教授との格闘の末に激流へと落ちていったことで有名な、スイスのライヘンバッハの滝を訪ねたときの記憶から書き起こし、近年一部で流行している、アニメやマンガなどのモデルとなった場所に実際に行ってみる「聖地巡礼」に代表される独特な行為を「コンテンツツーリズム（コンテンツ観光）」と名付け、その歴史的な経緯と現在における意味と意義を検証するという内容で、副題に「序説」とあるようにいまだ概論的な感もあるが、シャーロック・ホームズという誰もがよく知る創作上の人物を分析することで、従来の「作品」に対して「コンテンツ」という概念を立て、後者に生息する「キャラクター」の存在の特異なありようを描き出してみせる手際は鮮やかで、批評文を読むスリルに満ちている。

然《しか》るに当選にまったく異論はないのだが、石橋氏にはすでに『〈驚異の旅〉または出版をめぐる冒険』『大西巨人　闘争する秘密』という二冊の著書があり（どちらも非常に優れた内容である）、現在は立教大学で助教を務める文学研究者であり、純然たる「新人」とは到底言えない。もちろん応募規定に違反しているわけではないし、内容的にも申し分ないことは確かだ。しかしやっと出た群像新人評論賞の当選作がいわば「プロ」の筆であったことに、私としてはいささか複雑な思いを禁じ得ない。いや、繰り返すが石橋氏にも選考委員たちにも文句は微塵《みじん》もない。ただ、ズブの新人よ、在野の連中よ、もっと頑張れ、と言いたくなっただけである。

アカデミシャンによる文芸評論といえば、京都大学准教授の松本卓也が「文學界」12月号に「健康としての狂気とは何か――ドゥルーズ『批評と臨床』試論」を発表している。松本氏は『人はみな妄想する――ジャック・ラカンと鑑別診断の思想』というめざましい著作で一躍注目された気鋭の精神分析学者、医師であり、これが文芸誌への本格的なデビューだと思う。

仏の哲学者ジル・ドゥルーズの「文学論集」というべき『批評と臨床』に寄り添いつつ、ドゥルーズの思考における「深さ」から「表面」への重心移動を、精神の病としての「統合失調症」から「自閉症スペクトラム」への移行として位置付け直す刺激的な論考で、『人はみな妄想する』と同様、最新かつ細心の精神分析／精神医学の知見に基づく明快な論旨の運びに舌を巻いた。ここで提出されている「健康としての病（狂気）」という概念は文学のみならず、きわめて幅広い芸術文化、あるいはそれ以外の領域に適用可能なものだと言える。石橋氏の「序説」と同じく、松本氏の「試論」のさらなる展開を期待したい。

精神の病といえば、厄介な病気と共に生きる日々を綴《つづ》った『坂口恭平　躁鬱《そううつ》日記』という著作もある坂口恭平の中編「家の中で迷子」（「新潮」12月号）が大変な傑作である。マルチな活動で知られる人物だが、小説家としては、ここのところ「現実宿り」「けものになること」と途《と》轍《てつ》もない力業の作品を立て続けに発表してきた。これも物凄《ものすご》い。題名の通り、どこよりもよく知っている筈《はず》の自宅で「迷子」になる話である。

家の中で迷子になっていることに気づいた途端に、あっけなく空間も時間も魅惑的に錯乱し、荒唐無稽に跳躍し、果てしなく拡張して、小説はほとんど一行ごとに、ぐいぐい形を変えていく。トクマツやアゲハ、ハジやイシという不思議な人物（?）たちが次々と現れて、「私」や「僕」などといった一人称がほとんど用いられることのない、だが明らかにそこでこれを語っている何ものかに、たくさんの重要な事柄を教え知らせる。

なにしろ「迷子」なのだから、筋道を見つけようとしても無駄である。普通の意味での「理解」や「納得」を思い切って放棄して、ひたすらに迷うことの絶対的な正しさを受け入れさえすれば、脳も心も体も震えるような熱量がどこからか溢《あふ》れてきて、しまいには最初から迷ってなどいなかったことに気づく。世界に対《たい》峙《じ》するのではなく、世界そのものであろうとする、生と死を描くのではなく、生も死も何もかも丸ごと全部呑《の》み込んでしまおうとする、これはそんな小説である。永遠に読み続けられる小説だ。

松本卓也なら、石橋正孝なら、この小説をどう論じるだろうか?

2017.11

沼田真佑「夭折の女子の顔」
多和田葉子「文通」

　沼田真佑《しんすけ》「夭折《ようせつ》の女子の顔」（「すばる」1月号）は、デビュー作「影《えい》裏《り》」で芥川賞を射止めたこの幸運な作家の確かな才能をあらためて実感出来る秀作だ。始まりはこうである。「そのころのぼくは支離滅裂で、うわべは澄ましていたけれど、実体は各種体によくない悪感情でだぶだぶの、負のドラム缶みたいなものだった」。語り手の「ぼく」は中学一年生で、いじめに遭ったわけではないのに二学期の終わりから不登校になってしまう。それはもっぱら「ぼく」が学校のほとんどあらゆる事どもを軽蔑し嫌悪してしまうことによるもので、したがって学校に行かずに済めば「ぼく」の魂の平安は保たれるのだが、娘のそのような状態は必然的に彼女の家族に擾乱《じょうらん》を惹《ひ》き起こす。

　そう、一人称は「ぼく」だが、語り手は女の子なのである。このことは割と早めに明らかにされるが、最初からは述べられず、彼女が「ぼく」を使用することにかんする説明も特にはない。これは語り手のセクシャリティや内面が絶妙に伏せられたまま語られる「影裏」と同様の、この作家の得意技（？）である「意図的な書き落とし」だが、やはり「影裏」と同じく、すこぶる効果的である。

「ぼく」はやがて、盛岡に居る母親の妹、つまり彼女にとっての叔母のもとへと送られる。母親的には一種の転地療法のつもりだったようだが、行ってみると叔母は笠井という男性と同居していた。二人は恋人同士だが結婚はしていない。笠井はかつてはちゃんと働いていたというが、今は無職でほとんど家にいる。叔母は笠井の存在を「ぼく」の母親には秘密にしている。叔母はまもなく三十四歳、笠井は三十五歳。三人の奇妙な共同生活が始まる。

　叔母は広告会社に勤務していて日中は「ぼく」と笠井の二人きりなのだが、叔母も安心しているように笠井にはロリコン的な性質はない。それどころか笠井はおよそ欲望や熱情といったものの存在を感じさせない不思議な男で、ただ淡々と無為に日々を過ごしているのだが、それでいてだらしがないのでも能力がないわけでもなく、「ぼく」が来る前までは家事を一手に引き受けていたらしい。叔母はそんな笠井にふがいなさを感じている。ところが笠井は「ぼく」が同居してからしばらくするとひとりで外出するようになる。何をしているのかと思えば釣りに行っているのだった。そのことが叔母に露見すると彼は釣った山女魚《やまめ》を食事用に持ち帰るようになる。やがて遂《つい》に叔母の不満が爆発する時がやってくる……。

　盛岡と釣りという要素は「影裏」と共通しているが、一作目から目を引いた達者な文体は中一女子を語り手とすることで良い意味での軽みを獲得している。だが終盤にいきなりせり上がってくる真の主題らしきものは非常に大きく、かつ厄介なものだ。印象的な題名には思いがけない意味が込められているのだが、それについては触れないほうがいいだろう。こういう書き方でこんなテーマに挑むことが出来るのかと読み終えて舌を巻いた。

「文學界」1月号が「珠玉の小説館」と銘打って七人の短編を掲載している。その中でも巻頭に置かれた多和田葉子の「文通」が際立った傑作だと思った。四十一歳になる小説家の陽太には舟子という恋人がいる。舟子には十歳の娘がいるというが陽太はまだ逢《あ》ったことがない。しかし語りは舟子との関係には向かわず、陽太が高校の同窓会に出席した時の話に移っていく。

　二次会の席で彼は血の繋《つな》がらない従兄弟《いとこ》の浮子に話し掛けられる（彼女がどうしてその場に居たのかは説明されない）。二人は高校生の頃、ある出来事がきっかけで長く文通していたのだった。陽太は浮子との手紙のやりとりを思い出す。しきりに直接会うことを求める彼女に対し、実はその気がない彼はさまざまな口実を弄《ろう》してなんとか逃れようとしていた。しかし浮子は諦めず、遂に陽太は最後の手段に出たのだった。数十年も昔の恋愛とも呼べない顛末《てんまつ》を回想するうち、いつしか陽太は夢うつつと虚実の混濁する渦にのみ込まれてゆく。

　最終的に何もかもがあやふやで不確かな世界に陥ってしまうのだが、そうなっていくまでの過程が、ほとんど眼前で奇術でも見せられているような鮮やかさで描かれる。この作家ならではの卓抜な言語遊戯や破天荒な自由連想が随所で思い切り物語を跳躍させながら、セクシャリティやアイデンティティーをめぐる問題という観点からも多様な論点を引き出し得る興味深い細部に満ちている。

　最初の方に「小説の続きがこれから先どうなるのか、作者自身は知っているとでも思っているんだろうか」という問いかけが出てくる。これは多和田自身の本音だったのかもしれない。或《あ》る種の作家は、自分の小説が「これから先どうなるのか」を知らないからこそ書くことが出来る。だが同時に、それは別の仕方で、やはり「知っている」のだ。そうでなければ、こんな小説を書けはしない。

2017.12

芥川龍之介賞2作品　デビュー作受賞、時期尚早か

　第158回芥川龍之介賞は、石井遊佳の「百年泥」（「新潮」2017年11月号）と若竹千佐子の「おらおらでひとりいぐも」（「文藝」17年冬号）の二作が同時受賞した。どちらも初出時に本欄で取り上げた作品なので内容に深くは立ち入らないが、「百年泥」はチェンナイで日本語教師をしている日本人女性の軽快な語りによって現代インドの諸相と、そこで生きる人間たち（語り手自身を含む）の独特さが幻想混じりに描かれ、「おらおらでひとりいぐも」は七十四歳独居老人の「桃子さん」の脳内に沢山の「声」が聞こえ始め、やがて彼女は「声たち」が連れて来る無数の記憶や想念と共に残された未来へと旅だってゆく、という物語である。

　以前紹介した際にも、特に若竹作は高く評価した。心密《ひそ》かに、これは芥川賞候補に挙げられるのでは、候補になったなら高い確率で受賞するのでは、とも思っていた。予想は見事に当たったわけだが、今回は作品評とはやや違った角度から述べておきたいことがある。

　それは今度の芥川賞の二作が、どちらも新人賞の受賞作、すなわち第一作だということである。「百年泥」は「新潮新人賞」、「おらおらでひとりいぐも」は「文藝賞」を受賞した作品であり、つまり石井氏と若竹氏はいずれもデビュー作でいきなり芥川賞を射止めた

わけである。そもそも芥川賞は賞規定としては「新人賞」ということになっているのだが、だからといって新人賞（デビュー作）で芥川賞というケースはけっして多いわけではない。

だが、ご存じのように前回の芥川賞も「文學界新人賞」の沼田真佑《しんすけ》「影裏《えいり》」が受賞した。その前は、文芸誌へのデビュー作の芥川賞受賞は第百五十三回（一五年上期）の又吉直樹「火花」があるが、文芸誌新人賞受賞作となると、第百四十八回（一二年下期）の黒田夏子「ａｂさんご」が「早稲田文学新人賞」だが、仔細《しさい》は省くが黒田氏は実は再デビューなので、正確には「群像新人賞」だった第百三十七回（〇七年上期）の諏訪哲史「アサッテの人」まで遡《さかのぼ》らねばならない。そして、文芸誌新人賞受賞作＝デビュー作＝芥川賞が二人並んだのは、ひょっとしたら史上初めてのことなのではないか？

今回の芥川賞の他の候補者を見ておこう。前田司郎は十年ぶり二度目の候補（彼は芥川賞のライバルとも言われる三島由紀夫賞はすでに受賞している）、木村紅美《くみ》も九年ぶり二度目の候補、宮内悠介も二度目だが、彼は芥川賞と交互に直木三十五賞にも三度候補に挙げられている、また彼も三島賞は受賞済みである。つまり落選した作家たちは皆、既デビュー組だったということである。

もちろん私は、まったくの新人の方が芥川賞を受賞しやすくなっているのではないか、などといった憶測を抱いているのではない。しかし特に近年、芥川賞候補にその年の文芸誌新人賞が必ず一～二作はエントリーするようになっているのは事実である。そして文芸誌新人賞は一年に一度だが、芥川賞は年に二度もあるのだ。

「芥川賞は新人賞なのだから候補になり続ける限りいつまでも新人」という逆説的な言い方があるが、一言で「新人」といっても、たった一作しか発表していないのと数作では大きな違いがある。もちろん今回の受賞に何ら異論はない。だが正直に言えば、私は新人賞にそのまま芥川賞を与えるのはあまり好ましくないのではないかと思っている。せめてデビュー第二作は読めてからでないと、その作家が果たしてどんな書き手なのかを判断することがむつかしいと思うからである。

新人賞といえば、評論家の登竜門として新しく始まった「すばるクリティーク賞」の第一回受賞作が発表された（「すばる」2月号）。同賞は大澤信亮《のぶあき》、杉田俊介、浜崎洋介、中島岳志（ゲスト）の四名を選考委員とする評論新人賞である。受賞作は近本洋一「意味の在処《ありか》——丹下健三と日本近代」。受賞者プロフィールには載っていないが（「受賞のことば」では触れられている）、近本は一三年に「愛の徴《しるし》——天国の方角」でメフィスト賞（講談社の広義のミステリを対象とする公募新人賞）を受賞してデビューした小説家でもあり、第二作「嵯峨野あやつり異聞——浄瑠璃グラン＝ギニョル」も一五年に発表されている。

受賞論文に続いて載っている熱気を帯びた選考座談会でも話題になっているが、小説も書く人だということをたとえ知らずとも、その独特な筆運びにまずは引き込まれる。小林秀雄的というか、論理よりも文章としての佇《たたず》まいに重心が置かれた、問いと断言をぱきぱきと連ねてゆくような毅然《きぜん》とした批評文である。建築家丹下健三の「真実」を通して「日本」を射抜こうとする、この論の身構えの深奥には踏み込めないが、特に最終段落の怒濤《どとう》の畳み掛けはまさに小説的クライマックスに近い。力強い文体を持った新たな批評家の誕生を、まずは言祝《ことほ》ぎたい。

2018.1

本谷有希子「静かに、ねぇ、静かに」
松尾スズキ「もう『はい』としか言えない」
市原佐都子「マミトの天使」

　本谷有希子の久々の新作「静かに、ねぇ、静かに」（「群像」3月号）は、三つの短編小説から成るオムニバスである。三編の内容に直接的な関連はないが、陰惨と言っていいほどのやりきれなさ、不気味と呼びたくなるほどにいたたまれない雰囲気が共通している。

　本谷はどちらかといえば寡作だが、文学賞の「三冠」とも呼ばれる芥川龍之介賞、野間文芸新人賞、三島由紀夫賞を制覇していて、さらに今はなくなってしまった大江健三郎賞も受賞しており、のみならず劇作家としては「演劇界の芥川賞」であるところの岸田國士戯曲賞と、鶴屋南北戯曲賞まで受賞しているのだから、もはや最強と言っていい存在である。自意識にがんじがらめになった人物たちの迷走と暴走を特異な設定で描く作風は初期から一貫しているが、最近の小説では自由闊達《かったつ》な語りの内に空恐ろしいような凄味《すごみ》が出てきた。今回の三編もいずれ劣らぬ傑作である。

「本当の旅」では長年の親友である三人の男女が連れ立ってマレーシア旅行に行くのだが、彼らは四十歳前後なのにまともに働いておらず（「働けておらず」の方が正しいのかもしれない）、現状への不満と将来への不安をＳＮＳにのめり込むことで埋め合わせている。本人たちは気づかないフリをしているが、いわゆるイタい人物揃《ぞろ》いである三人の描かれ方は情け容赦がなく、読み進めてゆく内に苦笑の苦みがどんどん増してくるような気がする。やがて三人は得体の知れないタクシーに乗せられて或《あ》る場所に運ばれてゆく。

続く「奥さん、犬は大丈夫だよね？」の「私」は、夫と彼の会社の同僚、その妻とで小旅行をすることになる。といってもどこかに行くのではなく、駐車場に停《と》めたキャンピングカーに一泊するのだ。同僚夫妻は一匹の犬を連れてくる。「私」はネット通販の中毒で、夫から全く信用されていない。そして事件が起こる。

最後の「でぶのハッピーバースデー」は、でぶと呼ばれる妻とその夫の物語である。二人は長年共に働いていた職場が突然倒産し、一緒に失業した。それ以来人が変わってしまった夫は、でぶの歯並びの悪い口元がよくない、そこには「印」のようなものがこびり付いてると言う。でぶが「印」って何と訊《たず》ねると、夫は「俺達が、いろんなことを諦めてきた人間だっていう印だよ」と答える。だがでぶはステーキ屋に就職し、夫もそこで働けることになる。でぶは一念発起して歯医者にも行くのだが、まず右側の歯を四本抜いたところで顔が腫れ上がり、数日寝込んでしまったせいで、残りの歯を処置せぬまま仕事に復帰する。そして二人は職場のクリスマスパーティに出なくてはならなくなる。夫は面相の変わったでぶにまた「印」の話を持ち出す。

特に「でぶのハッピーバースデー」は、諦念も絶望も通り越した透明な痛みと切なさを、そして紛れもないひとつの「愛」のかたちを、この作者にしか書けない明晰《めいせき》さと率直さで残酷なまでに鮮やかに描き出した、ほとんど完璧と言いたくなるほどの名編である。「最強」は伊達《だて》ではない。

演劇人としては本谷有希子の師匠筋に当たる松尾スズキの、これも久方ぶりの小説「もう『はい』としか言えない」(「文學界」3月号)も面白かった。主人公は初老のシナリオライター／俳優で、二度目の妻に浮気がバレて二十四時間監視状態の日々を送る羽目になる。彼はもう離婚だけは御免なのだ。そんな彼にフランスから「エドゥアール・クレスト賞」なる謎の賞を与えたいとの連絡があり、少々精神を病んだフランス人と日本人のハーフ青年と共に（妻から逃れて）彼の地へと旅立つのだが……物語はあれよあれよという間に序盤からは想像もつかない方向へと転がってゆく。パリのはずれにある移民（難民）たちの街の描写は強烈である。最後の最後になって、やっと読者は、この小説のテーマが何であったのかを、そしてタイトルの真の意味を知ることになる。

　松尾も本谷も演劇から小説に越境してきた才能だが、演劇専門誌『悲劇喜劇』の3月号に、劇団「Q」を主宰する劇作家、演出家の市原佐都子の小説「マミトの天使」が掲載されている。同誌は以前も気鋭の劇作家、松原俊太郎の初小説「またのために」を掲載しており、意欲的な編集方針と言えるだろう。市原は以前「虫」（「すばる」２０１６年６月号）という小説も発表しているが、そちらは「Q」としての演劇作品の小説版だった。今回はオリジナルだと思うが、原稿用紙百十枚の中編を、「Q」の芝居を彷彿《ほうふつ》とさせる濃密で異様なテンションのモノローグ（独白）で押し通している。ほとんど狂気の域に達するほどに「正常」な女子のモノローグ。正常であり過ぎるからこそ、この世界では、こんな世界では、狂うしかないのだ。新聞では粗筋を紹介するのも憚《はばか》られる内容だが、この言葉の力は相当なものである。市原も遠からず文学の側から注目されるだろう。

2018.2

保坂和志「ハレルヤ」愛猫の死 普遍的に描く

犬派か猫派かでいったら、私は大の犬派である。今から三十五年以上も昔の十代の頃の話だが、実家で犬を飼っていた。それからずっと犬が好きで、今でも道で繋《つな》がれてるのを見かけたりしたら、つい立ち止まって話し掛けたり撫《な》でたりしてしまう。猫は飼ったことがないので、どうもよくわからない。

それでもこれまでのそれなりに長い人生のなかで何度かは、友人知人の飼い猫に触れたり、引っ掻《か》かれたりした経験はある。だがそれも数えるほどであり、私の猫に対する意識や認識といったら、もっぱら創作物や読み物から得られたものである。

たとえばそれは、保坂和志の一連の小説だ。ある時期から保坂が書くものには、猫が出て来ないことの方が稀《まれ》になった。最近はときどき犬も出てくるが、猫の方が圧倒的に多い。かつては小説の中では名前が変えられたりもしていたが、いつからかたぶんすべて実名となり、小説家とその妻、子供のいない夫婦が住まいの内外で世話をしている、いや、生活と人生をともにしている何匹かの猫たちの名前を、保坂の愛読者ならもうとっくに覚えてしまっているだろう。「ハレルヤ」（「新潮」4月号）は、そんな猫たちの一匹、花ちゃんの死が書かれた作品である。

小説の記述によれば、花ちゃんは昨年の十二月十八日の夜に亡くなった。十八年と八カ月生きたというから、私はよくわからないが、猫としては長生きしたことになるようだ（私の実家の飼い犬は、確かその半分も生きられなかった）。

だが、そういう問題ではない。花ちゃんとの出会いとその後の顚末《てんまつ》は、それから間もなく「生きる歓（よろこ）び」という短編に書かれた。今回の短編はそれと対になるものである。一匹の猫の生まれてまもない頃と、この世からいなくなる前後のことが、長い時間（それはつまり花ちゃんが生きていた時間だ）を隔てて、二つの小説になった。

保坂の「猫小説」は、猫という生きものの生態や魅力が事細かに描かれているのでもあるけれど、それ以上に、猫という特別な存在を通して「死」と「生」、そして「世界」と「存在」のことを考える、考え続けるものになっている。この小説に限らないし、花ちゃん以外の猫のことも沢山書かれてきたわけだが、それは言葉にしてしまえば、哲学的と呼んだりされるようなものである。

この小説でも語り手の「私」は、実にいろいろなことを考える。それは秩序立ったものではなく、思いつきのようにとりとめもなく、どこまでも漂い流れてゆくようで、しかしやはりどこかに一本の芯のようなものが通っている。それも言葉にすれば「悲嘆」とか「かなしみ」とか名づけられるだろう感情なのだが、それにしてはむやみと理屈っぽい。この理屈っぽさが保坂の小説の特徴である。心で感じている悲哀を頭で納得しようとするのと、頭でひねり出した理屈を心が凌駕《りょうが》してくるのが、速度を変えつつずっと廻転《かいてん》している、そんな感じだ。

ペット・ロスという便利な言葉があり、飼い猫（飼い犬）の死について書かれた小説も数多い。その存在がこの世界から不意に旅立っていってしまったとき、ひとはどうしても「他でもない（わたしの）この猫」のかけがえのなさを思うことになる。だが保坂の思考は、その「他でもない」を突き詰めた果てに、もっと普遍的と言ってもいい領域に達している。

普遍的という言い方が大袈裟《おおげさ》なら抽象的と言い換えてもよい。抽象的が小難しく感じられるのならば「個とか私を超えたところ」とでも言っておこう（もっと小難しいかもしれないが）。誰だって愛するものがいなくなったら悲しいし、悲しんでいるひとを見れば気持ちが伝染もするわけだが、そのような共感の連鎖から遠く離れたところまで、保坂の小説は読者を連れてゆく。

彼にとって、それは猫でなければならず、花ちゃんでなければならないのだが、にもかかわらず犬派の私も揺り動かされ、猫か犬か人か他の生きものかに関係なく、この世界に在るということと、この世界が在るということの、矛盾と奇跡の両方が胸に迫ってくる。

「ハレルヤ」の冒頭の一行は「かぐや姫は地上の人間がどれだけ手を尽くしても月に帰るのを止めることができない」である。「地上の人間」と「止めることができない」がポイントだ。

保坂の小説は、明らかに彼自身のほんとうのことしか書かれていないのだが、小説家が自分のことをモデルにして、事実に即して書かれた小説、すなわち「私小説」とは似て非なるものである。嘘《うそ》や虚構が混じっているからではない（そんなことは私にはわからない）。私小説にだって嘘も虚構も書かれているだろう。そうではなく、彼にとって、書くことの出発点にあるものも、その視界の先にあるものも、明らかに「私」ではないからだ。もっと大きな何かが、そこでは相手取られている。だが、それを名指すことは、今はよしておきたい。

2013.3

高橋弘希「送り火」
村田沙耶香「地球星人」

私が本欄を担当して四年目に入った。時の経《た》つのは実に早いものである。

高橋弘希「送り火」（「文學界」5月号）は、両親とともに青森県の平川に転居し、来春に廃校が決定している地元の中学に通うことになった中学三年生の歩《あゆむ》の物語である。彼と同じ学年には他に十二名の生徒しかいない。父親が転勤族のせいで何度も転校を繰り返してきた歩は、学校生活をどこか達観している風であり、新しい環境に溶け込むことに長《た》けている。彼はすぐに同学年の男子生徒五人と仲良くなる。リーダー格の晃には意志の強さと行動力があり、歩の推薦で学級委員長に選ばれるが（歩も晃の指名によって副委員長になる）、時おり異常とも思える暴力性を見せることがある。それはしばしばやはり同級生の稔に対して発揮される。以前、晃の稔への仕業が事件になりかかったこともあるのだが、それでもなぜか稔は歩たちのグループの一員として日々つるんでいる。

途中までは、ありきたりと言ってもいい「田舎に転校した少年の話」が、この作家ならではの濃密な描写とともに続いていくのだが、花札を使った「燕雀《エンジャク》」という遊びが出てきたあたりから、不穏な空気が漂い始める。いつも必ず晃が胴元なのだが、歩は彼が巧みに札を操作していることに気づく。そしてほとんどの場合、稔がドボンになり、残酷な罰ゲームを強いられる。だが晃は教室で稔を故意に無視したクラスメートを殴ったりもする。稔はいつも半笑いで、晃に命じられるがままでいる。だが少しずつ歩たちの日常は失調していき、やがておそるべきクライマックスが訪れる。

　高橋の小説にはこれまでも、静けさを喰《く》い破って突然顔を出す凶暴さ、とでも呼ぶべき事態が描かれてきた。だがとりわけ、この結末は凄《すさ》まじい。僻地《へきち》の少年たちが暇つぶしに行う異様な遊戯という域をはるかに越えて、そこには世界そのものの否定性が宿っている。若手作家の中では際立って粘り気のある文章力もあいまって、ともすれば「文学臭」が過剰に思える部分もあるが、意欲作であることは間違いない。

　村田沙耶香の長編一挙掲載「地球星人」（「新潮」5月号）は、ひょっとしたら「コンビニ人間」以来の小説ではないだろうか。となると約二年ぶりの新作ということになるのだが、待たされただけのことはある途《と》轍《てつ》もない傑作に仕上がっている。

　物語は奈月《なつき》という女性の一人称で語られる。こどもの頃、奈月は家族とともに父親の郷里である長野県の秋級《あきしな》に毎夏行っていた。そこは山を幾つも越えた先にある村で、千葉に住む奈月にとっては自然の豊かさに満ちた理想郷のような場所だった。だが、年に一度の秋級が待ち遠しいのは、同い年のいとこの由宇《ゆう》に会えるからだった。小説の始まりの時点で奈月は小学五年生だが、小三の時から二人は秘密の恋人同士なのだ。由宇以外の誰も知らないことだが、奈月は実は魔法少女なのである。ハリネズミのぬいぐるみの姿をしたポハピピンポボピア星人のピュートが、奈月に地球を守る使命を託した。由宇も自分は宇宙人なのではないかと疑っていたのだが、奈月によってポハピピンポボピア星人だったことが判明する。もちろん全てはおそらく妄想なのだが。

そうして二人は恋人となった。奈月は母と姉に酷《ひど》い扱いを受けており、塾の青年教師から性被害を受けても信じてもらえない。由宇には父親がおらず、母親は彼に過度に依存している。そして小学六年の夏、奈月と由宇はセックスしているところを親たちに発見され、無理矢理引き離された。

そこでいきなり時間が飛び、奈月は三十四歳になっている。三年前に結婚し、生まれ育った千葉の実家近くのマンションで夫と二人で暮らしている。では由宇とのことは遠い想《おも》い出になり、ごく普通の生活を営んでいるのかというと、まったくそうではないのが村田の小説である。夫とは「すり抜け・ドットコム」というサイトで知り合った。家族はもちろん知らないが、出産、性交はもちろん身体的な接触さえ極力せず、寝室も食事も別々という契約での結婚だった。夫は奈月以上に普通の社会生活に適応出来ず、人間たちの営みを「工場」と呼んで忌み嫌っている。あるとき奈月は夫にせがまれて、あの日以来二十数年ぶりに秋級に行くことになる。そこには現在、由宇がひとりで暮らしていた。三人は奇妙な共同生活を始め、次第に「地球星人」への憎悪を募らせていく。

「殺人出産」「消滅世界」「コンビニ人間」と書き継がれてきた村田の「反・人間」小説の最新作は、結末に至って、グロテスクでショッキングな、完全なる狂気の世界に突入する。いや、これはほんとうに「狂気」なのだろうか。そう思うのはこちらが「地球星人」であるからではないのか。村田は私たちが「本能」だと思っているものに楔《くさび》を打ち込み、内側から破壊する。戦慄《せんりつ》と吐き気に満ちた美しさが、そこに現れる。

2018.4

北条裕子「美しい顔」
乗代雄介「生き方の問題」

群像新人賞受賞作の北条裕子「美しい顔」（「群像」6月号）は、大変な力作だ。「選考委員激賞」とあるのを横目で見つつ、どれどれお手並み拝見といった気分で読み始めて、すぐさま瞠目《どうもく》した。そのまま熱に浮かされるようにして一気に読み終えてしまった。これはちょっと相当に凄《すご》い小説である。力作と書いたが、まさに言葉に宿る「力」が尋常ではない。

この小説で描かれるのは、二〇一一年三月十一日の出来事、あの日から始まった出来事である。語り手の「私」は十七歳の女子高生で、重篤な被害を負った地域に住んでいた。巨大な津波によって自宅は流されてしまったが、十歳年下の幼い弟とともに九死に一生を得て、現在は避難所にいる。父親は五年前に亡くなっている。看護師の母親とは連絡が取れない。当初は水や食糧も枯渇する状況だったが、東京のテレビ局が取材に来たことをきっかけに、避難所にはさまざまな支援が寄せられるようになる。そんな中で「私」は被災地に住むけなげな少女を、内心は底知れぬ忿怒《ふんぬ》を抱えながらも上手に演じて、そのことによって余計に胸の奥にどす黒いものを貯《た》め込んでゆく。この小説はそんな「私」の独白である。

とにかく「私」の、まるで吐き散らすような脳内の饒舌《じょうぜつ》、言葉の奔流が凄《すさ》まじい。彼女はとにかく怒っている。ありとあらゆること、ありとあらゆるものに、心中で牙を剝《む》く。だが表面的には彼女は「可哀相《かわいそう》な少女」を見事に装っている。そして自分の演技に騙《だま》されて本心に気づかない周囲や世間に対して、凍り付くように冷笑的な侮蔑を隠し持っている。しかし彼女が怒りを感じているのは、ほんとうは自分自身になのだ。そのことにやがて彼女は、ひとりの年上の女性によって直面せざるを得なくなる。この小説は「私」が如何《いか》にして暗い穴の底から出てくるかを描いている。

荒削りな作品ではある。モノローグの勢いが強過ぎて、その速度に書き手が酔っているように思えるところもなくはない。だが、細かな弱点を全て勘案したとしても、これは本物の小説である。むしろ生半可な小細工や技術には目もくれず、ただひたすら真正面からあの出来事に向き合っているさまに感動を覚える。作者は一歩も後ずさりをしようとはせず、逃げていない。こういうことはめったに出来ることではない。

しかも、作者は実は被災者ではないのだ。北条裕子は東京都在住であり、あの日も、あの日からも東京に居て、これまで被災地に行ったことさえないのだという。しかし、それでも彼女はこの小説を書いたのだし、書けたのだ。書く必要があったのだ。このことはよくよく考えてみるにたることだと思う。これは才能の問題ではない。なぜ書くのか、何を書くのか、というのっぴきならない問題なのだ。小説を書くことの必然性の問題なのだ。

同じ雑誌に、やはり群像新人賞出身の乗代《のりしろ》雄介「生き方の問題」が載っている。デビュー作『十七八より』以来、私としては、文学や哲学思想にかんする豊饒な衒学《げんがく》趣味に彩られた、凝りに凝った語りの戦略に感心させられつつも、いつもどこか策士策に溺れる的な弱さや甘えを感じなくもなかった。だが、今回は素晴らしい。

全編は、二十四歳の「僕」が「貴方《あなた》」こと二歳年上の従姉《いとこ》に書き送る一通の長い手紙という体を取っている。ほんの幼い頃から「僕」は「貴方」を思慕してきた。十代になるとそれは欲情の形を取ることになった。しかし大人になってからは顔を合わせることもなくなり、やがて二人の子供を抱えて離婚したという話だけが伝わってきた。手紙が送られる一年前、突然に「貴方」から連絡があり、二人は久しぶりに再会した。手紙は、その日の一部始終を極めて詳細に綴《つづ》ってゆく。

　これまでの乗代作品と同様に、高速回転しながら迷走する自意識がそのまま転写されたかのような文体で、「僕」は「貴方」への想《おも》いを饒舌に語り続ける。つまりこれは恋文である。恋文は多くの場合、具体的な目的を持っている。「僕」の手紙も例外ではない。このことが、この小説の重要な要素になっている。と同時に、ひとは常に我が身に起こっている出来事を、その後になってからしか語ることが出来ないという、当たり前のようだが厄介で切実な問題にも、この小説は果敢に挑んでいる。そして、この手紙＝小説は、最後の一文を目にした瞬間に頰が緩み涙腺も緩むような鮮やかな幕切れを持っている。「世にも珍しいエピグラフ付きの手紙」と称される冒頭のキルケゴールの引用も、最後まで読み終えてから戻ってみると、深い含蓄がある。率直に言って、今回はすべてが上手《うま》くいっていると思う。しかもこれは明らかに、この作家にしか書けない作品である。

2018.5

村上春樹「三つの短い話」

「文學界」7月号に、「最新短編3作同時掲載」として、村上春樹「三つの短い話」が掲載されている。実はこれは、ちょっとした事件である。村上の小説が狭義の「文芸誌」に載ったのは、二〇〇五年に『東京奇譚集』としてまとめられる諸編が「新潮」に連載されて以来、じつに十三年ぶりのことであるからだ。最新短編集『女のいない男たち』は、「文學界」と同じ版元ではあっても、総合誌の『文芸春秋』に載ったものだった。だからどうということでもないのだが、現在の「日本文学」における最大の異端児と言ってもよい、この特異な作家の「文芸誌的世界」への帰還（というのも大袈裟《おおげさ》だが）が、何かを意味しているのかどうか、少しだけ気になりはしている。

「三つの短い話」は、実際どれも、かなり短めの作品である。だが、むしろそれゆえにこそ、村上春樹という小説家の個性と才能を端的に表した、純度の高い仕上がりになっている。三編とも作家自身を思わせる「僕／ぼく」が語り手であり、語られる物語は、いずれも彼がまだ非常に若かった頃の思い出が中心である。

最初の「石のまくらに」は、十九歳の「僕」がバイト先で知り合った年上の女性と一度だけ肉体関係を結んだ話。「僕」は今では名前も思い出せない、それきり二度と会うことのなかった彼女との一夜を回想する。彼女は短歌を詠んでいて、その日のあとに自作の歌集を送ってきた。「僕」は昔も今も短歌のことをよく知っているわけではないのだが、不思議なことに彼女の歌集の内の八首が、その後もずっと頭に残り続けることになった。その八首全部が小説の中に「引用」される。「僕」は彼女の短歌の多くが「死のイメージ」を追い求めていることに気づく。今、彼女がどこでどうしているのか、生きているのか、もしかしたらもうずっと昔に死んでしまったのか、もちろん「僕」にはわからない。

「クリーム」の「ぼく」は、十八歳の浪人生のとき、かつてピアノ教室で一緒だった女の子から演奏会の招待状が届き、仲が良かったわけでもなく、何年も会っていなかったのにと怪訝《けげん》に思いながらも出席の返事をして、当日電車とバスを乗り継いで行ってみると、会場らしき建物は閉まっていて催しがあるとはとても思えない。「ぼく」には何がなんだかわからない。理由は不明だが、その女の子に騙《だま》されたのかもしれない。仕方なく近くの公園のベンチで休んでいると、奇妙な老人が現れて、奇妙な教えを告げられる。その内容はここには書かないが、なんとも村上春樹らしい謎めいて魅力的なものだとだけ言っておこう。

「チャーリー・パーカー・プレイズ・ボサノヴァ」の「僕」は大学生の時、ある大学の文芸誌に、一九五五年に亡くなっているはずのC・パーカーが一九六三年まで実は生きていて、とつぜんボサノヴァのアルバムを発表した、というまったくの作り話をレコード・レビューの体裁で発表した。その文面が最初に「引用」される。嘘《うそ》八百にしては我ながらなかなかよく出来た文章だったと「僕」は思っている。ところがそれから十五年後、仕事で滞在していたニューヨークの中古レコード店で「僕」は「チャーリー・パーカー・プレイズ・ボサノヴァ」というレコードを発見する。しかし

「僕」はそれを買いそびれてしまい、翌日あらためて店に行ってみると、そのレコードはどこにもなく、店主にもそんなものは存在しないと言われる。それからさらに時が過ぎて、ある夜「僕」の夢にC・パーカーが出てくる……。

「チャーリー・パーカー・プレイズ・ボサノヴァ」の最後はこう結ばれている。「あなたにはそれが信じられるだろうか？／信じた方がいい。それはなにしろ実際に起きたことなのだから」。これは他の二編にも共通するメッセージと言っていいだろう。もちろん、これらの「三つの短い話」が本当に「実際に起きたこと」なのかどうかは作者以外の誰にもわからないことだし、たとえ「僕」がでっち上げた「チャーリー・パーカー・プレイズ・ボサノヴァ」のようにまったくの虚構であったとしても、それは特に問題ではない。だが「信じた方がいい」と、ある意味で村上春樹が本気で言っているのだということは確かだと思われる。

　読者である私たちは、これらのささやかな物語を――それがどれほどありそうもないような話であっても――とにかく真に受けて、そこから自分なりの想像や感慨を紡ぎ出していくことを求められているのだ。そして考えてみれば村上春樹の小説は、どれもそういうものである。彼の書く物語はすべて一種の寓話《ぐうわ》だと言っていい。しかしそれはそこに隠されている寓意が露《あら》わになればいいというものではない。というよりも、そこには唯一無二の明解な寓意があるわけではないのだ。もしもそれだけのことだったら、村上春樹はわざわざ小説など書きはしないだろう。

2018.6

第１５９回芥川龍之介賞
高橋弘希「送り火」
北条裕子「美しい顔」

第１５９回芥川賞は、高橋弘希「送り火」（「文學界」５月号）に決定した。高橋は二〇一四年に「指の骨」で新潮新人賞を受賞してデビュー、同作は第百五十二回芥川賞候補となった。以後「朝顔の日」（第百五十三回）、「短冊流し」（第百五十五回）と候補に挙げられたが受賞はならず、四度目の候補となった今回、ついに栄冠を射止めた。

この作品については以前にこの欄で触れたので多くは述べない。田舎の中学生たちの暇つぶしめいた遊戯が、異常な暴力性へと変容するさまをかねて評価の高かった粘り強い描写力で書き切ったこの小説は、この作家の特質とこだわりを十二分に示し得た力作であり、受賞は至極妥当なものである。高橋の今後の作品におおいに期待したい。

そのうえで、ということになるのだが、あらゆる「文学賞」と同じく、芥川賞の場合も、誰が、いつ、どの作品で受賞することになるのかに、タイミングや運のようなものが作用していることは言うまでもない。たとえば私は「送り火」で芥川賞を受賞したのなら、高橋弘希は「指の骨」でいきなり受賞していても、次の「朝顔の日」でとっていても、あるいは候補にさえならなかったが「日曜日の人々（サンデー・ピープル）」

で受賞していてもおかしくはなかったと思う。

　そもそも過去の受賞作リストを眺めてみれば、芥川賞が必ずしもその作家のもっとも受賞にふさわしい作品に与えられるわけではないという明らかな事実を確認することが出来る。だから何、ということではないのだが、しかし問題は、それでもしかし、ひとたび芥川賞を受賞したら、その事実はほとんど絶対的な評価として喧伝《けんでん》されることになるし、世間もそのように受け止め、その効果たるや絶大だ、ということなのである。

　私は以前、芥川賞があるから「文学」は延命している、という説を述べたことがある（『ニッポンの文学』）。これは批判でも現状追認でもなく、単なる事実確認だが、しかし私はやはり現在の「芥川賞一強体制」は好ましくないと思っている。だが正直言ってどうにもならないし、むしろその強さはいや増す一方なのだ。

　ここで今回の候補作の一本でもあった北条裕子「美しい顔」（「群像」6月号）が引き起こしている問題について触れておきたい。私はこの作品に大変感銘を受けた。それは前に本欄にも書いたとおりである。だが私は、この小説が芥川賞候補に挙げられることが望ましいとは思っていなかった。前にも書いたことがあるが、私は新人賞受賞作すなわちデビュー作がそのまま芥川賞を受賞してしまうことは、その作家自身にとってよいことではないと考えている。だが、それとは別に、候補になる可能性は高いと思っていたし、候補になれば受賞することもあり得ると思っていた。

　そこに今回の「盗作」騒動が起こった。北条は「美しい顔」を執筆するにあたって参考にした数冊の書物を記していなかった。類似した表現があるという指摘を受けて「群像」の出版元である講談社は作者に確認し、参考書籍のリストを公表するとともに、そのうちの一冊である『遺体』の著者、石井光太氏などに説明と謝罪を行った。

だが、その時点でインターネットを中心に北条の行為が確信犯的な「盗作」だとする声が広がっており、非難や中傷を受けて講談社は声明を発表、盗作には当たらないという見解を表明するとともに、この小説の全文をホームページ上に無料公開した。この問題は現在も完全な決着には至っていない、進行中の案件である。

芥川賞決定後の記者会見で、選考委員のひとりである島田雅彦は、全選考委員に「盗用にはあたらないという共通認識はあった」としたうえで、早い段階で選考から外されたと述べた。従って「美しい顔」は他の候補作と同じ条件で賞を競い、落選したわけである。「盗作」をしたから落とされたのではない。だが現在の状況では、これが無罪判決にならないだろうことも確かである。以下はこの経緯を踏まえたうえでの私見である。

参考書籍の記載漏れにかんしては、作者はもちろん「群像」編集部も当然ながら猛省しなければならない。そこに虚偽や作為が介在していたことが明らかになったなら何らかの責任を取る必要もあるだろう。だが、そのうえで文芸時評の担当者である私があらためて自分に問うべきは、もしも最初から参考書籍が明記されていたとしたら、そしてそれ以外の文章はすべて変わらなかったとしたら、この小説をどう評価するのか、ということに尽きる。

私の答えははっきりしている。「美しい顔」はそれでも力強いデビュー作である。新人賞にも芥川賞候補にも十分に値する。だが、今回の一件で負うことになったマイナスをはねのけるためには、北条裕子は「美しい顔」を超える強度を持った第二作を書かなくてはならない。とにかく書き続けて欲しいと思う。

2018.7

古市憲寿「平成くん、さようなら」
鴻池留衣「ジャップ・ン・ロール・ヒーロー」
青来有一「フェイクコメディ」

今月は「今」をテーマにした中編が三つも並んだ。今の世界、今の社会、今の時代、今の日本。

古市憲寿《ふるいちのりとし》「平成くん、さようなら」(「文學界」9月号)は、同誌4月号の「彼は本当は優しい」に続く、人気社会学者の二つ目の小説である。「平成くん」は語り手の女性の彼氏のファーストネームで、「ひとなり」と読む。彼は一九八九年一月八日、すなわち「平成」の始まりとともに生まれ、大学の卒論が二〇一一年三月十一日の東日本大震災に関連づけられて書籍化されたことをきっかけに、あっという間にメディアで引っ張りだこになった。有名な漫画家だった亡き父親の著作物の管理をしながらアニメのプロデュースやイラストを手掛けている「私」は、平成と付き合うようになり、現在は同居している。物語は、彼女が平成から「平成」が終わるとともに安楽死をしようと思っていると告げられたことから始まる。

　誰もが平成に作者自身を重ねて読んでしまうわけだが、私はテレビを普段まったく観《み》ないので、古市憲寿と「平成くん」が、どの程度似ているのかはわからない。実際よりもさらに人間らしさの足りない無機質な人物として描かれているようにも思える。それはともかくとして、作者の狙いはもちろん、このような非常にフィクショナルな設定を使って平成という時代の終焉《しゅうえん》を浮かび上がらせようとしたということだろう。そしてそれはかなり成功している。情報量の多い内容を軽快に捌《さば》きつつ、きわめて読みやすい文体でサクサクと進んでゆくストーリーは、ラストで思いがけぬ湿度を帯びる。

だが私にとって最も興味深いのは、何よりも古市憲寿がこれを書いたということである。超のつく多忙の中で、わずか半年のあいだに、それなりのヴォリュームを持った小説を二編も文芸誌に発表するなんて。彼にはこんなことをする必要はまったく無いはずである。ということはつまり、明らかに彼は書きたいから書いているのだ。その動機が何によるものなのかはわからないが、学者の余技とは到底言えない力の入り方には感心させられた。次作にも期待したい。

鴻池《こうのいけ》留《る》衣《い》「ジャップ・ン・ロール・ヒーロー」（「新潮」９月号）は、本欄でも絶賛した「ナイス・エイジ」（「新潮」17年7月号）に続く「ポスト真実時代の文学」である。今回は小説の大部分が「ダンチュラ・デオ」というバンドのウィキペディアというユニーク極まる体裁を取っている。このダンチュラ・デオ、大学のバンド・サークルに所属する男がネット上に創り出した嘘《うそ》八百の存在――過去に実在した同名のバンドのコピーをしているという設定――だったはずが、いつの間にかひとり歩きを始め、それはやがて歴史の暗部にかかわる国家間の謀略と闘争に辿《たど》り着く。特に中盤からは急速に虚実が混乱していき、とんでもなく荒唐無稽な展開になるのだが（新聞では絶対に紹介出来ないような陰惨で猥雑《わいざつ》な場面もある）、それらもすべてはネット上の記述なのだから、真偽の判別は最終的に無意味になる。

面白いのは、ダンチュラ・デオのボーカルが「僕」というアーティスト名であり、その結果、彼の出てくるウィキペディアの客観的な記述が「僕」の一人称に読めてしまうということである。読んでいると実に奇妙な感じがしてくる。こんな人を喰《く》ったアイデアも含めて、鴻池はまさに「いまの時代」の小説家と呼ぶにふさわしい。

「ジャップ・ン・ロール・ヒーロー」は全編がフェイクで覆い尽くされた作品だが、青来有一《せいらいゆういち》の新作は「フェイクコメディ」（「すばる」9月号）という題名である。彼はこのところ、私小説の形式を借りつつ、その中に歴然としたフィクションを紛れ込ませる、という手法を採ってきたが、ほとんど長編と言っていい長さを持つ今度の作品には、なんとドナルド・トランプが登場する。長崎原爆資料館長の「わたし」は来春に定年を迎える（これは事実である）。五月のある日、とつぜんキッシンジャー元国務長官と名乗る老人がやってきて、今日の閉館後、トランプ大統領がお忍びで見学に来るので対応してくれと言われる。「わたし」は当然困惑する。「キッシンジャー」の話しぶりには妙なリアリティーがあり、容貌も本物と似ているようだ。だがもちろん疑いは消えない。「キッシンジャー」があまりにも流暢《りゅうちょう》な日本語を喋《しゃべ》ったからである。これはテレビか何かのドッキリ企画なのだろうか。そんな「わたし」の疑念をよそに、ネットには「トランプのそっくりさん」の目撃情報が続々と出始める。

偽喜劇とは、悲劇を裏に隠した喜劇のことである。長崎を舞台とする小説を書いてきた「わたし」は、もしもトランプに会えたなら言ってやりたいことを、あからさまにフェイクの物語に託して、言う。偽ものの大統領が、彼にどう答えるのかは、ぜひ読んで確かめてほしい。

2018.8

石井遊佳「象牛」
坂上秋成「私のたしかな娘」
古川日出男「ローマ帝国の三島由紀夫」

「象牛」（「新潮」10月号）は、デビュー作『百年泥』でいきなり第百五十八回芥川賞を射止めた石井遊佳の受賞第一作である。

『百年泥』はインドのＩＴ企業で日本語教師をしている日本人女性の生活をマジック・リアリズム仕立てで軽妙に描いた好作だった。「象牛」の舞台もインドである。語り手の女性はＴ大学の大学院でインド学を学んでいる。彼女は指導教官であるＴ大准教授の片桐と会うためにインドにやってきた。独創的な論文を多数発表し、インド学の泰斗として知られる片桐は性的にも奔放で、あっという間に二人は関係を持ったのだが、最近急によそよそしくなった。どういうことなのかは薄々わかりながらも彼女は諦め切れず、インドでの学会発表のあとに博士課程時代の留学先であるヴァーラーナシーに滞在するという片桐を追いかけるように海を渡ってきてしまったのだった。

ヴァーラーナシーは英語読みだとベナレス、ガンジス川が流れるインド最大の宗教都市である。ヒンドゥー教の教義や伝説は日本人の多くにとって馴染《なじ》みの薄いものかもしれないが、石井はそこに『百年泥』同様、荒唐無稽なフィクションを大胆に紛れ込ませる。象牛とは「象でも牛でもない。合いの子でもない。象のような鼻に、牛のような体つきと間のびした顔」を持ち、象と牛以外の動物にも似ていて、そればかりか「でまかせに輪郭をこねては形をぬぐ。たぐいまれな模倣の能力があり、たくみに人声をまねる」ことも出来る。

ほとんど変幻自在の魑魅魍魎《ちみもうりょう》だが、ヴァーラーナシーには象牛がうようよいて、住民や観光客に迷惑をかけたり役に立ったりしている。もうひとつは「リンガ茸」で、こちらはもっとグロテスクだが、嘘八百であることは象牛と同じである。象牛とリンガ茸によって、他のインドのちゃんとした習俗や言い伝えなども、どこまでが真実でどこからが幻想なのかわからなくなってくる。これぞマジック・リアリズムである。

語り手が片桐との再会を期待しつつヴァーラーナシーを彷徨《さまよ》う現在の合間に、彼女の過去の悲惨だったり滑稽だったりするエピソードが挟み込まれてゆく構成も含め、この作品は『百年泥』と同工異曲である。しかし細部の面白さや語り口の滑らかさは増しており、まずは手堅い第二作と言っていいだろう。とはいえ第三作では、まったく異なる題材やアプローチの小説も読んでみたい。それがやれる才気も技術も持った作家だと思う。

坂上秋成の「私のたしかな娘」（「文學界」10月号）には虚を突かれた。「私」こと神谷は三十代半ばの元ひきこもりの独身男性で、十年近く働いているカフェレストランのオーナーである十郎と晴美の娘、由美子を、彼女が六歳の頃から十二歳の現在まで、ひとり暮らしのマンションに頻繁に預かっている。

多忙な両親は彼に感謝するばかりだが、実は神谷は六年前から由美子に「エレナ」という自分だけの名前をつけて、一緒にいる時は「私の娘」として接しているのだ。物語はこの奇妙な、いっそ奇怪と言ってもいいような男と少女の関係を丹念に描いていく。

このように書くとおそらくほとんどの読者が、神谷はエレナに倒錯した愛情を抱いているのだと推測することだろう。私も途中まではそう思っていた。だが違うのだ。小説の終わり近くになって明らかにされるのは、神谷が愛しているのは十郎なのだという事実である。もちろんエレナのことも愛しているのだが、彼にとって彼女は自分と十郎の間の娘なのである。しかもさらに重要なことは、では「私」は「エレナの母親」すなわち「十郎の妻」になることを夢見ているのかといえば、そういうことでもなく、彼はあくまでも「エレナの父」なのだ。ある意味でシンプルな筋立ての小説だが、細やかな描写を重ねていくことによって、ひとりの人間の極めて複雑な内面を、まるで暗闇にゆっくりと照明をあてるように浮かび上がらせることに成功している。いわゆる「ＬＧＢＴ（性的少数者）」を主題とする小説としても出色の作品だと思う。

「新潮」10月号で古川日出男が長編戯曲「ローマ帝国の三島由紀夫」を発表している。同誌は野田秀樹や岡田利規、神里雄大などの戯曲を随時掲載してきたが、舞台化の決まっていない純粋な書き下ろし戯曲、それも小説家の筆による戯曲は非常に珍しい。古川には『冬眠する熊に添い寝してごらん』という戯曲があるが、これは故・蜷川幸雄の演出によって上演されることが前提だった。だからこれはかなり貴重な試みだと言っていい。

「戯曲」も「文学」の一形式である。かつての文豪はしばしば戯曲に取り組んだものである。その最大の存在こそ三島由紀夫であり、古川は大胆にも「ミシマユキコ」を舞台上に登場させる。破格のスケールの小説を次々と書いてきたこの作家は、戯曲でもあっさりと時空を超えてみせた。

三国美千子「いかれころ」
須賀ケイ「わるもん」
文芸賞二作
赤坂真理「箱の中の天皇」／高山羽根子「居た場所」

文芸誌三誌で新人賞が発表された。まず新潮新人賞の三国美千子「いかれころ」（「新潮」11月号）は、昭和五十八年、ということは今から三十五年前の大阪、河内で農業で生計を立てている旧家を舞台に、当時四歳の奈々子の視点から、家族や親族のさまざまな相克が描かれる。

奈々子の母、久美子は当主の長女だが、夫の隆志を婿入りさせるかわりに、本家からさほど遠くない場所に新しい家を建ててもらい家族三人で暮らしている。久美子と隆志の仲は良くない。隆志は学生時代の政治運動のせいで就職差別を受け、渋々ながら農家の養子に入ってやったのだと、どこまで本当かはわからないが嘯《うそぶ》き、夫婦は喧嘩《けんか》が絶えない。

隆志は教員の仕事が終わってもなかなか家に帰ってこない。久美子は癇性《かんしょう》で、しばしば奈々子にも当たる。久美子の妹、つまり奈々子の叔母の志保子は頭が良過ぎて精神を病んだことがあるといわれ、いつも何が入っているのかわからない黒ずんだかごを提げているが、奈々子は叔母のことが好きだ。志保子に縁談が持ち上がったことから物語は動きだす。

情景や人物の動作の描写が瑞々《みずみず》しくも丁寧なのが好ましい。しかし四歳の幼女にここまで見えているのか、言葉に出来るものかと思っていると、途中から奈々子の視線に数十年が経過して中年女性となった彼女の視線が紛れ込んできて、ああそうだったのかと腑《ふ》に落ちる。ノスタルジックな作品のように見えて、作者は現在を生きている。

欲を言えばもう少し、この設定が壊れてしまうほど危険なところまで踏み込んでしまってもいいのではと思う部分もあった。まだ自分の小説の世界に対して遠慮がある。次作ではもっと思い切って、この作品に明らかに潜在する死や狂気に迫ってほしい。

不思議な偶然だが、すばる文学賞受賞の須賀ケイ「わるもん」（「すばる」11月号）も、幼い子供の視点から書かれている。こちらはもっと徹底していて、読者は幼稚園児の「純子」の視界と思念を通してしか物語の内実を知ることが出来ない。純子には鏡子と祐子という年の離れた姉がいる。

やはり両親の仲は微妙で、硝子店の主人であるはずの父は中盤に忽然《こつぜん》といなくなり、また現れる。「わるもん」とは父親のことらしいのだが、何が起こったのかよくわからないままで、そこが面白い。語りのあちこちに穴が開いている。しかし、わざと開けた穴と知らぬ間に開いていた穴の区別は、まだちゃんとついていないようにも見える。いろんなものが書けそうな人だが、くれぐれも企《たく》みに溺れないように。

文芸賞は二作、日上秀之「はんぷくするもの」と山野辺太郎「いつか深い穴に落ちるまで」（いずれも「文藝」冬号）。

前者は被災地でプレハブを建てて仮設店舗を営んでいる男の物語で、冒頭の一文が「毅《つよし》は手を洗わなければならなかった」とあるように、彼は一種の強迫性障害である。毅の行動も彼を取り巻く人物や事件も、彼の病んでしまった心というフィルターを通して描かれる。その結果、この小説は奇妙な距離感覚と迫力を獲得している。

後者は、日本からブラジルまで地球を貫通する深い穴を掘ろうとする話で、科学を無視した荒唐無稽な設定が大真面目に語られる。ただそれだけなのだが、単なるホラ話とは違う含蓄がある。絶対ありえないということだけは脇に置いて、作者自身がこの偉業（？）の意味をひたすら考えている。

「文藝」冬号から二編。赤坂真理「箱の中の天皇」は、あの『東京プリズン』の流れを組む意欲作である。

作者自身に限りなく近い「わたし」は、母親と横浜の古いホテルに泊まった折、時空を超えて別の「わたし」となってマッカーサーの亡霊と出会い、謎の老女から二つの箱を渡される。物語はやがて、今上天皇の「お気持ち」をめぐって収束してゆく。「わたしは天皇のように行動できるか、わたしが天皇だとしたら、どう行動するのか」という問いは重く鋭い。作者が等身大のまま歴史と現在に真摯《しんし》に向き合った日本論であり、天皇論である。出来るなら次はもっと長大な作品を読みたい。

高山羽根子「居た場所」は紛れもない傑作である。遠い異国からやってきた「小翠《シャオツイ》」と夫婦になった「私」は、妻が日本に来る前、生まれ故郷の島から出て来てしばらく住んでいたという母国の街を彼女と一緒に訪ねる。

こう書くといかにも普通の物語みたいだが、読み進むうちに世界は奇怪に変容し、無数の謎に満ち満ちた実相を露《あら》わにする。そもそも小翠が「私」と同じ人間であるのかどうかさえ定かではなくなっていく。卓抜な幻想小説であり、一種のＳＦでもあるが、そんなジャンル分けはこの際どうでもよい。これはちょっと今まで読んだことのないような新鮮な小説である。平易な語り口と繊細な描写の中から名状し難い何かが立ち現れる。その「何か」は怪物のように思えるのだが、しかしすこぶるチャーミングなのだ。

2018.10

高橋弘希「アジサイ」
岸政彦「図書室」
長崎健吾「故郷と未来」

「アジサイ」（「新潮」12月号）は、『送り火』で第159回芥川龍之介賞を射止めた高橋弘希の受賞第一作である。「妻が家を出てから、庭にアジサイが咲いた」という一文から始まるのだが、ある意味で物語はこの最初の文章を延々と堂々巡りして終わる。証券会社の営業マンである主人公は、三十代にして庭付き一戸建ての自宅を持ち、十分な蓄えもあるというのだから、勝ち組と言っていいだろう。結婚して三年になる妻との間にまだ子どもはないが、夫婦仲は何ら問題がない、少なくとも彼の方はそう思っていた。ところがある日とつぜん、妻は家を出て実家に戻ってしまった。彼には思い当たることが何もない。妻の置き手紙にも理由は一切書かれていない。妻の実家に電話を入れてみるが、気に入られていると思っていた義父母も妙に冷淡で、妻は電話に出ない。携帯にメールしてみても、返信はない。

　ごく短い作品である。主人公にとっては甚だ不条理な状況だが、けっきょく妻の家出の謎は最後まで解かれることはない。終始、夫の側から描かれているので、彼が気づいていない重大な問題や落ち度があるのかもしれないが、読者がそれを推し量るには材料が決定的に足りない。そのように書かれている。答えを得るためのカギというわけではないが、題名に選ばれたアジサイは意味ありげである。その花は妻がいなくなるのと入れ替わりに咲き出したようであり、色彩を変化させつつ、あれからずっと庭に存在している。

不穏な気配がじわじわと高まってくる様子は、この作家の真骨頂と言ってよいが、いわば結末を欠いたミステリアスな短編としてさすがによく書けてはいるものの、やや技巧が目立つ感もなくはない。個人的な要望を記すなら、高橋にはデビュー作『指の骨』路線の重くて長い大作に挑んでもらいたいのだが。

「新潮」には社会学者の岸政彦による三作目の小説「図書室」も載っている。一作目の『ビニール傘』は芥川賞候補になった。今回の舞台も作家自身の暮らす大阪である。五十歳になる女性の「私」は、十年前に十年一緒に暮らした男と別れてひとり暮らしを始めた。堅い仕事に就いており、生活に不安はない。だが最近、子どもの頃のようにまた猫を飼いたくなってきた。そして「私」は小学生の時を思い出す。物心ついた時点で父親はおらず、母親はひとり娘を育てるために夜の仕事をしていた。家には何匹も猫がいて、毎晩「私」は猫たちと一緒に寝ていた。ある日「私」は近所の公民館の図書室に久しぶりに行き、その場所の雰囲気が気に入って何度も通うようになる。そこで「私」は別の小学校の同い年の男子と知り合い、親しくなる。

何と言っても、この作品の読みどころは、小学生の「私」と、その男の子が交わす大阪弁の会話である。子どもらしい他愛《たわい》ない話ばかりなのだが、まるで漫才のような活《い》き活きとしたテンポがあり、おかしみとともに不思議な幸福感が滲《にじ》んでくる。岸の社会学者としての研究スタイルは、取材対象からの聞き取りを基盤とする「質的社会調査」と呼ばれるもので、要は相手の喋《しゃべ》りを丹念に記録するところから始まるのだが、『ビニール傘』と同様に、小説家としての岸はそこで得た感触を最大限に活用している。物語は回想を終えて現在に戻ってくるのだが、小説として綺麗《きれい》にまとめようとしないで、いっそ次は会話だけで書いてみたらどうか？　岸の筆力なら、それだけで十二分に魅力的な「小説」になると思うのだが。

　第62回群像新人評論賞は長崎健吾の「故郷と未来」（「群像」12月号）に決まった。長崎は東京大学大学院の日本史学博士課程に在籍中で、当選作は柳田国男論である。一見素朴とも思える題名と同じく、まず論を紡ぐ文章の平易でありながら品のある佇《たたず》まいが良い。ケレン味や鋭さはないが、じっくりと一歩一歩、足元を踏みしめてゆくような文章である。大澤真幸、熊野純彦、鷲田清一の三人の選考委員も、内容以前にそこに惹《ひ》かれたのではないか。これはまぎれもなく「文学」の文体である。

　もちろん、それだけでは評論にはならない。長崎の主張は、そっけない題名に集約されている。すなわち柳田国男は「故郷」を憶《おも》うことで「未来」を見ようとしたのだ。このことを長崎はじっくりと柳田の文を読み直すことによって論証してゆく。評論とは、批評とは、何よりも第一に「読むこと」である。柳田が書き残した文献から、まるで土中から器の破片をひとつひとつ掘り出していくように論点を剔出《てきしゅつ》し、丹念に繋《つな》ぎ合わせることで、必ずしも柳田が明瞭に述べたわけではない、だが読み終えてみれば疑いもなく柳田自身のものだと思える「故郷と未来」をめぐる思考が立ち上がる。派手さはないが、静かな驚きを感じる。むしろこの実直さこそ驚くべきことかもしれない。

2018.11

「新潮」特集「読むことは、想像力」
「すばる」特集「本を読む」
「群像」特集「文学にできることを」
古川真人「ラッコの家」／小山田浩子「小島」「夜神楽の子供」

　文芸誌は、季刊の「文藝」を除き、十二月に1月号が発売される。かつては新年号らしい特集が組まれることが多かったが、近年はその傾向が弱まってきたようである。実際の新年号は2月号になるわけだし、新年を迎えて最初に制作されるのは二月発売の3月号になるので、三カ月の内のどの号であっても「新年特集」をやる理由はあることになる。

　ということで足並みが揃《そろ》っているわけではないのだが、今月はまず「新潮」1月号が「読むことは、想像力」と題した「創作大特集」を組んでいる。ヤマザキマリ＋とり・みきの人気マンガ『プリニウス』の連載が『新潮45』の休刊に伴い移ってきたことも話題だが、他にも瀬戸内寂聴、町田康、松浦寿輝の新連載が開始され、華やかな新年号と言っていい内容となっている。特集には総勢二十六人が参加しており、「創作大特集」と言いつつ「特別原稿」としてエッセイや対談、写真作品（杉本博司）なども混じっている。

　自らが率いる劇団の名前を題名に冠した山下澄人の「ＦＩＣＴＩＯＮ　０１」は、左半身不随の実在の劇団員オギタをモデルにした自由奔放な書きっぷりに引き込まれるが、あらゆる者に容赦なく訪れる「死」に対する透徹した視線は悲劇性を増している。円城塔の「歌束」はごく短い作品だが、『文字渦』の「文字」に続いて「和歌」をめぐる連作が始まるのかもしれないと期待させられる。宮内悠介「ローパス・フィルター」は芥川賞候補になった『ディレイ・エフェクト』と同じく、SF的発想を用いて倫理的な問題に迫る好作。朝吹真理子「mameのブルゾンください」は『TIMELESS』の番外編的な掌編だが、言葉の凝縮度と突然に時空を超える跳躍の力はこちらの方が上かもしれない。「特別原稿」も含め、特集名にある「想像力」が緩やかな全体のテーマになっているようだ。

「すばる」の特集は「本を読む」。インタビュー、ルポ、論考、アンケートなど、創作以外のヴァラエティに富んだ記事が並んでいる。アンケートの問いは「どうやって本を読んでいますか」で、諸分野で活躍する三十人の回答が寄せられているのだが、文芸雑誌でわざわざ「本を読む」ことが特集のテーマにされるというのはいささかアイロニカルではある。

「群像」は特集「文学にできることを」。「I〈短篇創作〉」とあるので次号に続くようだ（「II」では何をするのだろう）。瀬戸内寂聴、笙野頼子、日和聡子、高橋弘希、小山田浩子の短編が掲載されている。その他、新年号らしいのは多和田葉子の『地球にちりばめられて』に続く新連載「星に仄《ほの》めかされて」が始まっていることだろうか。ちなみに今月、四誌全てに多和田は登場している。「すばる」はリービ英雄との対談、「新潮」は「特別原稿」の「沈黙のほころびる時」（このエッセイは『新潮45』問題へのレスポンスにもなっており、重要な内容である）、「文學界」は温又柔《おんゆうじゅう》との対談。今年は満谷マーガレットによって英訳された『献灯使』での全米図書賞翻訳文学部門受賞もあり、ベルリン在住の二言語作家である多和田の存在感はいや増している。そして近年、手を替え品を替え、さまざまな（時には文芸雑誌らしからぬ）特集を組んでいる「文學界」が、今月に限って特集をやっていないのがなかなか興味深い。

これは明らかに他誌との差異化を狙ってのことだろう。

　その「文學界」では、磯崎憲一郎の新連載「日本蒙《もう》昧《まい》前史」が始まっている。他は多和田×温の対談と、メディアアーティストの落合陽一と『平成くん、さようなら』で芥川賞候補になっている社会学者の古市憲寿の対談。しかしここでは古川真人の中編「ラッコの家」に触れておこう。芥川、三島両賞の候補に挙げられた『四時過ぎの船』にも現実を不分明にさせる老境の印象的な描写があったが、この小説は視力の弱った八十近い叔母と二人の姪《めい》の話から始まる。古川のこれまでの作品と似通った世界ではあるが、うねるような語りがほとんど改行なしに延々と連ねられてゆく魅力的な文体は新たな局面に入ったようであり、結末も大変に鮮やかである。力作だと思う。

　小山田浩子が「新潮」に「小島」、「群像」に「夜神楽の子供」を書いている。前者は「私」がバスで被災地にボランティアに行って帰ってくる話。後者は「私」が子供の頃の記憶に導かれて実家の近所の神社に神楽を観に行って帰ってくる話。どちらの「私」も日常から異界（のようなどこか）へと、あっけなくスルリと滑り込む。そしてそれは描写と叙述、すなわち言葉という手段によってのみ遂行されている。確かに小山田は「文学にできることを」やっており、「読むことは、想像力」であることを、あらためて思い知らせてくれる。そろそろ長編を書いてもいいのではないだろうか。

2018.12

第１６０回芥川龍之介賞　上田岳弘「ニムロッド」／町屋良平「１Ｒ１分３４秒」
赤井浩太「日本語ラップ feat. 平岡正明」

第１６０回芥川龍之介賞は、上田岳弘《たかひろ》「ニムロッド」（「群像」12月号）と町屋良平「１Ｒ（いちラウンド）１分34秒」（「新潮」11月号）に決まった。どちらもこの欄では取り上げなかったので、今回触れておきたい。

三度目の候補で栄冠に輝いた上田の「ニムロッド」は、私は会心の出来だと思ったが何故《なぜ》か芥川賞の候補にならなかった秀作「塔と重力」に続く、リアリズム路線の作品である（以前の上田は時空を超える荒唐無稽な設定が多かった）。

物語の鍵となっているのはビットコイン（仮想通貨）で、インターネットのサーバー保守会社に勤務する中本哲史が、ある日社長からビットコイン採掘（マイニング）の新規事業をたった一人で任されたところから物語は始まる。主人公の名前はビットコインを発明した人物の名前サトシ・ナカモトと同じである。

ニムロッドとは中本の元同僚、現在は遠方に住む友人のあだ名で、小説家になる夢を抱き続けている。中本の恋人で、過去に別の男との中絶と離婚の経験がある紀子が三人目の登場人物である。中本の物語、中本と紀子の物語、ニムロッドが中本に送ってくる小説の断片が並走しながら話は進んでいく。

ＩＴ企業の役員でもある作者ならではのきわめて現

代的な内容だが、三人の間で織りなされるテーマ群は非常に実存的であり、生々しさと切実さがある。上田はデビュー以来、見るからに「新しい文学」を意欲的に書いてきた。それゆえか評価が分かれる面もあったが、遂《つい》に芥川賞作家となり、今後の活躍を期待させる。

町屋は前回（第百五十九回）「しき」で初めて候補となったのに続く二度目の芥川賞候補での受賞である。「純文学」らしくない題材を進んで扱うことで注目されてきた（たとえば「しき」ではネットの〝踊ってみた〟動画が物語の中心に置かれている）作家だが、タイトルからもわかるように「1R1分34秒」はボクシング小説である。

語り手の「ぼく」はデビュー戦をKOで飾って以後、三敗一分、勝ちのないボクサーだが、その理由はというと、彼は試合が決まると対戦相手と親友になっている夢を見るようになるのだ。まずはこのアイデアが秀逸だが、以後もこの小説は、たやすく紋切り型に陥りがちな設定を新鮮な発想ではねのけながら展開していく。

とにかく理屈っぽくて自意識過剰な「ぼく」はウメキチというトレーナーと出会うことで変わっていくのだが、小説はボクシングという肉体の戦いを描きつつ、「ぼく」とウメキチの思考のやりとりが主眼となっていく。作品数からすると受賞はまだ早いような気もしていたのだが、上田とはまた違ったタイプの「新しい文学」の担い手であることは疑いない。

「すばるクリティーク賞」が発表された。受賞作は赤井浩太「日本語ラップ feat. 平岡正明」（「すばる」2月号）。タイトル通り、先鋭的なジャズ評論家だった平岡正明と、すでに長い歴史を持ち、ヒップホップ／ラップを生んだ国アメリカとはまた異なる進化を遂げていると言ってよい「日本語ラップ」を縦横に掛け合わせてゆくことで、現在の日本におけるオルタナティヴ（既存のものに代わる）な政治性と運動論の契機を見出《みいだ》そうとする、一種の「革命」論である。

赤井は二十五歳で、この年齢が若いと言えるのかどうかはともかく、文体はやたらと威勢が良い。青臭いと言ってもいいかもしれない。挑発を通り越して悪罵と思えなくもない先行者への批判の舌鋒《ぜっぽう》や、言いっぱなし的な脇の甘さも気にはなる。

だがしかし、彼は明らかに本物の批評家である。それは結論部分で「おれは日本のラッパーたちが政治的メッセージを曲にしなければならないと言っているのではない。そうではなく、ラッパーたちが（中略）必然的に内包してしまう政治性を、おれたちが発見」することが必要なのだ、と言っていることに端的に示されている。そう、批評とは要するに、そういうことをするものなのだ。次は是非《ぜひ》、この礼儀知らずの態度のままで「文学」論を書いてほしい。

2019.1

千葉雅也「平成の身体」
「すばる」小特集「平成とカルチャー」「古川日出男、最初の２０年」
古川日出男「三たび文学に着陸する」
宮下遼「青痣」

　いよいよ文芸誌の世界でも平成の終わりが始まった。今月はまず「文學界」３月号に「シリーズ『平成考』３」として哲学者の千葉雅也による論考「平成の身体」が載っている。彼は一九七八年、昭和五十三年生まれ。彼は「昭和末期の約十年間、すなわちバブルの八〇年代に幼稚園から小学校の時期をすごし」た自分の「身体」には「平成的な軽さ」よりも「昭和的な重さ」があると言う。とはいえ彼の人生の大半は平成だったわけで、つまり千葉の世代は「昭和的」から「平成的」への過渡的な存在なのだ。

　千葉は自分は「重さの残滓《ざんし》を抱え込みながら、それに足を取られることもありながら、軽薄化の享楽を生きてきた」のだと続ける。そして千葉は、平成という時代を「インターネット以前／以後」に分割し、彼の世代はその意味においても過渡的だったのだと述べる。このように自分自身の半生と重ね合わせながら、千葉は主にマンガやゲームなどのサブカルチャーの平成という時代を通した変質と、その背景となる、もっと深い次元での「身体／性」の変容を、エッセイと批評の混交のような柔軟な文章で語っていく。

　最終的に彼が「平成の身体」に与える定義は「資本主義的無意味とは『別の無意味』に依拠する身体」と

いうものである。資本主義は加速に加速を重ねて遂《つい》に「無意味」へと突破したが、それとは異なる、より「意味がない無意味」（これは千葉の論集の題名でもある）にこそ「平成」の可能性があったのではないか、と千葉は主張する。

　これに合わせるように「すばる」３月号が「平成とカルチャー」と銘打った小特集を組んでいる。倉本さおりの少年ジャンプ論、清田隆之のさくらももこ論、矢野利裕の小室哲哉論。

　三人とも千葉より若いが昭和生まれであり、結果としてやはり「過渡期」感が滲出《しんしゅつ》している。この中では小室がもっとも「平成的」だと私は思うが、そもそも平成は三十年もあるのだから一点に的を絞って論じるのはむつかしいのではないか。

「新潮」３月号に古川日出男が「三たび文学に着陸する」を発表している。三たび、の意味は副題で説明される。「古事記・銀河鉄道の夜・豊饒の海」。これは小説家にしか書けない想像的／創造的な文芸批評であり、古川にしか書けない大胆な洞察と張り詰めた文体による文芸批評である。三たび問われる問いは、それぞれに巨大かつ複雑な三つの作品は、何故そのように書かれなくてはならなかったのか、という問いである。古川は三つの、しかし煎じ詰めれば一つの問いに答えるべく、いわばそれらを書き直してみせる。書き直すことによって読み直そうとする。小説家にしか書けない、というのは、そういう意味である。しかし自らも巨大かつ複雑な小説を次々と書き続けながら戯曲や評論まで発表してしまう古川のエネルギーには今更ながら感嘆せざるを得ない。これは欲望というよりも使命感の賜物《たまもの》だと私には思える。何による使命か、これはもう「文学」の、としか言いようがない。

　これに合わせるように「すばる」３月号が「古川日出男、最初の２０年」という記事を組んでいる。昨年、古川の作家生活二十周年を記念して明治大学でシンポジウムが開催された。その時の登壇者を中心に、菅啓次郎、柴田元幸、マイケル・エメリック、小澤英実、谷崎由依、波戸岡景太、河合宏樹など総勢十二人が寄稿している。

　演劇にも造詣が深い英文学者の小澤による古川戯曲の分析、「ある夜、私は古川日出男氏がノーベル文学賞を受賞するという夢を見た」という印象的な一文から始まる、古川の『ベルカ、吠えないのか？』の英訳者でもあるエメリックのエッセイが特に面白かった。

　ノーベル文学賞作家オルハン・パムクの翻訳で知られるトルコ文学者の宮下遼の「青痣」（「群像」3月号）で、妊婦の「私」は、幼い少女トウコだった頃の母親との暮らしと、ある出来事を回想する。舞台は日本だが、不思議な異国情緒を感じる佳品である。

2019.2

町屋良平「ショパンゾンビ・コンテスタント」
今村夏子「むらさきのスカートの女」
「群像」橋本治追悼記事「『近未来』としての平成」

「新潮」４月号に早くも町屋良平の芥川賞受賞第一作「ショパンゾンビ・コンテスタント」が掲載されている。とはいえ長さとタイミングからしておそらく受賞以前に書き進められていたものだろう。ピアニストとしての自分の才能に見切りをつけ、音楽大学を中退して今は小説家を目指している「ぼく」、その親友で気まぐれな性格ながらピアノの天賦のセンスを持つ源元、源元の恋人で「ぼく」が片想いしている潮里、「ぼく」と潮里とはファミレスのバイトが一緒の、何かと頼りになる寺田くんの四人の物語である。

芥川賞受賞作「１Ｒ１分34秒」のボクシングとは打って変わってクラシック・ピアノが題材だが、町屋の個性である、ひらがなの多用が特徴の、非常に感覚的ではあるが時々妙な理屈っぽさが垣間見える語り口は相変わらず魅力的で、才能と努力のしばしば不公平な関係や、他人と自分どちらものわからなさ摑《つか》まえ難さを丁寧に描き出そうとする姿勢は一貫している。自分たちをモデルにした「ぼく」の小説の書き出しが何度も挿入されるのが面白い。そういえば町屋と一緒に芥川賞を受賞した上田岳弘の「ニムロッド」にも同様の設定があった。小説の中で小説が書かれる、という趣向が、かつてのような前衛的な文学実験としてではなく、もっとナチュラルに行われていることが興味深い。

小説が読まれなくなったと言われて久しいが、その一方で各種新人賞への応募は増加しており、インターネットの小説投稿サイトも大流行している。「小説を書くこと」の意味が変質してきているのかもしれない。町屋と上田の最新作に「小説家志望者」が出てきたことは、このことと関係があるような気もする。

今村夏子が、以前の極端な寡作が嘘《うそ》のように次々と新作を書いている。作品集『父と私の桜尾通り商店街』が出たと思ったら新作中編「むらさきのスカートの女」(「小説トリッパー」春号)が発表された。

語り手の「わたし」は近所で「むらさきのスカートの女」と呼ばれている女性のことが気になって仕方がない。呼ばれている、というのは事実ではなく実は「わたし」が勝手にそう名付けただけなのだが、「わたし」の頭の中では「むらさきのスカートの女」はちょっとした有名人なのである。「わたし」は「むらさきのスカートの女」と友達になりたいあまりに一計を案じ、自分と同じホテルの清掃の仕事に彼女を引き込むことに成功する。といっても「わたし」は「むらさきのスカートの女」と直接知り合いになることのないまま、いわば遠隔操縦でそれを達成するのだ。新しい環境で「むらさきのスカートの女」は急速に変化していく。その様子を「わたし」は陰ながら逐一見守る。それはほとんど「監視」と言ってもいいものだ。

今村の小説はいつも、一人称の語り手が少し(だいぶ)変わった人間を観察しているようでいて、読み進むうちに、いや、変なのはむしろ語り手の方なのだと気づかされる。この作品も同じだが、隙だらけのようで油断のならない筆捌《さば》きはもはや名人芸の域に達している。物語は後半、思いも寄らぬ展開となる。読む側の心持ちによって、ユーモア小説にも、不気味な話にも、痛ましい物語にも姿を変える、今村にしか書けない作品である。

橋本治が亡くなった。「文學界」「新潮」「群像」「すばる」「小説トリッパー」が追悼記事を組んでいる。その中では「群像」4月号の「『近未来』としての平成」が重要である。二回連載の長編論考になる予定が著者の死によって前半部のみの未完となった実質的な遺稿である。「昭和の終わり」の極私的な回想から始まり、彼ならではの、断言の連続がそのまま逡巡《しゅんじゅん》でもあるような文章で、新たな何かを得たと思う幻想と引き換えに沢山のものを失っていった「平成」という時代が語られる。「だから、ここでもう一度、そもそも『社会』とはどういうものだったかを考えてみる必要がある」。ここで途切れている。残念なことだ。

2019.3

『たべるのがおそい』終刊号　柳原孝敦「儀志直始末記」
「文藝」特集「天皇・平成・文学」／「すばる」特集「平成と文学」
「新潮」特集「平成の終焉―何が生まれ何が消えたのか」
片岡義男「窓の外を見てください」

平成最後の月は、月刊の四誌（「群像」「新潮」「すばる」「文學界」）に加えて、季刊の「文藝」、隔月刊の「三田文学」、年二回の『たべるのがおそい』の刊行が重なって、はからずも主要な文芸雑誌の揃《そろ》い踏みとなった。しかも「文藝」はリニューアル号、『たべるのがおそい』は終刊号である。ついつい「平成の終わり」と「令和の始まり」に関連づけて考えてしまいそうになるが、もちろん改元と関係があるとは限らない。

翻訳家、小説家、歌人、アンソロジストなど多面的な顔を持つ西崎憲《けん》が編集長を務め、福岡の小出版社である書肆《しょし》侃侃房《かんかんぼう》が版元の『たべるのがおそい』は、創刊以来、意欲的な誌面作りに取り組み、二作の芥川賞候補（今村夏子「あひる」と宮内悠介「ディレイ・エフェクト」）を輩出したことで、やや大袈裟《おおげさ》に言えば近年の文芸シーンにおける台風の目のひとつとなった。まだ終刊号から三たび芥川賞候補が出る可能性も残されているが、そうならなくてもこれはすでに画期的なことである。終刊号の特集は「ジュヴナイル――秘密の子供たち」。銀林《ぎんばやし》みのる、飛浩隆《とびひろたか》、櫻木みわ、岩井俊二、西崎憲の小説／エッセイに加えて、ドイツ文学の研究者／翻訳家の松永美穂が初の小説「物置」を寄せている。

特集ではないが、ラテンアメリカ文学を専門とする柳原孝敦《たかあつ》の初小説「儀志直始末記」も載っている。松永作は特集に合わせて、少女の瑞々《みずみず》しくも透徹した視点から祖母の想《おも》い出を描いた小品だが、柳原の作品は、十数年前に四十歳で亡くなった友人「伊地知孝行」の遺品から見つかった「儀志直」と題された短編小説と編者による付記という凝った構成のメタフィクションである。高校の時に「ボルヘスになる」と宣言した友人は、その早過ぎる死までの間に、アルゼンチンが生んだ博覧強記の幻想小説家に、どこまで迫り得ていたのか。むろん全てが柳原の創作なのである。まさにボルヘスばりに知略と奇想が張り巡らされた濃密な作品であり、柳原の長編小説をぜひ読んでみたくなった。

編集長とアートディレクターが交代して大がかりなリニューアルとなった「文藝」は、今号から特集主義を採るということだ。特集は「天皇・平成・文学」。池澤夏樹と高橋源一郎の対談、東浩紀のエッセイ、温《おん》又柔《ゆうじゅう》、岡田利規《としき》、福永信、飛浩隆、小川哲の短編、そして古谷田奈月《こやたなつき》の長編一挙掲載『神前酔狂宴』。いかめしい題名だが、明治の軍神を祀《まつ》る神社に併設された結婚式場でアルバイトをするフリーターの話である。軍神も神社も架空のものだが、いかにもなリアリティがあり、ワリの良い仕事だからと軽い気持ちで働き始めた主人公を通して、読者は「天皇制」の「日本」の「社会」と「家族」の不可思議に対峙《たいじ》させられる。力作である。その他、新連載が幾つも始まっており、表紙にあしらわれた「文芸再起動」という惹句《じゃっく》に偽りなし、次号以降も期待したい。

「新潮」5月号がアンケート特集「平成の終焉《しゅうえん》——何が生まれ何が消えたのか」。総勢二十六人の回答に、映画、アート、演劇、クラシック、Jポップ（私が担当した）、建築の「平成ベストテン」。同誌には三島由紀夫の発掘原稿「現代青年論〝弱い父親〟への反逆」が掲載されているが、こうした「発見」の話題性も少々へたってきた気もする。「すばる」5月号が特集「平成と文学」。高橋源一郎と斎藤美奈子の対談、私が執筆した「私的平成文学クロニクル」、江南亜美子、野中モモの論考。「文學界」5月号の目次に「平成」はなかった。さて、来月は「令和」と銘打たれた特集をどこかがやるだろうか？

　片岡義男「窓の外を見てください」（「群像」5月号）が今月のベストである。短編小説の連作を書こうとしている男が女たちに会いに行く、それがそのまま長編小説になってゆく。「昭和」から「平成」の終わりまで片岡の文章の手触りは、ほとんど変わることがない。だが、ここには何か時代を超えた絶対的な新しさがある。

2019.4

第32回三島由紀夫賞
石倉真帆「そこどけあほが通るさかい」
古市憲寿「百の夜は跳ねて」

第32回三島由紀夫賞は、三国美千子『いかれころ』（「新潮」２０１８年11月号）に決まった。この作品については初出時に取り上げたので詳しくは触れないが、昭和五十八（一九八三）年の大阪、河内を舞台に、長年農業を営む旧家の四歳の娘の視点から、家族や親類の悲喜こもごもの挿話が瑞々《みずみず》しい筆致で語られる。この作品は新潮新人賞受賞作、つまりデビュー作である。

三島賞を新人賞受賞作が貰《もら》ったのは、第二十四回の今村夏子の太宰治賞『こちらあみ子』以来であり、候補になったことも二〇一〇年代に入ってからだと、小山田浩子『工場』（「新潮」）、上田岳弘『太陽』（「新潮」）、町屋良平『青が破れる』（「文藝」）の三作しかない（三島賞は単行本単位でも候補になるので厳密に言うと新人賞受賞作とイコールではないものもある）。

芥川賞に目を向けると、二〇一七年に第１５７回が沼田真佑《しんすけ》『影裏《えいり》』（「文學界」）、第１５８回が石井遊佳『百年泥』（「新潮」）と若竹千佐子『おらおらでひとりいぐも』（「文藝」）の同時受賞と、新人賞受賞作のみで占められたことがある。

毎回ではないが候補作に新人賞受賞作が含まれていることも三島賞よりずっと多い（芥川賞は「新人に与えられる賞」なので当然とも言えるが）。全ての文芸誌は新人賞を設けているので、芥川賞候補に「新人賞枠」で誰が入るだろうと毎回推測してみるのだが、一本入れるなら『いかれころ』だろうと思っていたら前回は新人賞受賞作はひとつも候補にならなかった。文学賞の予想はむつかしい。

前にも書いたことがあるが、私は基本的に新人賞受賞作をそのまま芥川賞に選ぶことは好ましくないと思っている。せめて二作目を読んでからでないと、その作家に何が書けるのかを見極められないのではないかと思うし、当の作家自身にもあまり良い結果を生まないような気がするからだ。しばらくするとまた芥川賞の季節がやってくるが、次回は候補に新人賞は含まれているだろうか。

群像新人文学賞受賞作の石倉真帆「そこどけあほが通るさかい」（「群像」6月号）は、幾つかの点で『いかれころ』と共通する要素を持った作品である。舞台はおそらく関西、三つの名字の家ばかりがある「ムラ」で、おそろしく性格の捻《ねじ》曲がった祖母＝「婆」と同居する家族のぎりぎりの姿が、娘＝「うち」の視点から描かれる。

「うち」が十九歳の時に「婆」は亡くなったことが冒頭で語られ、回想へと入っていく。嫁と孫たちを日々口汚く罵《ののし》る「婆」と、一緒になって「うち」の家族を詰《なじ》りながらも「婆」を引き取ろうとはしない親戚の醜さはすさまじく、無口だが優秀な頭脳を持った「お兄」も、勉強が出来ず将来何をしたらいいのかもわからない「うち」も、長きにわたって姑《しゅうとめ》の悪口雑言を耐え忍んできた「お母ちゃん」も、やがて感情を爆発させる。方言で語られる「うち」の一人称は素朴で読みやすく、そのせいで却《かえ》って起きていることの酷《ひど》さが際立つ。描写にしても構成にしても、もう少し工夫があってもいいような気もするが、新人賞らしい熱量を持った作品である。

古市憲寿《ふるいちのりとし》「百の夜は跳ねて」（「新潮」6月号）は、物議を醸した前作『平成くん、さようなら』とは打って変わって、有名大学を卒業しながら就職活動に失敗し、ひょんなことからビルのガラス清掃の会社で働くようになった「僕」が、高層マンションの広大な部屋に独居する大金持ちの老婆に依頼され、無数の窓の向こう側に広がる他人たちの生活を盗撮する、という物語である。

　仕事に就いてまもなく職場の先輩が事故で命を落とした。「僕」には今も彼の声が耳元で聞こえることがある。老婆のマンションには大小沢山《たくさん》の箱が置かれている。彼女には彼女の物語があるようだ。「僕」は老婆と親しくなっていくとともに、自分自身を新たな視線で見るようになっていく。結末がやや甘い気もするが、この極めて現在形の叙情は魅力的である。力作だと思う。

2019.5

高山羽根子「如何様」
芳川泰久「ラップ　最後の旅」
高橋弘希「花束と水葬」

「如何様《イカサマ》」（「小説トリッパー」夏号）は、「カム・ギャザー・ラウンド・ピープル」（「すばる」5月号）で七月十七日に決定される第161回芥川龍之介賞の候補に挙げられている高山羽根子の新作中編である。

　物語の舞台は先の戦争が終わって間もない頃、記者をしながら探偵のようなこともやっている女性の「私」は、知り合いの榎田から奇妙な仕事を依頼される。

　榎田がよく仕事を頼んでいた画家の平泉貫一が、大戦末期に兵隊に取られ、終戦を迎えてからもしばらく捕虜として収容されたのち、復員した。貫一の両親と、手違いで貫一とは一度も顔を合わせることなく嫁入りした妻のタエはよろこんで息子であり夫である男を迎えたが、やがて貫一は行方知れずになってしまった。しかも貫一の人相は、戦争に行く前と帰ってきてからでは、似ても似つかないほどに違っていた。

　榎田は別人が貫一に成り済ましているのではないかと疑い、事の真偽を調査するよう「私」を雇ったのだった。「私」はタエや貫一とかかわりのあった人たちを訪ね、失踪した男の正体を探っていく。

　高山の小説はいつも、明らかに故意に選び取られている読者に対する説明の抑制が、ただでさえ謎めいた物語を、より不可解に、それゆえ魅惑的にしていくのだが、この作品も途中から迷宮に入り込んでゆく。

　戦前と戦後の貫一の二枚の写真は、どう見ても別の男なのだが、証言者たちの話を総合すると、それでもやはり同じ人物であるかのように思えてくる。そして「私」は、貫一が極めて腕の良い贋作《がんさく》画家であり、自分自身も変装の名手であったということを知る……。

　題名の「如何様」には「イカサマ」とルビが振られているが、「いかよう」とも読める。まさにこれはいかようにも読める小説である。超常的な描写は一度も出てこないが、これは一種の幻想譚《たん》でもある。本物と瓜《うり》二つの贋《にせ》物、本物の代わりを完璧に務めている贋物は、もはや贋ではないのではないか。そもそも「本物」とは何か？「本物」であることにどれほどの意味があるというのか？作者はこんな問いを発しているように思われる。

　仏文学者で文芸評論家の芳川泰久による小説「ラップ　最後の旅」（「文學界」7月号）は、私小説のような体裁を取っているが、かなり野心的な作品である。

　五十五歳を迎えた大学教授の「おれ」は、自分は五十五歳で死ぬと予言して実際その通りになった母親のことを思い出す。母が亡くなってまもなく生まれた娘も今は二十三歳で、クマのような男と結婚すると言っている。「おれ」は母親が死ぬ前に口にした「また生まれてきたら、おまえを生みたい」という言葉がひどく気になり始める。

　それからもう一つ、なんと母方の一族が松尾芭蕉の血筋を引いているという妄想めいた話も。母親の遺《のこ》したノートには俳句が記されていた。「おれ」も俳句を始めようと思うが、実は娘も小学校の時に俳句を詠んでいたことが発覚する。その娘が妊娠した。ということは娘は母親の生まれ変わりで、生まれてくる子は「おれ」の生まれ変わりになるのか？

　テーマは「輪廻《りんね》」である。亡き母親の過剰な愛情の記憶に衝《つ》き動かされるように右往左往する「おれ」の姿は笑いを誘うが、更《さら》には題名通り、俳句だったはずが、なぜか後半今風のラップ調になってしまうのが面白い。本気なのか巫山戯《ふざけ》ているのかわからない、妙な味のある小説である。ラストも綺麗《きれい》に決まっている。

　高橋弘希「花束と水葬」（「すばる」7月号）は、学生時代にインドに短期留学をした「私」がその後に体験した、衝撃的といっていい出来事を、しごく淡々とした筆致で綴《つづ》った短編である。偶然だが、この作品でも「輪廻」という考え方（をどう捉えるか）が重要な意味を持っている。書き込めばもっと長くなる内容を、敢《あ》えてこの分量に留《とど》めることによって、却《かえ》って小説としての密度が増している。芥川賞受賞後、高橋は少しずつ作風を変えつつあるようだ。この路線は支持したい。

2019.6

■愛読者カード

このはがきを当社への通信あるいは当社発刊本のご注文にご利用ください。

□ご購入いただいた本のタイトルは？

□お買い上げ書店またはネット書店

□本書をどこでお知りになりましたか？

01書店で見て　02ネット書店で見て　03書肆侃侃房のホームページで
04著者のすすめ　05知人のすすめ　06新聞を見て（　　　新聞）
07テレビを見て（　　　）　08ラジオを聞いて（　　　）
09雑誌を見て（　　　）　10その他（　　　）

フリガナ
お名前
男・女

ご住所　〒

TEL（　　）　FAX（　　）

ご職業　年齢　歳

□注文申込書

このはがきでご注文いただいた方は、**送料をサービス**させていただきます。

※本の代金のお支払いは、郵便振替用紙を同封しますので、本の到着後1週間以内にお振込みください。
銀行振込みも可能です。

本のタイトル	冊
本のタイトル	冊
本のタイトル	冊

合計冊数　冊

ありがとうございました。ご記入いただいた情報は、ご注文本の発送に限り利用させていただきます。

post card

恐れ入りますが、
切手をお貼り
ください

810-0041

福岡市中央区大名2-8-18
天神パークビル501
システムクリエート(有)内

書肆侃侃房 行

□ご意見・ご感想などございましたらお願いします。

※書肆侃侃房のホームページやチラシ、帯などでご紹介させていただくことがあります。
不可の場合は、こちらにチェックをお願いします。→□　※実名は使用しません。

書肆侃侃房　http://www.kankanbou.com　info@kankanbou.com

第161回芥川龍之介賞
村上春樹連作短編
「文藝」特集「韓国・フェミニズム・日本」

第161回芥川龍之介賞は、今村夏子「むらさきのスカートの女」(「小説トリッパー」春号)に決まった。三度目の候補作での受賞だが、私も今回はとるだろうと思っていた。だが、以前の本欄で詳しく取り上げたので内容には触れない。書いておきたいのは、「小説トリッパー」にとって、これが初の芥川賞受賞作だということである。同誌掲載作がこの前に候補となったのは、同じく今村夏子「星の子」によってだった。版元の朝日新聞出版は他に小説の専門誌を持っていないので、「小説トリッパー」には様々《さまざま》なジャンルの小説が載っている。掲載されただけで「文学=芥川賞候補」になり得る「群像」「新潮」「すばる」「文藝」「文學界」とは違う。「むらさきのスカートの女」は直木賞の候補になる可能性だってあったのだ。そもそも今村夏子の小説は「文学」なのだろうか? 私はこの問いを限りなく肯定的な意味を込めて発している。驚くほどに多様な読解へと開かれた「むらさきのスカートの女」は、むしろまったく新しいタイプの小説なのではないか?

　今村夏子の最初の芥川賞候補作「あひる」は、先ごろ終刊となった文学ムック『たべるのがおそい』の掲載作だった。つまり今村は既存の文芸誌=純文学専門誌の掲載作では一度も芥川賞候補に挙げられていないのである。それがどうしたと言われそうだが、私にはこの事実はとても興味深いことに思える。何度か書いていることだが、考えれば考えるほど定義が困難に思えてくる「文学」は、今や実質的に「芥川賞」に紐《ひも》づけられている。「小説トリッパー」のようなマルチな小説誌から遂《つい》に芥川賞が出たということは、そのまま「文学」の地殻変動を示しているとも言えるのだ。

村上春樹はデビュー作『風の歌を聴け』と第二作『1973年のピンボール』が芥川賞候補となったが、受賞はせず、その後は候補に挙げられることはなかった。その村上の最新短編二作が「文學界」8月号に掲載されている。約一年前に同じ雑誌に発表された「三つの短い話」（「文學界」2018年7月号）の続編だが、連作短編「一人称単数」という前にはなかった総題が附《ふ》されている。「ウィズ・ザ・ビートルズ With the Beatles」は、もちろんビートルズの想《おも》い出話から始まるのだが、やがて一九六五年、高校二年生だった「僕」と、その夏に初めて出来《でき》たガールフレンド、そして今の言葉で言えば「引きこもり」に近い生活を送っていたと思われる彼女の兄との、俄《にわか》には信じがたい物語に入っていく。もうひとつの「ヤクルト・スワローズ詩集」は、ヤクルト・スワローズ（旧サンケイ・アトムズ）と神宮球場をこよなく愛する作家のエッセイ的な作品だが、題名通り途中に自作の野球詩（?）が何度も挟み込まれるのが面白い。注目すべきは、この小説の語り手が、はっきり「村上春樹」と名乗ってみせるということである。つまり「一人称単数」とは要するに「私小説」ということなのだろうか。更《さら》なる続編があるのかどうかはわからないが、これまでになく作家自身の素が表れているように読めるのは確かである。

特集「韓国・フェミニズム・日本」の「文藝」秋号が発売後間もなくして二度の増刷となったという。文芸誌としては異例の売れ行きである。日本でもベストセラーになった『82年生まれ、キム・ジヨン』のチョ・ナムジュや、数冊の邦訳書のあるハン・ガン、ミュージシャンとしても活躍するイ・ラン、『カステラ』『ピンポン』のパク・ミンギュなどの短編の翻訳や、現在の韓国フェミニズム小説ブームを牽引《けんいん》する斎藤真理子と、すぐれた書評家でもある鴻巣友季子の翻訳家対談、小山田浩子、高山羽根子、西加奈子、深緑野分、星野智幸の小説も載っている。「韓国文学一夜漬けキーワード集」という企画記事もある。問題意識と企画の練り方次第で売れる文芸誌が作れるという見本である。個人的にはＳＦ仕立てのパク・ソルメの短編「水泳する人」に惹《ひ》かれた。

千葉雅也「デッドライン」
高尾長良「音に聞く」
木村紅美「夜の底の兎」
山下澄人「月の客」

「デッドライン」（「新潮」9月号）は、哲学者・批評家の千葉雅也の小説デビュー作である。ジル・ドゥルーズを研究対象とする修士論文の提出期限（＝デッドライン）を控えたゲイの大学院生である「僕」（他人が呼ぶときは「○○」と伏せ字になっている）の苦闘と苦悩の日々を、これまでの千葉の著作とも共通する明晰《めいせき》な屈折ともいうべき考え抜かれた文体で描いた作品で、主人公のプロフィルはかなりの部分まで作者自身と重なっている。実際、これはほぼ「私小説」と呼んで差し支えのない作品である。いまだ何者でもない院生の寄る辺の無さと、ハッテン場などのリアルな同性愛描写、そして高度に哲学的な思弁が、ドゥルーズの鍵概念のひとつである「生成変化（Xになること）」を内的な論理として精密に織りなされ、千葉にしか書けないユニークな青春小説となっている。知性と欲望の二極に引き裂かれそうになりながらも、自分ならざるものを志向することによって自分自身になろうとする「僕」の姿は切実で、美しい。デビュー作にはすべてがあるとよく言われるが、この作品にはおそらくそれ以上のものがある。

　高尾長良「音に聞く」（「文學界」9月号）は、京都に住む「文学好きの女性」である「わたし」の許《もと》に友人が持ち込んだ、二十年前にしたためられた或《あ》る女性の手記、という体裁を取った作品。舞台はオーストリアのウィーンである。十五年前に両親が離婚し、以来父親には一度も会うことなく日本で育った姉妹が、母の死をきっかけに父が長年住むウィーンにやってくる。姉（この手記の書き手でもある）は翻訳家を志し、まだ十五歳の妹は若くして作曲の才能を開花させつつある。著名な音楽学者である父と姉妹はほとんど初対面だが、父は下の娘に関心を抱き、しかし彼女は反撥《はんぱつ》する。姉はやがて父となかば引退した高名な女歌手とその夫の関係が気になり始める。擬古的といってもよい濃密な異国情緒と豊饒《ほうじょう》な芸術趣味に彩られた力作だが、手記という趣向がどのように機能しているのか、わかりづらい気もした。それに、この題材を語り切ろうとするなら、この長さではまだ足りない。

木村紅美「夜の底の兎《うさぎ》」（「群像」９月号）も力作である。事実婚の夫婦二人で小さな建築事務所を切り回してきた「わたし」は、夫と以前アルバイトに来ていた若い女性のあいだに子供ができたことによって突然、生活の大きな変化を余儀なくされる。彼女は出張で盛岡に行った折、三十年前の小学生の頃は毎年夏休みに来ていたが、その後両親の離婚によって訪問が途絶えることになった父方の実家のある町に寄ってみる。そこには特別な想《おも》い出があった。小六の夏に「わたし」は奇妙な老婆《ろうば》に命じられて、どうしてか蔵の中にずっといる「ゆめちゃん」と毎日のように遊んだのだ。あの少女（？）は、いったい何だったのか。彼女はあのあと、どうなったのだろうか。「わたし」は「ゆめちゃん」の行方を探り始める。ファンタジックで叙情的な描写と、きわめてシリアスな社会的問題が、独特なバランスで溶け合っている。物語が現在に追いついてからの展開には思わず目を見張った。

山下澄人「月の客」（「すばる」９月号）は、デビュー以来、唯一無二の小説世界を築き上げてきたこの作家の最高傑作である、と断言してしまおう。トシという男の一生が物語られるのだが、これまで以上に、時間も、空間も、前後関係も因果関係も、文章も文字も、何もかもがバラバラにされて、ぐるぐると廻転《かいてん》しながら進んでゆく。母、父、サナ、ラザロ、そして、いぬたち。出来事だけを取り上げれば、これは途方もなく悲惨で酷薄な、持たざる者たちの、救いのかけらもない話だ。しかし同時にこれは、ほとんど神話である。とにかく書きっぷりが凄《すご》い。これはもう自由自在という形容では全然足りない。

「小説」というものにまだ可能性が残されているとしたら、この作品こそがそれだ。大袈裟《おおげさ》ではない。

2019.8

阿部和重「Orga(ni)sm［オーガ（ニ）ズム］」
「すばる」特集「『お金』を問う」
古川真人「背高泡立草」
太田靖久「アフロディーテの足」

阿部和重の最新長編『Orga(ni)sm［オーガ（ニ）ズム］』の刊行を記念して、同作の連載誌だった「文學界」10月号が特集を組んでいる。『オーガ（ニ）ズム』は、一九九九年に連載が開始され二〇〇三年に刊行された『シンセミア』、一〇年の『ピストルズ』に続く「神町《じんまち》トリロジー」（三部作）の第三部完結編である。山形県東根市に実在する自らの出生地でもある神町を舞台とする小説を、阿部はこれら三つの大長編の他にも複数発表してきた（その中には芥川賞受賞作『グランド・フィナーレ』も含まれる）。約二十年の歳月が執筆に費やされた、壮大なる「神町サーガ」の終わりを告げる『オーガ（ニ）ズム』の主人公は、なんと「阿部和重」である。彼はある夜突然、自宅に血塗《まみ》れで転がり込んできたCIAのケースオフィサー、ラリー・タイテルバウムに請われ、首都移転（！）によって日本の政治の中心地となり、いまや飛躍的な発展を遂げつつある故郷神町に、幼い息子を連れて舞い戻る。

阿部は一作ごとに文体やスタイルを一変させる作家だが、今回も前二作とはまったく異なるタイプの小説となっている。特集は、ロング・インタビュー「アメリカ・天皇・日本」（聞き手は私が務めた）、精神科医の斎藤環、アメリカ文化研究の大和田俊之、小説家の樋口恭介、翻訳家・書評家の大森望、アメリカ文学者の越川芳明による作品論、小説家の小山田浩子、鴻池留衣らによる作家論、そして「『Orga(ni)sm』キーワードをめぐるよもやま話」という充実の内容となっている。阿部の小説は多くの意味で「日本文学」の閉域に留《とど》まらないハイブリッド性を有しているが、『オーガ（ニ）ズム』はその集大成である。阿部が書いた最長の小説だが、何より強調しておくべきことは無類に面白いということである。渾身《こんしん》の大作にふさわしい特集となった。

特集といえば「すばる」10月号が「『お金』を問う」という企画をやっている。この雑誌は以前から社会的な問題と文学の現況を架橋するのが上手《うま》い。経済学者岩井克人インタビュー、社会学者の大澤真幸、評論家の山本貴光、編集者の若林恵の論考、総勢十五人によるエッセイ（「文學界」と小山田浩子と越川芳明が被《かぶ》っている）も読みごたえがあるが、企業経営者としての顔も持つ三人の作家、上田岳弘と小佐野彈と加藤秀行の鼎談《ていだん》がとても興味深い。上田は一足先に芥川賞を射止めたが、加藤も二度候補に挙げられており、小佐野は短歌で複数の賞を受賞してから小説家としてデビューした。いずれも実力派の新鋭である。ビジネスでも結果を出してきた彼らが、なぜわざわざ文学を志したのか、という当然の疑問に、ある程度まで答えてくれる。

「すばる」に古川真人の中編「背高泡立草」が載っている。二十代後半の奈美は、母親・美穂の命により、高齢の祖母・敬子が住む母方の実家にある棄《す》て置かれた納屋周りの草刈りに駆り出される。伯母の加代子、その娘の知香、美穂と加代子の兄である伯父の哲雄と連れ立って、彼女は家に向かう。そこには〈古か家〉と〈新しい方の家〉がある。納屋は二十年も前から使われていないのに、どうして草を刈らねばならないのか、と奈美は疑問に思う。そこから小説は「家」と「家族」の過去にまつわる物語へと入っていく。捕鯨の刃刺《はざし》（鯨に銛《もり》を打つ者）の物語や酒飲みの父親にカヌーで海を渡ってこいと言われた少年の物語は、独立した短編としても読める。

　太田靖久の「アフロディーテの足」（「群像」10月号）は、画家崩れの中年男が、地下アイドルもやっている女子大生（の足）に心奪われる話である。主人公はとにかく情けなくて気色悪いし、ヒロインの言動もかなり支離滅裂なのだが、読み進めていくと、奇妙な、だがひどく切実な、怒濤《どとう》の感動が襲ってくる。これは文芸誌にはめったに載ることがない「泣ける物語」である。いや、これで泣けるひとはやや特殊かもしれないが、少なくとも私は読みながら涙が止まらなかった。

高瀬隼子「犬のかたちをしているもの」
中西智佐乃「尾を喰う蛇」
宇佐見りん「かか」／遠野遥「改良」
木村友祐「幼な子の聖戦」

　今年も新人賞の季節がやってきた。すばる文学賞は高瀬隼子《じゅんこ》「犬のかたちをしているもの」（「すばる」11月号）。三十路《みそじ》を迎える女性の「わたし」には郁也という恋人がいる。もう三年付き合っているが、セックスレスになって久しい。「わたし」は男性と恋愛関係になって数カ月すると決まって性交が疎ましくなるのだ。過去の恋人たちはそれで去っていったが、郁也はそうではなかった。だが突然、ミナシロという女性が現れ、郁也の子を妊娠していると告げる。体だけの関係だった筈《はず》が誤って妊娠してしまったのだという。

　ミナシロは出産はするつもりだが子供を育てる気はないので「わたし」と郁也に育てて欲しいと言い出す。あまりに理不尽な申し出に当惑と憤慨を隠せない「わたし」だが、郁也もそれを望んでいるようだ。「わたし」は子宮に病気を抱えている。それが性交への嫌悪と関係があるのかどうかはともかく、降って湧いたような難問に「わたし」がどんな答えを出すのか、そして結局どうなるのか、という関心を維持しながら読み終えることが出来《でき》た。とはいえ、人物設定も物語の展開もかなり通俗的で予想の範囲を逸脱することがないまま進んでしまう。もっとも良いのは題名だが、犬という隠喩も内容的にはあまり効いていないような気がしてしまった。

新潮新人賞は中西智佐乃「尾を喰う蛇」（「新潮」11月号）。大阪の病院で介護福祉士として働く三十五歳の「興毅」の視点から、老人介護の実態がつぶさに描かれてゆく。興毅は家族との軋轢《あつれき》や将来への不安もあり、行き場のない焦燥を抱えている。綺麗《きれい》ごとでは済まない介護の現場のディテールは非常にリアルで、雰囲気に逃げない確実さを感じた。

入院患者のひとり、年齢から採られた「89」というあだ名で呼ばれている老人は認知症が進んでおり、やたらと癇癪《かんしゃく》を起こしたり若い女性介護士の体に触れたり、時には暴力をふるったりする。興毅は「89」が時々口走る戦時の行為への謝罪とも取れる謎めいた言葉に興味を惹《ひ》かれるとともに、彼を力で屈服させることに密《ひそ》かなよろこびを感じるようになってゆく。主人公の鬱屈《うっくつ》が次第に歪《ゆが》みを帯びてゆくさまはよく書けているが、結末が物足りない。題名もありきたりである。ただし選考会で論議になったという「89がしたことは何だったのか」が最後まで明らかにされない点は私はむしろよいと思った。自分の意志ではなかった、仕方がなかったのだ、という自責と裏腹になった自己正当化が興毅に伝染してゆくのがこの小説の肝であるからだ。

文藝賞（「文藝」冬号）は二作。宇佐見りん「かか」は自分を「うーちゃん」と呼ぶ娘の語りによって、心を病んだ母親＝かかとの長年の相克が描かれる。かかの喋《しゃべ》りに由来するという不思議な方言（？）で全編が語られるのが面白い。だが現在時と回想の織り交ぜ方は少し乱雑に感じた。弟の「みっくん」を「おまい」と呼んで語りかける二人称の話法もあまり整理されておらず、率直に言うと失敗していると思う。だが読み心地は悪くない。言葉が走り出した時の熱っぽさが良い。最後の段落はもう少し練るべきだったのではないか。

遠野遥「改良」は、女装趣味を持っているが異性愛者の二十歳の「私」が酷《ひど》い目に遭う話である。最初に置かれた挿話がとてもよく書けていて期待して読んだのだが、後半に向かうにつれて筋立てに呑《の》み込まれていってしまう。「私」のどこか遠近法の狂った自己認識のありようが面白いのに、小説を終えるために事件を起こしており、それゆえに凡庸な結末になっている。あと五十枚位足してもよかったと思う。

「すばる」の木村友祐「幼な子の聖戦」は田舎の選挙戦の顚末《てんまつ》を描いた滑稽で陰惨な物語で、この作家らしいストレートな「現実批判」が随所に挟まれるのも含め、さすがに読ませるが、ラストシーンを冒頭に持ってこなくてもよかったのではないか。読者が結末を知らないまま読み進むほうが効果的だったと思う。

2019.10

三国美千子「青いポポの果実」
古市憲寿「奈落」
李琴峰「星月夜」
乗代雄介「最高の任務」

　デビュー作「いかれころ」で三島由紀夫賞を受賞した三国美千子の第二作「青いポポの果実」（「新潮」12月号）は、自分のことを「僕」という小学五年生の女の子ナナの視点から、家族や近隣に住む親戚たちのさまざまな行状が語られる。「いかれころ」では四歳の女児を通して世界を描きつつ、語り手の現在は実は数十年後にあることが途中で明かされるが、本作も「僕」が「わたし」になって「夫の男」とのみ書かれる異性と結婚もしている時点からの回想であったことが最後まで読むとわかる。「僕」は情緒不安定で暴力をふるう母親を「雌犬」と密《ひそ》かに名付け侮蔑している。父親は「僕」の写真を撮っていかがわしい趣味を持つ連中に売っている。四歳年下の妹のユキ（も自分を「僕」という）は小一にしては異常なほど賢い。

　ある日、隣の「ポポの木の家」に奇妙な一家が引っ越してきたことから物語は展開する。エピソードのほとんどは性的な暗鬱《あんうつ》さを湛《たた》えており、幾つかはグロテスクでさえある。意欲作であることは疑いを入れないが、ちょっと詰め込み過ぎの感は否めない。「僕＝わたし」の感情の焦点が母親と妹と隣家の少女に分散してしまっており、なぜこの遠い昔の出来事が今になって語られなくてはならないのか、という動機の必然性がぼやけているような気がした。

同じく「新潮」に古市憲寿の中編「奈落」が掲載されている。二〇〇一年、人気絶頂時の公演中にステージの奈落に落ちて全身麻痺《まひ》となった若き女性歌手のその後のおよそ十八年（つまりほぼ現在に至るまで）が、体は動かせなくても実は意識ははっきりしている彼女自身の思考に、そりが合わなかった母やエゴイスティックな姉、娘への共感と欲望を取り違える父、恋人になったかもしれなかった男性などの内的独白を交えて描かれてゆく。

介護の美談の裏側にある欺瞞《ぎまん》の数々を容赦なくえぐり出してゆく筆致は非常に闊達《かったつ》で、とにかく読ませるが、読者の想像に任せる部分がほとんどなく、作者が提示したい物語と主題を何もかも書き尽くしてしまっているような息苦しさを覚えた。もう少し抜くところがあってもいいのではないか。エモーショナルではあるが、率直に言ってありがちとしか言いようのない結末も私はあまり感心しなかった。

李琴峰《ことみ》「星月夜《ほしつきよる》」（「すばる」12月号）は、台湾人でありながら日本の大学で日本語学習の非常勤講師をしている女性、柳凝月《りゅうぎょうげつ》と、その生徒で新疆《しんきょう》出身のウイグルの女性ユルトゥズの恋愛関係を軸に話が進む。二人の境遇は異なるが、どちらの生まれた国も中国と深刻な緊張関係にあり、またそのこととともかかわって、彼女たちが今いる国、日本での身の置き方も安穏とは言えない。ただ自由に生きたいだけの個人をさいなむ国家間の政治的事情と、女性同士の恋の行方が交錯しながら小説は進んでゆく。ユルトゥズとコンビニでバイト仲間の日本人女子大生が後半で重要な役割を演じるのだが、ある意味あざといと思いながらも胸を打たれた。この作家はデビュー以来、書こうとしているものがはっきりしていて、そしてそれは次第に明確で切実な像を結びつつあるようである。

同じことが乗代雄介「最高の任務」（「群像」12月号）

にも言える。相変わらずブッキッシュ（書痴的）なネタ満載で、癌《がん》であっけなく逝ってしまった叔母との想《おも》い出を、大学の卒業を控えた姪《めい》が――まるで小説のような自分の日記を頼りに――思い出す。二人は書物と人生への対し方において同志のような間柄だった。当然、姪は大きな傷を心に負った筈《はず》だが、生前の叔母の機知に富んだ振る舞いの記憶が彼女に単純な悲嘆を許さず、また支えとなってもいる。ところが、一度は本人も出席を辞めようかと思っていた卒業式に両親と弟、すなわち家族全員が来ると言い出し、そこには何やら秘密の計画の気配があるのだった。結末には思わず唸《うな》った。このような独特な発想をこんな内容に仕立てられるのはこの作家だけだろう。

「群像」特集「競作24人新年短篇特集」
村上龍「MISSING　失われているもの」
今村夏子「的になった七未」
「すばる」創刊50周年「すばる文学賞受賞作家短編競作」「50人による『私の偏愛書』」

文芸誌はすでに２０２０年1月号である。実際に年が明けてから発売されるのは次号なので、例年、各誌では二カ月にわたって「新年」にちなんだ記事や特集が組まれることになる。今月は「群像」が誌面リニューアルとともに「競作24人新年短篇特集」をやっている。男女比が綺麗《きれい》に十二人ずつになっているところに編集部の配慮を感じる。

文壇の重鎮から新鋭まで幅広い顔ぶれだが、広義のミステリ作家である東山彰良（「猿を焼く」）とSF作家の飛浩隆（「未の木」）が入っているのが新味というべきか。劇団「贅沢《ぜいたく》貧乏」を主宰する劇作家、演出家の山田由梨「目白ジャスミンティー」は未確認だが文芸誌デビュー作かもしれない。

全体として、主題の選択にしろ文体や形式にしろ、二〇一〇年代を通して「文学」と呼ばれる領域が、以前から進行していた融解をより急速に強めていったということを鮮明に映し出す特集になっている。そもそも「文学」とは定義が困難な概念だが、それは今やますます「或《あ》る種の小説」としか言い様《よう》がないものになってきている。あるいは私がかねて主張しているように、それはただ単に「（文学の専門誌である）文芸誌に掲載されている小説」のことなのだ。逆に言えば、もしも文芸誌という容器がなくなれば、すぐにも「或る種の小説」としての「文学」は消滅の途に向かうだろう。来《きた》る二〇二〇年代は、この未来にどう抗《あらが》うか、が重要な課題になるに違いない。

　村上龍の五百枚長編一挙掲載「MISSING　失われているもの」（「新潮」1月号）は本人のメールマガジンに長期間連載されていたそうだが、私は今回初めて読んだ。思えばこの作家が燦然《さんぜん》と登場した一九七〇年代半ばから「文学の融解」は本格的に始まったと言えるかもしれない。

　作者自身を思わせる「わたし」が、実在自体があやふやな謎めいた女優「真理子」の導きによって、現実と幻想が複雑に入り乱れる過去への旅に出る。泉鏡花や川端康成、内田百閒などを想起させもする、怪しくくすんだノスタルジーが全編を覆っており、やがてそれは「母」という存在／イメージへと収束してゆく。相変わらずの映像的な文章といい、読者の興味を摑《つか》んだままぐいぐいと先に進む推進力はさすがである。「浮雲」「東京物語」「しとやかな獣」「乱れる」「娘・妻・母」「女の中にいる他人」「放浪記」と日本映画の名作が章題に掲げられているのも興味深い。小津安二郎の「東京物語」と川島雄三の「しとやかな獣」以外は成瀬巳喜男監督なのだが、このアンバランス（？）も面白い。

　今村夏子の芥川賞受賞第一作「的になった七未《なみ》」（「文學界」1月号）は、二年程前の「木になった亜沙」（「文學界」2017年10月号）のシリーズということだろうか（物語上の繋《つな》がりはないが）。この作家にしか書けない途方もなく痛々しい作品である。他人がどれだけ物をぶつけようとしてもけっして当たらないという驚くべき運命を背負った女性、七未の生涯を、保育園の頃からのエピソードを淡々と連ねることで物語っていく。一種のまぎれもない奇跡なのだが、それは七未を幸福にすることはない。むしろ彼女はそのせいで非情極まる人生の闇に呑《の》み込まれていく。結末の悲愴《ひそう》さには胸が詰まるほどである。

　思えば今村は『こちらあみ子』でデビューした時から、或る独特な仕方で「聖人」を描いていた。彼女にとって聖《きよ》らかであるということは、この世のありとあらゆる否定性の「的」すなわち犠牲になることなのだ。その認識と筆致は徹底しており、安易な希望など微塵《みじん》もない。むしろそのことが小説世界を凜《りん》とした美しいものにしている。

「すばる」1月号は「創刊50周年」で、総勢十名の「すばる文学賞受賞作家短編競作」と「50人による『私の偏愛書』」が掲載。短編特集には「１９７０年、10のできごと」とあり、いずれも創刊年を舞台とした作品となっている。半世紀の歴史だが、同誌は文芸誌の中では最も若い。

2019.12

第162回芥川龍之介賞

第162回芥川龍之介賞は古川真人《まこと》「背高泡立草《せいたかあわだちそう》」（「すばる」2019年10月号）が受賞した。作品については初出時にこの欄で取り上げたので、あらためては述べない。古川氏は四度目の候補作での受賞であり、今回の中では最多ノミネート保持者だった。その意味では順当な結果と言えるかもしれない。

話題にしたいのは、選考委員を代表して受賞作決定直後に会見に臨んだ島田雅彦氏が、あやうく受賞作なしになりそうだったのをなんとか回避できた、という主旨《しゅし》の発言をしていたことである。芥川賞の選考会では、審議に入る前にまず一回目の投票を行うのだが、今回はその結果が非常に厳しかった。それでも受賞作を出すべく議論を続け、どうにか最終的に「背高泡立草」に受賞を可とするだけの票が集まった、ということであった。

実は同様のことは文芸各誌の新人賞の選考過程の説明でもしばしば述べられている。賞であるからには受賞作を出すことが基本的に望ましいことは確かである。選考会に至るまでには幾つもの審査の過程があり、そこをくぐり抜けて候補となった作品の中から相対的に最も優れた作品を選出するのが筋なので、受賞作なしは事前審査と最終選考の間の乖離《かいり》を示すことになる、という見方もあるだろう。もっとドライなことを言ってしまえば、賞に掛かる費用対効果的にも受賞作を出さないのは好ましくない。

とはいえかつては芥川賞も「受賞作なし」は結構あった。一九八〇年代には全二十五回中、九回も「受賞作なし」だった。これが一九九〇年代になると三回に減り、二〇〇〇年代には一回、二〇一〇年代も一回となっている。第百四十五回以後「受賞作なし」は一度もない。これはやはり多少無理をしても受賞作を出すことを是としてきたという事実を示すものだろう。先の島田発言も、このような経緯を踏まえてのものだったと考えてよい。私も基本的に賛成である。

「受賞作なし」がまずいのは、ひとたびそれをありにしてしまうと、ことによると連続しかねない、という暗黙の危惧があるからではないか。いや、実際にはそうはならないだろうが、しかし「受賞作なし」の次の受賞作は、理屈の上では前回の候補作全部との比較に晒《さら》されることになる。だからいったん受賞作を出さなくてもよい、という選択を認め始めると、自然と次第に選考は厳しくなっていかざるを得ない。

考えるべきなのは、相対評価か絶対評価か、ということである。

私の考えでは、文学などの芸術にかんして絶対評価を設けることは本当は不可能だし、設けるべきではない。だがそんなものはない、と言ってしまうことがむつかしいのも事実である。「受賞作なし」とは、候補作の中で相対的にはいちばん優れているとされた作品でさえ受賞には値しないと判断された、ということだから、絶対評価的な規準《きじゅん》がほの見えてくる。そして、そういう考え方が前面に出てきたら、受賞に値する、という評価は、どんどんハードルが高くなっていくことだろう。ある意味では、厳しくしようと思ったら、いくらだって厳しく出来るのだから。選考委員が全員一致で価値や才能を認めるぐらいでないと受賞に値しない、これが絶対評価である。問題は「賞」というものが、そういう文句なしの傑作のみを送り出すためにあるのかどうか、ということであり、これは意見が分かれるところだと思う。

「すばる」2月号で「すばるクリティーク賞」が発表されている。結果は設立以来初の「受賞作なし」である。先々月になるが「群像新人評論賞」も「受賞作なし」で、それを承《う》けて「群像」2月号では選考委員の東浩紀、大澤真幸、山城むつみによる座談会が掲載されている。公募と候補選出は違うし、創作と評論では事情が異なるところもあるだろうが、「受賞作なし」が続いていることが気になる。芥川賞もそうなるところだったのだ。とはいえ「無理をして受賞作を出した」という島田氏の正直過ぎる発言には驚かされた。

古川真人「生活は座らない」
崔実「pray human」
高山羽根子「首里の馬」

「群像」3月号に「背高泡立草《せいたかあわだちそう》」で芥川龍之介賞を受賞した古川真人の受賞第一作「生活は座らない」が早くも掲載されている。とある日曜日、大学時代の知人と久しぶりに会って上野の博物館に行き、神田、神保町と移動して酒を呑《の》んでいるところにもうひとりが合流し、更《さら》に二人加わって、三十代の男たち五人が延々とアルコールを摂取しながら他愛《たわい》ないお喋《しゃべ》りに興じるという、ただそれだけの話なのだが、これが非常に面白い。

　脳内モノローグのような主語を欠いた一人称の文体のだらだらとした軽快さからして、これまでの古川作品とはずいぶん感触が違う。語りの現在時の中に、いま一緒に呑んでいる誰某との過去の会話や、いまここには居ない誰某との記憶などが自在に入り込んできて、それらにはかなり深刻な内容も含まれているのだが、煮詰められることなくすぐに過ぎ去っていってしまう。複数で飲酒しているときの、あの独特な時間の流れ方、大事なことであったはずのあれやこれやが、あっけなく忘れられていってしまうさまが、見事に描き出されている。芥川賞受賞後に書かれたものかどうかはわからないが、この作家の真価はこういうタイプの小説のほうにあるのではないか。吹っ切れた感じが実に好ましい。

「群像」には崔実《チェシル》の中編「pray human」も掲載されている。きわめて高い評価を得たデビュー作『ジニのパズル』以来、実に三年九カ月ぶりの第二作である。長くかかったが、大変に力のこもった作品だ。十年前に精神病院に入院していたことのある「わたし」の回想譚《たん》というかたちを取っているが、この「わたし」は誰とも口を利かなくなっており、頭の中で「君」と呼ぶ人物に想い出を語りかけ続ける。「わたし」が十七歳、体は男性だが心は女性の「君」が二十二歳のとき、精神病院で二人は出会った。「わたし」は「君」に、二人と同時期に入院していた年長の女性「安城さん」と二年前に再会したことを語る。「安城さん」は白血病で入院していた。「わたし」は「安城さん」に十三歳のときの親友だった「由香」の話をする。

　このように、この小説の語りはおそろしく錯綜《さくそう》しており、しかも「わたし」は今も精神を病んでいるので、出来事の真偽は必ずしも判然とはしない。生きづらさ、という便利で安易な言葉があるが、この作品に出てくる者たちは皆、文字通りの強度の生きづらさをそれぞれに抱えている。次々と語られるエピソードは突飛《とっぴ》で切実で、痛々しくも瑞々《みずみず》しい感触を湛《たた》えている。これを書き上げるのには相当なエネルギーが要ったことだろう。行間から血と涙が溢《あふ》れ出してくるような小説である。

　高山羽根子の「首里の馬」（「新潮」3月号）は、題名の通り沖縄が舞台である。首里の港川地域にある「沖縄及島嶼《とうしょ》資料館」は、順《より》さんという民俗学者が所有しているのだが、実際には順さんが長年をかけて集めた資料が詰め込まれているだけである。未名子は十代半ばから資料館に入り浸るようになり、十数年が過ぎて天涯孤独となった今では高齢の順さんの代わりに所蔵物の整理に取り組んでいる。だがそれは無賃労働なので彼女は別に働いている。それは一風変わった仕事で、ネット通信を介してコンピューターの画面の向こう側の人物にクイズを出題する、というものだった。ある朝、未名子の家の庭に、どこからやってきたのか奇妙な生き物が蹲《うずくま》っていた。それは宮古島で飼育されてきた在来種で、沖縄県の天然記念物でもある宮古馬（ナークー）だった。彼女はその馬に「ヒコーキ」という名前をつける。

「ヒコーキ」とは実在した琉球競馬の名馬の名前である。この作家の小説はいつも、史実や事実から出発しながら、奇想ともＳＦ的とも呼んでいい想像力の飛翔《ひしょう》によって、なにげない素振《そぶ》りで、読者の予想もつかないところに辿《たど》り着く。こんな道具立てで、こんなにも奇妙な、しかし胸に迫る物語を紡ぎ出せるのは、非凡な才能と言うしかない。

2020.2

砂川文次「臆病な都市」
松原俊太郎「ほんとうのことといって」

砂川文次「臆病な都市」（「群像」4月号）は「新型感染症」をめぐる物語である。だが今現在、世界中で猛威をふるっている新型コロナウイルスのことではない。中編と呼んでいい長さであるし、ＣＯＶＩＤ19が顕在化するより以前から書き進められていたものと思われ、この符合はおそらく偶然だろう。それにしても、どうしたっていろいろと余計なことを考えてしまうタイミングではある。

舞台は今から数年後、「Ｋ」は「首都庁」に勤める若手官僚だが、現実とは組織の名称などが変えられており、一種のパラレルワールドのようである。物語は「鳧《けり》」が媒介する新型感染症の発生が疑われるところから始まる。早々に専門家から事実無根の風説であることが示され、Ｋたち役人も最初はことを軽視しているのだが、市民からは不安の声が次々と上がり、国と都の方針に反して或《あ》る自治体が独自の対策を打ち出したことから、行政も対処をせざるを得なくなる。その結果、存在しないはずの新型感染症が不気味なひとり歩きを始める。

主人公の名前といい、官僚機構のナンセンスな駆動ぶりといい、現代版のカフカを志向した作品であることは間違いない。だが読み進んでゆくと、この小説が撃とうとしているのは、統治する側よりもむしろ「民意」の暴走であるらしいことがわかってくる。後半、状況はどんどんエスカレートしていき、ディストピア的な世界が現出する。私が考えてしまった「余計なこと」というのは、それが現在の状況を反転したネガのように見えてくるということである。この小説では存在しない病気が在ることになっていくのだが、この国では現在、明らかに存在している病気を見えにくくしようとするメカニズムが働いているように思われるからである。これは作者の意図したことではないかもしれないが。

劇作家の松原俊太郎による文芸誌初小説「ほんとうのことといって」（同）を興奮しながら読んだ。松原は過去に「またのために」という短編小説を発表しているが、前作をアクロバティックな助走とすればこれは大胆不敵な跳躍である。「淀川河口付近の緑地の堤防」で「イヌ」が「発見」される。イヌというから犬だと思ってしまうが、イヌは年齢不詳の男性のヒトであり、駆けつけた警官の人差し指を顚みちぎって現行犯逮捕される。イヌは右目の視力がなく、左目もほとんど見えていないようだ。取調室で「私」がイヌから聞く長い長い身の上話（?）が、この小説の内容である。

岸田國士戯曲賞の代表作「山山」にも顕著だが、松原は物語の結構よりも「台詞《せりふ》=声=言葉」の濃度と速度と強度において際立った才能を発揮する劇作家である。その天分は小説にも遺憾なく披露されており、とりわけ前半、イヌが異常に猜疑心《さいぎしん》の強い恋人かさねとの顚末《てんまつ》を語るパートの壮絶にして切実な滑稽さには舌を巻いた。最後まで読んでも多くの謎や隙間が残されるが、そんなことは全然気にならない。こういうわけのわからない、だが凄《すさ》まじく面白い「小説」を、もっと読みたい。

さて、私が本欄を担当するのは今回が最後である。

ちょうど丸五年間、私はこの時評を敢《あ》えて「文芸誌」の「小説」に対象をほぼ限定して執筆してきた。文芸時評にはいろいろなやり方があり得ると思うが、私が選んだのは、ある意味で最も狭いアプローチだった。なぜそうしたのかといえば、文芸誌（の小説）はなかなか読まれないからである。

　この選択にどれほどの効果があったかはわからないが、自分としてはこれでよかったと思っている。文芸時評を降りることにした理由は複数あるが、そのひとつは初めての小説「半睡」（「新潮」4月号）を発表したからである。さまざまなジャンルで長く批評をやってきたが、これをきっかけに私は今後、創作をしていくつもりでいる。つまり評する側から評される側になったのだ。だから文芸時評はひと区切りつけるべきだと考えたのである。

　ご愛読、ありがとうございました。

2020.3

「あたらしい小説」のために

今村夏子論

1。秘密の日記

あなたは秘密の日記を書いている。

わざわざ「秘密」の、とことわるのは、あなたがその日記を、誰にも読ませるつもりがないからだ。日記というのはもともとそういうものだと思うかもしれないが、あなたの場合は、それを超えて、何があろうと絶対に自分以外の他人の目に触れないよう、細心の注意を払っている。払っていた、はずだった。

だが、どうしてだろう、あなたはこともあろうに、あなたの秘密の日記をなくしてしまった。心当たりは全部探してみたのに、どうしても見つからなかったのだ。あなたは結局、諦めるしかなかった。

さて、ここからは、もうひとり別のあなたの話だ。あなたはひょんなことから、知らない誰かの日記を見つけてしまった。あなたは未知の他人の秘密の日記を入手した。

あなたはちょっとした好奇心から、その誰かの秘密の日記の頁を開く。

そこには、どんなことが書かれているだろうか？

おそらくは、その秘密の日記の記述のなかには、あなたにとって、よくわからない部分、さっぱりわからない部分が、多々あるのではないか。読んでいても、何のことやら皆目見当がつかない。

なので、あなたは、よほど自分の興味に触れる箇所がない限り、やがて、その見ず知らずの誰かの秘密の日記を読むのをやめてしまう。読者を完全に失った秘密の日記は、どこかに捨て去られ、忘れ去られる。

繰り返すが、最初のあなたは、日記をつけた本人であるあなた自身にしか秘密の日記を読ませるつもりがなかった。そうすると、そのような日記の書かれ方は、どうなるだろうか？

あなたのことは自分が一番よくわかっている（とあなたは思っている）のだから、わざわざ細かく書き連ねる必要はないと思ったところは、あっさりと省略してしまうかもしれない。重要に思われたことだけを書き記しておくので、それゆえに、他人が読んでもちんぷんかんぷんだったりするわけだ。あるいはあなたは、すごく重要であるからこそ、敢えて秘密の日記には書かないかもしれない。だってあなたは、すでにそれをよく知っているのだから。あるいはまた、重要なことであれ重要でないことであれ、とにかくあなたは書きたいことをただ書きたいように書く、ということもあり得る。だって日記とは本来そういうものなのだから。

　結果として、あなたが誰よりもよく知っている（と思っている）あなた自身の日記であるということと、あなたがあなた以外の誰にもそれを読ませるつもりがないということによって、秘密の日記は、他人には理解しがたい、いわば暗号のような書きものと化してしまう。だから実際には、それは他人に読まれたって、ちっともかまいはしないのだ。

　今村夏子の小説は、誰かの秘密の日記のようなものだと、私には感じられる。

　いや、精確にいうと、最初からそうだったわけでは、おそらくなかった。しかし気づいてみたら、彼女の著す小説は、語り手である誰かの秘密の日記のように書かれるようになってきた、そう思える。

　秘密の日記のような小説とは、いかなるものなのか？

　このことについて、考えてみたい。本論では、現時点での代表作と言ってよい「こちらあみ子」「あひる」「星の子」「むらさきのスカートの女」を発表順に扱っていく。それぞれの作品の、いわば「秘密の日記」度と、そのありようについて考察する。そして最終的に、今村夏子の小説とは何なのか、彼女の作品は他の数多の小説と、どのように違っているのか、いったい彼女は小説によって何をしているのか、ということも考えてみたいと思っている。

　では、始めよう。

2。あみ子参上

太宰治賞を受賞したデビュー作で、三島由紀夫賞も射止めた「こちらあみ子」は、題名の通り（といってもこの小説は太宰賞応募時は別の題名だったのだが。そのことには本論の最後に触れる）あみ子が物語の主人公なのだが、しかし彼女は語り手ではない。これは三人称小説である。今村夏子の小説をずっと読んできたひとの多くが気づいていることだと思うが、先に挙げた代表作の中では「こちらあみ子」だけ三人称で書かれている。「あひる」も「星の子」も「むらさきのスカートの女」も「わたし」と名乗る者が語る一人称小説である。ちなみに言えば、単行本（および文庫）の『こちらあみ子』に併録された書き下ろし短編「ピクニック」と、同じく単行本（および文庫）の『あひる』収録の書き下ろし短編「おばあちゃんの家」と「森の兄弟」はいずれも三人称、作品集『父と私の桜尾通り商店街』の表題作は「私」、それ以外の「白いセーター」「ルルちゃん」「ひょうたんの精」「せとのママの誕生日」「モグラハウスの扉」は「わたし」の一人称になっている。こうしてみるとなんとなく徐々に三人称から一人称に移行してきたように思えるが（「こちらあみ子」と「あひる」は五年以上開いているのだが、その間に「おばあちゃんの家」「森の兄弟」の二編が書かれていた、もしくは構想されていたと仮定すると、ますますそう思えてくる）、しかし「木になった亜沙」（「文學界」２０１７年10月号）は三人称である。なので厳密にいうと今村夏子の作品歴における「人称」

は揺れているのだが、ともあれまずは「こちらあみ子」のことだ。この小説はこんな風に始まる。

　スコップと丸めたビニル傘を手に持って、あみ子は勝手口の戸を開けた。ここ何日かは深夜に雨が降ることが多かった。雨が降った翌日は、足の裏を地面から引きはがすようにしてあるかなければならないじほどのぬかるみがひどかった表の庭に通じる道も、昨日丸一日の快晴のおかげで今朝は突っかけたサンダルがなんの抵抗も受けずに前へと進む。サンダルの縁にへばりついた泥が灰色に乾いて固まっているのが目にとまり、すみれを採ったらついでに外の水道でこのサンダルを洗うことにした。庇がついた軒先を通り過ぎ、家の裏手の畑へと続くなだらかで短い坂を上る途中、脇に据えられた一株のつつじが満開の白い花を咲かせているのに気がついた。あみ子は坂の真ん中で立ちどまり、すみれをやめてつつじにしようかと考えた。しかしつつじの枝を切るための丈夫な花鋏を持って出ていなかったものだから、やっぱりすみれを目指すことにした。

（「こちらあみ子」）

あみ子は、他の子とは少し、もしかしたらかなり、違っている。しかし彼女はもちろん、そのことをわかってはいない。この小説は、あみ子に寄り添いながら、冒頭で記された現在から遡って、彼女のこれまでを物語っていく。起こった出来事だけを辿るなら、それはなんとも痛ましい話だ。残酷とさえ言ってもいいかもしれない。だが、他でもないあみ子自身に視線をなるべく合わせ続けることによって、痛ましさと残酷さはいったんオブラートに包まれ、そしてまさにそのことによって、痛ましさと残酷さはいや増すことになる。

どういうことか。まず、すでに述べたように、この小説は三人称で書かれていて、そこで焦点となっているのはあみ子である。だが、彼女はいわゆる「視点人物」とは違っている。「視点人物」とは、三人称で書かれた小説において、その人物を通して物事や心理が描かれる者のことで、複数である場合もある。確かに先の引用は彼女の視点から語られているようだが、その後を読んでいくと微妙に違うのだ。今しがた、あみ子に視線を合わせる、といういささか妙な書き方をしておいたのは、この小説の語りは、あみ子を通して世界を見たり、あみ子の思っていることを明かしつつも、彼女と完全に一致したままであるわけではなく、場面によって少し遠ざかったり、あみ子自身を外側から見つめたりもする。

こう書くとなんだかややこしく思えるが、これはそう珍しいことではない。意識的か無意識的かにかかわらず、多くの小説でごく自然に行われていることだ。それは大抵、小説家の都合（や気分?）で成されているのだが、「こちらあみ子」の場合は、もっとちゃんとした理由がある。言うまでもなくそれは、あみ子という少女の認知に偏りや欠落があるからである。小説の視点を彼女に百%重ねてしまうと、何が何だかわからなくなってしまうだろう。

これがこの小説が一人称では書かれ得なかった理由であり、三人称でも彼女を視点人物になり切らせることが出来なかった理由だと思われる。結果として、この小説の叙述と描写は、あみ子を出たり入ったりする。だが、彼女が他の登場人物たちと同じサイズになってしまうほど遠ざかりはしない。それに彼女と同じような位置に置かれた人物は他にはいないので、これはやはり特別なことだ。

あみ子はあみ子のようにしか世界を見られないし、あみ子のようにしか他人のことも自分のことも考えられないので、彼女に寄り添う小説の視線は、彼女の万全とは言えない境遇や彼女に向けられる他者の刃を直接描かなくともよいという利点がある。オブラートとはこのことだ。彼女が最後まで色んなことに気づかないままであることに多少とも安堵する読者もいるかもしれない。だがしかし、それと同時に、これほどまでに哀しい、こんなに酷いことがあるだろうか。世界の酷薄さを見ず（見ていたとしても、それに気づかず）にいられることの幸せと不幸せ、その両方を、あみ子というヒロインは体現している。

実際、あみ子が何を見て、何を見ておらず、何を覚えていて、何を忘れてしまうのか、ということは、この小説の核心部分を占めている。あみ子の母親は後妻で、兄と彼女は父親の連れ子である。母親は妊娠するが、その子はおそらく死産だった。あみ子は何故か、その子を弟だと思い込んでいたのだが、ほんとうは妹だった。あみ子は弟だか妹だかのことを残念には思っても、自分の子を失った母親の悲しみは理解出来ない。そのことが母親を深く傷つけてしまう。あみ子にとって「妹」は生身の人間というよりも一種のイメージでしかない。かなり時間が過ぎてから、あみ子は思う。「一、二、三、と指を折って数えたら、五歳の女の子の姿に行き当たった。一度も会えなかった女の子、これからももう二度と会うことのないその女の子には顔がなかった。ない顔を思いだそうとした。思いだそうとしている自分に気がついて、あみ子はわずかにうろたえた」。妹のことがあって以後、母親は「やる気をなくし」てしまう。

　母はあみ子から姿を隠して生きてきた。やる気をなくしたその日からずっと、何年もの間、あみ子に見つからないように行動することだけがどうやら母の生きる目標になっていた。そのうち娘のほうでは母がどんな顔をしていたか思い浮かべることさえできなくなった。浮かんでくるのはほくろだけだ。笑っているときも怒っているときも泣いているときも書いているときも食べているときも、いつでも落ちそうだったあの黒大豆のような母のほくろ、それはきっとあみ子の体が小さかったせいだ。生活してゆく中でほくろは落ちるものではないと知った。それなのになぜか母のにだけはこだわり続けた。（同）

　この小説の際立ってすぐれているところは、あみ子をけっして純粋無垢な存在として、いわゆる「聖なる愚か者」としては描かなかったことだ。むしろ彼女は次々とトラブルを惹き起こすし、自分勝手な振る舞いをやめない。彼女は少しずつ、ほんとうに少しずつ色々なことを学んではいくものの、だからといってこの小説はあみ子の成長譚ではない。あみ子にとって、他者と世界は最後までよくわからないままであり（もちろんこれからも少しずつ彼女は変わっていくのだろうが）、他者と世界にとって、最後まであみ子はどうにも手に余る存在のままである。そしてそのことこそが、この小説をかけがえのないものにしている。

　今回、この論考のために久しぶりに再読して、クライマックスというべきシーンの、壊れた玩具のトランシーバーに向けた、あみ子の「応答せよ。応答せよ、こちらあみ子」にはむろん感動したが、より深く揺り動かされたのは、そのあとだった。あみ子は学校にいる。彼女は中三になっている。教室の後ろの掲示板に習字が貼り出されている。あみ子は通りがかった男子生徒に「のり君」のはどれかと訊ねる。「またか」と呆れつつもその男の子は教えてくれる。「のり君」はあみ子が小学校の頃からずっと好きだった子だ。だが彼女は彼とはもう会えないだろう（そういうことにならざるを得ないようなことをあみ子は「のり君」にしてしまい、「のり君」もあみ子にしたのだ）。男の子は「金鳳花」と書かれた作品を示して、「おまえは毎度毎度のり君のどれって訊いてくるね、一途なやつじゃのう」と言う。男の子とのやりとりで読者ははじめて、あみ子があんなに好き好きと言っていた「のり君」の姓名を覚えてないことを知る。


「わしおって」

「おまえの大好きなのり君じゃんか」

「きんぽんげんは」

「ばか、キンポウゲはこの字。花の名前じゃ」

その聞いたことのない花の名前の横に書かれているのは、『三年三組　鷲尾　佳範』
　これが知りたかった。小学一、二年と、中学一年、そして三年でも同じクラスになり、名簿などでのり君の姓名を何度も目にしてきたはずなのに、勉強をさぼってばかりいたあみ子にその漢字は難しすぎた。見覚えはあるのに読むことができなかった。だけどもう決めたのだ。あみ子は知ることにした。（同）

　あみ子はその男の子とまだ話し続ける。そして彼は突然、思いがけないことを言う。「しっかしおまえともほんまに長いつきあいじゃったけど、これでやっとバラバラじゃのう」。ここで不意に読者の関心は「のり君」からその男の子の方に移る。「あんたはあれじゃね。さてはあみ子をよく知っとるひとじゃね」。男の子は「おまえだっておれのこと知っとるじゃろ」と言うが、あみ子は即答で「知らん」と答え、男の子は「殺す」とイキってみせるが、二人は笑い合う。「おまえは鷲尾しか見えてないもんのう。あいつにどんだけ気持ち悪がられても懲りんかった。小学校のときからずっと。すげえね」。そう、あみ子には「のり君」しか見えていなかったので（しかもそれはあみ子なりの見えかたでしかなかった）、その男の子と何度も言葉を交わしていても、彼を見（れ）てはいなかったし、だから覚え（られ）てもいなかったのだ。

　あみ子は彼に、自分のどこが気持ち悪かったのかと訊いてみる。男の子は戸惑いを見せながら「おまえの気持ち悪いとこ？　百億個くらいあるでー」と冗談めかしてはぐらかそうとするのだが、あみ子は真剣に「いちから教えてほしい。気持ち悪いんじゃろ。どこが」と彼に頼む。


「どこがって、そりゃあ」

「うん」

笑っていた坊主頭の顔面が、ふいに固く引き締まった。それであみ子は自分の真剣が、向かい合う相手にちゃんと伝わったことを知った。あらためて、目を見て言った。

「教えてほしい」

坊主頭はあみ子から目をそらさなかった。少しの沈黙のあと、ようやく「そりゃ」と口を開いた。そして固く引き締まったままの顔で、こう続けた。「そりゃ、おれだけのひみつじゃ」

引き締まっているのに目だけ泳いだ。だからあみ子は言葉をさがした。その目に向かってなんでもよかった。やさしくしたいと強く思った。強く思うと悲しくなった。そして言葉は見つからなかった。あみ子はなにも言えなかった。（同）

ここはもう小説が終わるほんの手前だ。この名もなき「坊主頭」の「男の子」は、「こちらあみ子」の見えざる登場人物、だが極めて重要な登場人物だったのだ。読者はあみ子とともに、そのことに最後の最後に気づく。この反転がもたらす比類なき感動は、小説があみ子に寄り添ってきたからこそ生まれるものである。見えてはいなかったが確かにそこにいた彼は、彼女のことを、ずっと見守っていたのだ。

まだこの段階では「秘密の日記」性は前面に出てきてはいない。しかしこの「男の子」の不可視性、その出現は、この小説に装填された紛れもないひとつの秘密である。そしてこのあと、今村夏子の作品は、これ以外にもこの瑞々しいデビュー作のあちこちに見出せる「書かれていないものは見ることが出来ない」という小説の原理、すなわち「秘密の日記」性をめぐって書かれてゆくことになる。

3。「あひる」とは何か？

「あひる」は一見、とてもシンプルな小説である。書き出しはこうである。

> あひるを飼い始めてから子供がうちによく遊びにくるようになった。あひるの名前はのりたまといって、前に飼っていた人が付けたので、名前の由来をわたしは知らない。（「あひる」）

語り手の「わたし」は、実家の二階の部屋で医療系の資格を取るために日々、勉強をしている。

どうやら他のことは何もしていないようだ。あとの記述で、今まで一度も仕事に就いたことがない「わたし」は、すでに二度、その資格試験に失敗しており、三度目も失敗することを読者はやがて知ることになる。この小説は、ひょんなことからあひるを飼うことになった両親の姿と、そのことが「わたし」の家に及ぼす、ユーモラスで、滑稽で、奇妙で、どこかおそろしくもある変化を「わたし」が淡々と語り続けるというものである。

　最初から「のりたま」という名前とともに「わたし」たちの家にやってくるあひるは、すぐに近所の子どもたちの人気者になる。両親は人が変わったようにはりきってのりたまと子どもたちの世話をやくようになり、その様子を「わたし」は黙々と描写していく。「わたし」は、物語の途中まで子どもたちが気づかないほど存在感が希薄なのだが、他ならぬ「わたし」が語り手であることによって、そのことは巧妙に隠されている。のりたまはすぐ病気になり、困った両親は或る策を打つことになるのだが、よかれと思ってしたそのことは、子どもたちにはお見通しだったことが最後にわかる。

　この小説のポイントのひとつは、あひるが何も意味していない、ということだろう。のりたまは、あひるは、何のメタファーでもない。それはただの「あひる」なのであり、それ以外の何でもない。今村夏子が描こうとしたのは、まず第一に、思いがけない成り行きで生き甲斐のようなものを得てしまった「わたし」の両親の迷走ぶり、その可笑しさ、かなしさ、そして不気味さ、だろう。このモチーフは「星の子」にも引き継がれることになる。

もうひとつは、もちろん「わたし」である。一人称小説の常として、読者は「わたし」を通してしか事の顛末を知ることが出来ない。だが、この「わたし」がいったい何を考えているのか、最後まで今ひとつよくわからないままなのだ。同じ物語を三人称で書き直してみたら、あるいは、この一部始終を映画か何かのように見ることが出来たなら、語り手かつ視点人物から登場人物のひとりにまで後退した「わたし」はどのような人間に映るだろうか。「わたし」は自分自身の感情をほぼ露わにすることがない。それはつまり、本人がそうしているのだ。そう、これが「秘密の日記」である。

「あひる」と「星の子」と「むらさきのスカートの女」は、いずれも「わたし」が語る物語である。しかしそもそも「わたし」たちは、なにゆえに延々と語っているのか？　小説なのだから、それは「読者」に語っているということになるのだが、しかし本人たちにその意識はない。「わたし」たちは、自分に向けて語っているつもりなのだ。このことを私は「秘密の日記」と呼んでいる。すぐさま声が飛んできそうだ。お前の言うその「秘密の日記」とやらは、いわゆる「信頼できない語り手」と、どう違うのか、と。あまり違わない。だが微妙な違いはある。

小説理論における「信頼できない語り手（Unreliable narrator）」とは、もともとアメリカの批評家ウェイン・C・ブースが唱えた用語で、主に一人称小説の語り手が、読者に対して物語を正しく把握するための十全な情報を与え（られ）ない、という事態を指す。語り手は嘘を言っているのかもしれないし、勘違いをしているのかも、予断や偏見を事実のように語っているのかもしれない。従って読者は語り手の言うことを全部そのまま真に受けることなく、その裏に隠された真実を見抜くべく注意を払わなくてはならない。

しかし繰り返すが、今村夏子の小説の「わたし」たちは、読者に嘘をついているのではない。嘘をついているとしたら、それは自分自身に対して、なのだ。「秘密の日記」には、事実とは違うことを書くことも出来る。なぜなら事実がどうであったのかを「わたし」はもちろん知っており、尚かつその「秘密の日記」を「わたし」は誰にも読ませるつもりがないからだ。誰の目にも触れないからこそ、ほんとうを書かなくてもいい、という場合があるのだ。このことは重要だと思う。

4。流れ星、見えた？

「星の子」の冒頭は、「あひる」と同様、とてもサラリとしている。

小さいころ、わたしは体が弱かったそうだ。標準をうんと下回る体重でこの世に生まれ、三カ月近くを保育器のなかで過ごしたそうだ。

（「星の子」）

だが読み進むにつれて、私たちはこの「わたし」、親しい人からは「ちーちゃん」と呼ばれている中学三年生の林ちひろ、この小説の語り手が、ごく普通の学校生活を送りつつも、かなり特殊な環境で育ってきたことを知る。元はといえば彼女の体が弱かったことがきっかけなのだが、彼女の両親は知り合いに勧められて、或る民間療法、というか一種の新興宗教に傾倒し、彼女自身も幼いころからその「教会」の人たちと深くかかわってきたのだ。そのことを厭がった五歳年上の姉は家を出ていってしまった。叔父はなんとかして「ちーちゃん」の父母の目を醒まさせようとするが、うまくいかない。この小説は「わたし＝ちーちゃん」が、これまでの出来事を順番に物語ってゆくものである。

「わたし」には父母が信じ込んでいる「教会」の教えが正しいのかどうか、実のところはよくわからない。ただ、もともとは自分のせいなのだという申し訳ない思いと、実際に父母が「教会」の健康法のせい（?）で風邪ひとつひかないという事実のせいで、姉のように切り捨てることは出来ないでいる。いや、この小説を通じて、彼女が「教会」に対して根本的な疑念を表明することはない。いや、もっと精確にいえば、「わたし」はおそらく、信じ切ることが出来たならどんなにいいだろう、と思っているのだ。

「わたし」はある夜、憧れている中学の男性教師に同級生たちと共に車で送ってもらった帰り、公園で両親の姿を目撃する。父母はいつものように緑色のジャージを着て、頭の上に白いタオルを載せ、「教会」から購入した「金星のめぐみ」という水を互いに掛け合っていた。露骨に気持ち悪がる「南先生」に「わたし」はあれは自分の両親だと言うことが出来ない。時間を置いてから帰宅すると両親はもう戻っていて、家族を「教会」に勧誘した「落合さん」から貰ってきたという寿司が食卓に並んでいるが、「わたし」は食べる気になれない。「落合さん」の長年、口を利かない息子の「ひろゆきくん」は、実は全然喋れるし、以前に自分を呼び出して狼藉を働こうとしたことがあった。「わたし」は着替えもせず風呂にも入らずに布団をかぶって泣く。両親はなぜ彼女が泣いているのかわからない。

> その夜、わたしはひろゆきくんの気持ちがはじめてほんの少しだけわかるような気がした。はじめて口がきけなくなった日のひろゆきくんは、たぶん布団のなかのわたしと同じだったのだ。泣いているところを誰にも見られたくなくて、誰とも口をききたくなくて、真っ暗な場所で、まわりが静かになるのをひとりでじっと待っていたのだ。ひろゆきくんの不幸なところは、どれだけ長いあいだ待っていてもまわりがちっとも静かにならなかったことだ。それどころか、時間がたてばたつほどうるさくなった。もうとっくに本人の涙は渇いているというのに。
> （同）

口をきかない「ひろゆきくん」は、だからといって何も考えていないわけではないし、両親に何も言えないいちーちゃんが、何も言いたくないわけでもない。

物語のラストで「わたし」は両親ともども「教会」の行事で「星々の郷」に行く。この点は強調しておくべきだと思うが、いちばん最初の頃から、「教会」や、そこで会う人々の「わたし」の描写は、基本的に楽しげだし、好意的である。眉に唾をつけている感じは微塵もないし、無理によく思おうとしている感もほとんどない。ここでもちーちゃんは「星々の郷」での体験を事細かに語っていく。最近「教会」の中枢にいる人物たちが見舞われているというトラブルにかんしても、ちーちゃんは踏み込んだ意見を表明することはない。そして題名とも繋がる、流れ星、のことになる。

「わたし」が他の何人かと一緒にお風呂に入っていると、誰かが「あっ。流れ星」と言う。やがて皆は口々に流れ星を「見えた！」と言い合う。「ちーちゃん見えた？」と誰かが訊くが、彼女にはなかなか見えない。「みんなで一斉に宇宙のエネルギーを取り込む」のだから「ちーちゃんが見えるまで待ってる」と言われてしまう。


「ほら、ちーちゃん、頭上げて、年に一度の星々の郷だよ」

「うん」

「開会式で会長もいってたでしょ。神聖な場所で見る神聖な星は人の運命を変える力を持ってるって」

「そうだね」

そのまま十分がたった。

「アッ」

「見えた！」

「見えたねえ！」

「ちーちゃん？」

「うん」

「見た？」

「うん見えた」

「よかった。さーあがろ」（同）

「わたし」には、ほんとうに流れ星が見えたのだろうか？

同じことは「わたし」がしばらくはぐれていた両親とやっと会えて、母親に今からお散歩しない？　と言われて、三人で「星がきれいに見える」「特別な場所」に行ってからも繰り返される。父親は「みんなで流れ星を見るまで部屋には戻らないぞ」と宣言する。両親はちーちゃんに話したいことがあるようなのだが、しかし二人はいつまで経ってもそれを口にしない。

……いいかい、流れ星の波動には宇宙のエネルギーを地上に届ける役割が……、と父が話しはじめたそのときだった。わたしの上で星がひとつスッと流れた。

「アッ」

「どうしたの、ちーちゃん」

「見えた」

「え？」

「見えたよ」

「どこ？」

「あのへん」

　わたしはたった今星が流れた場所を指差した。

「母さんみたか」

「いいえ」

「あのへんだよ」

「ちーちゃん見まちがえたんじゃないの」

「ほんとに見えたってば」

「ほんと？」

「ほんとだよ！」

「見えなかったけどなあ」

「ええ」


（同）

先ほどとは反対に、今度は「わたし」には流れ星が見えたのに両親は見えないと言う。だが、やはり私たちはここで問わなくてはならない。「わたし」には、ほんとうに流れ星が見えているのだろうか？「見た？」「見えない」と繰り返しながら「わたしの体は、父と母に両側から強く抱きしめられていた」。このあとほんの僅かで「星の子」は終わる。このラストシーンは、たとえようもなく美しく、切ない。

この小説もまた「秘密の日記」である。ちーちゃん、この「わたし」は、嘘をついているのか。もし嘘をついているのだとしたら、それはどこで、なぜなのか。流れ星は見えたのか。見えたと言った／書いただけなのか。結局、それはわからない。そして、このことこそが重要なのだ。何がほんとうなのかではなく、何をほんとうにしたいのか、したかったのか。「わたし」が自ら語ることで、他の誰でもない、自分自身に信じさせようとしたことは、何なのか？

5.「黄色いカーディガンの女」の物語

芥川龍之介賞受賞作「むらさきのスカートの女」も、これまで同様、冒頭の引用から始めよう。

うちの近所に「むらさきのスカートの女」と呼ばれている人がいる。いつもむらさき色のスカートを穿いているのでそう呼ばれているのだ。
（「むらさきのスカートの女」）

やはりそっけないほどに普通の書き出しである。しかし今回の「わたし」は、これまでになく異常である。まず読んでいくと、右の引用にすでにおかしな部分があること、というかおかしなところしかないことがわかる。問題は「呼ばれている」という言葉である。いったい誰によって「呼ばれている」というのか。どうやら実は「わたし」がそう呼んでいるだけなのだ。更に「わたし」は「うちの近所の公園には、「むらさきのスカートの女専用シート」と名付けられたベンチまである」とまで言う。これまた誰に「名付けられた」のかといえば、それはたぶん「わたし」なのである。

この小説は、おそらく勝手に「むらさきのスカートの女」と呼んでいる他人の女性を、自らは「黄色いカーディガンの女」を名乗る「わたし」が、ひたすら監視し、監視だけでは飽き足らずにやがて策を弄して自分と同じ仕事（ホテル清掃）に就かせ、それがエスカレートしていって遂に或る事件が起こる、という物語である。いや、ちょっと先走った書き方をしてしまったが、「わたし」の言い分を信じるならば、「むらさきのスカートの女」は町の有名人である。がしかし、一人称小説であるがゆえに、「わたし」が語っていることをそのまま丸呑みすることは出来ないし、彼女が言っていることはあからさまに変である。「わたし」は「むらさきのスカートの女」についてさまざまなことを語ってみせるのだが、そのどれもが怪しい。

だが、ここまで全般的に怪しいとなると、むしろ気になってくるのは、どこが虚偽や妄想の類いなのか、ということではなく、そのなかに埋もれた（隠された？）真実とは何か、そして、なぜ「黄色いカーディガンの女」はこんなことをしているのか、ということになるだろう。この二つの疑問への答え，少なくともその或る重要な部分は、割と早い段階で「わたし」自身が述べている。「つまり、何が言いたいのかというと、わたしはもうずいぶん長いこと、むらさきのスカートの女と友達になりたいと思っている」。

一種のストーカー小説である「むらさきのスカートの女」は、倒錯した友情の物語でもある。「わたし」はあの手この手で「むらさきのスカートの女」をちょっと変わった人間のように描き出そうとするが、読者はすぐに「いや、変わってるのは「わたし＝黄色いカーディガンの女」の方だ」と気づく。「わたし」はおそるべき執拗な調査能力で「むらさきのスカートの女」の素性と行状を詳らかにしていくが、それに対して自分のことはほとんど語ろうとしない。このアンバランスがじわじわと不穏さを醸し出していく。

やがて「むらさきのスカートの女」の名前は「日野まゆ子」であることが判明する。「わたし」は「権藤チーフ」と呼ばれていることもわかるが、どうやら職場では影が薄いようだ。「むらさきのスカートの女」は働き出してから性格も容姿も急激な変貌を遂げ、なんと妻子のある「所長」と付き合い始める。『あの、むらさきのスカートの女が、男を連れて、帰ってきた！』と「わたし」は想像する。商店街の人たちは驚きながらも祝福ムードに包まれ、ちょっとした騒ぎとなる。

いつのまにスタンバイしていたのか、テレビカメラが二人の顔をアップで捉え、インタビュアーが『今のお気持ちを！』とマイクを向ける。むらさきのスカートの女がカメラ目線になったその瞬間、画面の隅にほんのわずかな隙間ができて、一瞬何かが映り込む。何だあれは。
『アッ』
『黄色いカーディガンの女だ！』　（同）

この箇所には「わたし」の自意識が、かなり生の形で現れている。もちろんこれは「想像」なのだが、ひたすら徹底的に「むらさきのスカートの女」を監視し続ける「黄色いカーディガンの女」は、しかし必ずしも目立たない日陰の立場のままでいることに甘んじているわけではない。彼女には「むらさきのスカートの女」という明確な目的があり、ここ一番になれば表舞台に出て行く用意も、覚悟も、その欲望もあるのだ。このことは、物語の最後に起こる突発的な事件によって鮮明になる。「むらさきのスカートの女」と「黄色いカーディガンの女」は、遂に真正面から対峙する。

「どうして、権藤チーフがそこまで……」

いつのまにか、むらさきのスカートの女の涙は止まっていた。丸く小さい二つの目を、まっすぐにわたしの顔に向けている。

わたしは静かに首を振り、権藤チーフではないよ、と言った。

「わたしは、黄色いカーディガンの女だよ」

あなたが、黄色いカーディガンの女？

むらさきのスカートの女が、そう言った気がした。

実際は、何も言わずにわたしの目を見ていただけだ。　（同）

ここからの展開は、瞠目すべきものである。読者の解釈は、幾つかに分かれるだろう。それはこの小説が「わたし」の一人称、すなわち「秘密の日記」として書かれていることによる。語られていることが、ほんとうに起きたことそのままなのか、そうではなくて、そのなかには「わたし」の「想像」あるいは「妄想」も混じっているのか、いや、ひょっとしたら何もかもが「わたし＝黄色いカーディガンの女」の頭のなかの出来事なのか……？

終盤に至って活劇の様相を示すこの小説は、不思議な後味を残す。「むらさきのスカートの女」と題されていながらも、明らかに物語の真のヒロインは「黄色いカーディガンの女」なのだ。しかし私たち読者は、彼女について最後までほとんど何も知らないままである。何故ならそれはもちろん、語っているのが彼女自身であるからだ。そしてここでも、ほんとうに重要なことは、

「わたし」が読者に対して嘘をついているかもしれない、ということではなく、「わたし」が「わたし」に対して嘘をついているのかもしれない、ということの方である。

「秘密の日記」とは、真実が包み隠さず記された日記ではない。それはもっとずっと複雑なものなのだ。

6。あたらしい小説

「こちらあみ子」は、太宰治賞応募時点では「あたらしい娘」という題名だったという。私は改題の理由や経緯を知らないし、その含意をはかりかねる部分もある。もちろん、それはあみ子の妹になるかもしれなかった「娘」のことも想起させる。しかしひとつ言えることは、今村夏子が「あたらしい小説」の書き手であるということだ。

「むらさきのスカートの女」での芥川賞受賞によって、今村夏子は三島賞（『こちらあみ子』）、野間文芸新人賞（『星の子』）と併せて、いわゆる文学賞三冠作家のひとりとなった。彼女以前に三冠を受賞しているのは、笙野頼子、鹿島田真希、本谷有希子、村田沙耶香の四名しかいない。「こちらあみ子」以後の長い沈黙によって半ば引退したかのように思われていたこともあったが、ここ数年はかなりコンスタントに新作を発表しており、芥川賞受賞によってよりアクティヴな執筆活動に向かうことを読者としては願ってやまない。

「月刊文藝春秋」の芥川賞受賞エッセイ「今日までのこと」に「高校生の時から毎日欠かさず日記を書いていた」という一節があって些か驚いた。それがどの程度「秘密の日記」なのかはもちろんわからないが、書くということ、とりわけ「わたし」を書くということ、そして「小説」を書くということが、必然的に抱え持ってしまう、真実＝事実と虚偽＝フィクションのややこしくも魅惑的な関係性を、今村夏子がよくよくわかっていることは確かだと思う。世界には嘘と本当のどちらとも割り切れないことがあり、特に「自分自身」にかんしては誰しもがそうなのだ、ということ。

「文学」と「文学以外」の選別は、実のところ然程定かではないのだが、ここでは仮に「文学」は「私」の物語を、「文学以外（≒エンタメ）」は「私ではない誰か」の物語を主として語ろうとするものだと、ざっくりと定義してみよう。今村夏子の作品は、このいずれにも収まり切らない。この意味で彼女が書いているのは、もしかしたら「文学」とは違う何かなのではないかと私は前から思っている。

むろん、今や三冠作家なのだから彼女はれっきとした文学者なのだが、その「秘密の日記」的な小説には従来の「文学」とは異なる可能性が秘められているのではないかと思うのだ。

そう、今村夏子の小説は、まだ名称を持っていない、まったくの「あたらしい小説」なのかもしれない。そしてそのあたらしさは、今後ますますはっきりしてくるのではないか、私にはそんな予感がしている。

私的平成文学クロニクル

前口上

平成文学論は不可能であり、ナンセンスである。

まずはこのことを確認しておこう。もちろん、これは「文学」だけでなく、そもそも「平成論」が不可能であり無意味であることに因っている。誰もが知っていることだが、平成がこのタイミングで終わることになったのは、昭和やそれ以前が終わったときとは、大きく性質を異にしている。過去のように天皇崩御をもって改元されるのではなく、今回は天皇が自らの意志によって退位することになり、それに伴い新たな元号が発布されることになったのだから。本来ならば平成はまだ続いている筈だった。平成を終わらせるのは今上天皇明仁であり、退位と改元が切り離されることなく（つまり天皇は徳仁に変わるが平成は明仁の死まで続くということはなく）、二〇一九年五月一日をもって新元号の時代になるのは、いわば実務的な——ということは政治的な——判断決定プロセスの結果に過ぎない。この意味で、おそらく平成という時代をトータルに語る権利を持つのは、まず第一に（というか唯一？）明仁ということになるだろう。何しろ彼は、自分の生に紐づけられた平成が終わった後も生存しているのだから。

平成とは何だったのか、という問いは、明仁上皇に、あなたの現役時代はどうでしたか、と訊ねることに等しい。昭和天皇には昭和とは何だったのかと訊くことは出来ず、それ以前も同様なわけで、元号というシステムの奇妙さ奇怪さをあらためて考えざるを得ない。ディケイドや世紀が変わるのは単に物理的な時間の進行によるものだし、昭和以前の改元は基本的に特権的な一個の個体の生命現象の終了によるものだった。ということは平成の終わりは能動的にそれを惹き起こした者が存在するという点が特異であったとは言える。

天皇が変わると元号も変わる、というのは只の約束事でしかない。だが、それにもかかわらず少なからぬ人々が昭和とは何だったのかと問うたし、今また平成とは何だったのかと問おうとしている。元号に限らず、世紀でもディケイドでも、如何なる理由であれそれが終わるや否や必ずといっていいほど終わったばかりの（或いは終わろうとしている）時代を皆挙って総括的に論じようとしたがるのはなぜだろうか。「平成とは何だったのか」のあとは、すぐに今度は「テン年代（二〇一X年代）とは何だったのか」と問い始めるに違いない。

回顧という行為は極めて恣意的なものであり、それは往々にして、要は「もはや◯◯ではない」と言いたいがために要請されている。しかし平成が終わったあとに、もはや平成ではないというのは単なる事実でしかない。前の時代と次の時代の変化を、差異を、無理矢理にでも捻出し捏造するために、終わった時代とともに終わった（ことにされる）何ごとかをどうにかして見出そうとして、それに成功する。

結局の所、それは一種の遊びに過ぎない。平成とは、と問われたら、まともに受け取るなら、それは色々あったよね、としか答えようがないし、それが正解だと思う。むろん、色々あったからには色々なことが言えはするし、現に言われている。平成の約二倍の長さがあった昭和についてさえ、ひとは「昭和とは」という形式で色々言ったのだから、平成についてだって、言おうと思えばさまざまなことが言える。

しかしそれは真の意味で十全にその問いに応答することの不可能と、色々が色々であるがゆえの無意味に立脚した、とりあえず上手にひとつの時代を論じてみせるという遊戯であり演戯なのであり、そんなことはもちろん重々わかったうえで誰もがやっているのだと言われるかもしれないが、私としては、なるべくならそんな戯れには加わりたくないのだ。

だったらなぜ引き受けたのか、と誹られそうだが、引き受けたからには兎に角やってみるしかない。お題は「平成文学論」である。だがすでに述べたように、これが「平成の文学の総括」を意味するのなら、それは不可能でありナンセンスだと私は思う。やってやれないことはないし、というかどんなことだって別に可能なのだが、いかにもな「論」をでっちあげる安易さには向かわず、ここはひとつもっと愚直に「平成文学史」の試みを披露しよう。

どうしたって遊戯であり演戯であるしかないのならば、こちらで勝手にルールを設け杓子定規に「平成」の「文学」の「歴史」を綴ってみることにしたい。ルールは以下である。平成元年から平成31年まで、一年に一作ずつ、その年を代表（象徴？）すると私が思う小説（必ずしもその年のベストワンという意味ではない）を選んでいく。つまり全部で三十一作になる筈だが……。

誰の目にも明らかなように年一作のみというのは相当に困難である。重要作、話題作、問題作が何作も集中する年もあれば、年間通してふるわない年だってあるだろうからだ。独断と偏見とまでは言わないまでも、客観的にやるにはどうしたって限界があると思うので、迷ったときは直観とバランス感覚その他で決めさせていただく。では始めよう。

平成元年｜1989｜——吉本ばなな『TUGUMI』

吉本ばななは、昭和六二年に「キッチン」で今は亡き（平成八年十月終刊）文芸誌「海燕」の新人文学賞を受賞してデビュー、吉本隆明の実娘ということがメディアで話題となり、単行本化されるやベストセラーになった。『TUGUMI』は今は亡き（平成二十一年七月終刊）女性誌「マリ・クレール」に昭和天皇崩御＝改元を挟んで連載され、平成元年でもっとも売れた本となった。山本周五郎賞受賞。ばななはこれより先に日本大学芸術学部の卒業制作として執筆した中編「ムーンライト・シャドウ」（『キッチン』収録）で泉鏡花賞も受賞している。「私」こと白河まりあが一歳年下の従妹のつぐみとの想い出を至極冷静に、だが仄かな愛情を込めて物語る。病弱なせいもあり自分勝手な言動ばかりするつぐみの複雑で豊かな内面が、数々の印象的なエピソードによって描かれてゆく。この小説によって早くもばななは「吉本隆明の娘」から完全に離陸し、当代きっての人気作家となった。平易な語彙と幼さ（拙さ？）さえ残る語り口を天才的なセンスで自在に操る文体は、この時点で完成されている。間近に迫る「死」を予感しながら日々を生きるヒロインのストーリーが、漸近する「昭和」の終わりに誰もが身構えていた時期に連載されていたという事実は、偶然であるにしても些か興味深い。

平成二年｜1990｜——保坂和志『プレーンソング』

保坂のデビュー作である。書き出しはこうだ。「一緒に住もうと思っていた女の子がいたから、仕事でふらりと出掛けていった西武池袋線の中村橋という駅の前にあった不動産屋で見つけた２ＬＤＫの部屋を借りることにしたのだけれど、引っ越しをするより先にふられてしまったので、その部屋に一人で住むことになった」。私事で恐縮だが私は八〇年代の半ばに中村橋に住んでいたので、これを読んだとき奇妙な親近感を感じた（くらいには中村橋はマイナーな駅だと思う）。それぞれの仕方で小説のフィクションらしさを強調していた先行作家たち（村上龍、村上春樹、高橋源一郎、島田雅彦など）に対して、保坂は明確に新しいモードを提示してみせたと言える。この作品への反応は、好意的に評価するにせよ苦言を呈するにせよ、劇的要素の希薄さと日常性の強調がポイントになっていたが、保坂の野心がそのようなところにはなかったということは、その後の彼の作品群によって証明されていくことになる。但し保坂自身が戦略的にそう思われるように仕向けていた部分も否定は出来ない。「何も起こらない小説」という評言は間違っていたとしても、この表現がリアリティを持ち得るような時代であったということは言える。

平成三年｜1991｜——安部公房『カンガルー・ノート』

一時は大江健三郎以上にノーベル文学賞の可能性を取り沙汰された安部公房は、平成五年一月に没することになる。これは生前最後に発表された長編である。七〇年代最後の長編である『密会』（昭和五十二年）以後、それまでの旺盛な執筆活動と比べると明らかにペースが落ち、その次がかなり難産だったと思われる『方舟さくら丸』（昭和五十九年）、そして次がこれである。この失速ぶりは安部が高度経済成長期の、そして冷戦期と核時代の作家だったという事実を示していると言えるだろうし、また或る意味では、彼が早過ぎたポストモダン作家だったということを示唆しているようにも思われる。読んだ当時は「かいわれ大根かよ！」と思わないでもなかったが（物語は主人公の体にかいわれ大根が生えてくるところから始まる）、奇妙なイメージの連鎖も悪夢のごとき展開も、かつてのマクロな世界像に広がってゆくスケールから作家自身の身体性に収斂している。今から見るとこの小説が平成に入ってからの、九〇年代に入ってからのものであったことが感慨深い（昭和で八〇年代だと言われた方がしっくり来る）。安部公房は平成の間にその存在感を急速に減衰させていったが、むしろ来るべき新時代に再評価されそうな気もしている。

平成四年｜1992｜――多和田葉子『犬婿入り』

多和田葉子は平成三年に「かかとをなくして」で「群像」の新人文学賞を受賞してデビュー、本作で芥川龍之介賞を受賞した。周知のように多和田は昭和五十七年からドイツ在住で、現在に至るまで日独両言語で作品を発表している。この小説や「かかとをなくして」「三人関係」「アルファベットの傷口（文字移植）」といった初期の小説を読み返すと、外国語（ドイツ語）によって侵食された日本語で書かれているという印象を、現在の多和田作品よりも強く感じる。それは或る時期までの大江健三郎や初期の古井由吉などとも通じる、いうなれば「反／半日本語」感とでも呼べるような感覚である。日本語とは異なる構文の様態が寄生体のように文章の内部に食い込んで、語彙や文法に負荷や変容を齎している、というか。極端に言えば、多和田は登場したときから「外国人」として「日本語」で小説を書いてきたのだ。彼女が「日本人」であることを明確に自覚した（自覚せざるを得なくなった）のは、「３・１１」以後、作品でいえば『献灯使』以後、つまりごく最近ではないか。『地球にちりばめられて』（平成三十年）に始まる連作では、明らかに新境地に突入している。多和田は来たる新元号の時代も日本文学の最重要作家のひとりであり続けるだろう。

平成五年｜1993｜――大江健三郎『燃えあがる緑の木』

大江健三郎が昭和最後に発表した小説は『人生の親戚』であり、平成に入ってからは、ジャンルSFに挑戦した『治療塔』『治療塔惑星』、短編集『静かな生活』『僕が本当に若かった頃』とやや小ぶりな作品が続いたが、満を持して放った超大作が『燃えあがる緑の木』である。長編三部作であり、第一部『「救い主」が殴られるまで』がこの年刊行、以後一年ごとに第二部『揺れ動く（ヴァシレーション）』、第三部『大いなる日に』と続いて平成七年に完結した。この間の平成六年にノーベル文学賞を受賞している。そのことは特に関係ないが、平成の大江でもっとも力のこもった、いや大江の全作品の中でも上位に位置付けられる傑作である。誰の目にも歴然としていることだと思うが、大江は『万延元年のフットボール』（昭和四十二年）以降、さまざまに道具立てを取り替えながら、繰り返し同じ物語を書き継いできた。それはオブセッシヴにさえ映るが、と同時にそれらにおいては、ほとんど同じ物語が書かれた時代との饗応によって違う音色を奏でている。つまり『燃えあがる緑の木』の場合は、九〇年代前半、平成初期という時代と、必ずしも表面的ではない部分で深く関係している。むろん大江の場合、それは「日本」に留まらない。それはむしろ世界史の問題である。

平成六年｜1994｜――― 阿部和重『アメリカの夜』

「群像」の新人文学賞を受賞した阿部のデビュー作である。投稿時のタイトルは「生ける屍の夜」だった。言うまでもなくジョージ・Ａ・ロメロ監督のホラー映画の名作『Night of the Living Dead』（昭和四十三年）の日本語訳である（そしてもちろん『アメリカの夜』もフランソワ・トリュフォー監督の映画のタイトルである）。最近はほとんど言われなくなったが、阿部は日本映画学校卒の筋金入りの映画狂であり、初期は「映画を撮る前段階として小説を書いている」的なことをよく語っていた。受賞時の審査員のひとりだった柄谷行人と、映画批評において圧倒的な存在感を誇っていた蓮實重彦からの影響を隠さない凝りに凝り捻りに捻った作風は、知性と教養のあり方としては明らかに八〇年代的と言えたが、阿部の場合、そこに一種ヤンキー的というか、アウト・オブ・アカデミズム的なアティチュードが合体している点がユニークであり、また「平成」的（九〇年代的）でもあった。次作の「ＡＢＣ戦争」「公爵夫人の午後のパーティ」では知的意匠が前面に出てくるが、倒錯しつつも純粋な青春小説として読めるこの小説には良い意味での初々しさ、青臭さが感じられる。この三年後に発表され、いわゆる「Ｊ文学」の代表作として喧伝される『インディヴィジュアル・プロジェクション』（平成九年）は、或る意味でこの小説の再話である。

平成七年｜1995｜―― 村上春樹『ねじまき鳥クロニクル』

大江健三郎の『燃えあがる緑の木』の向こうを張ったかのような全三部から成る大長編。平成六年に第一部「泥棒かささぎ編」と第二部「予言する鳥編」が同時刊行され、この年に第三部「鳥刺し男編」が出て完結した。これもまた大江と同様に、村上春樹も『羊をめぐる冒険』（昭和五十七年）以後、あからさまに似通った物語をほとんどオブセッシヴなまでに反復してきた／いくわけだが、この大作ではそれが初めて「現実」に触れた、というのがよく言われることである。具体的には、物語の後半で言及されるノモンハン事件である。春樹の小説が広い意味でさえ時と場所と呼称を持った政治的イシューに対峙しようとしたのは、デビュー作『風の歌を聴け』（昭和五十四年）の全共闘運動以来だと言ってもいいかもしれない（しかもあれは間接的な描き方だった）。このあと長編小説は『スプートニクの恋人』（平成十一年）までない。九〇年代の後半を春樹は本作第三部の刊行間近に起きた地下鉄サリン事件の被害者と関係者に取材した長編ノンフィクション『アンダーグラウンド』と、オウム真理教の信者、元信者にインタビューした続編『約束された場所で』に費やすことになる。もちろんこれは作家の意志とは無関係な突発事によるものだったわけだが、その何年も前から準備され、書き進められていた『ねじまき鳥』は、春樹自身が自らの転換点として挑んだものだったことは疑いない。彼は変わろうとして、変わったのである。

平成八年｜1996｜――川上弘美『蛇を踏む』

川上弘美は平成六年に、井上ひさし、小林恭二、筒井康隆の三人が審査員を務めた「パスカル短篇文学新人賞」の第一回を『神様』で受賞してデビュー、二度目の候補となった本作で芥川賞を受賞した。彼女がこれ以前に別名義でSFを発表していたことはよく知られているが、確かに初期の作品は幻想味、非現実性が強く（とはいえ、そこには常に生々しい人と人の関係が潜んでもいるのだが）、内田百閒の現代版にして女性版といった趣きがあった。短編を得意としていたことにも彼女の資質が現れていた。だが、ご存知のように川上は『センセイの鞄』（平成十三年）で大化けすることになる。リアルとアンリアルが融合する、というよりも不可避的に融合してしまう川上の小説世界は、そのどちらに重心を置くか、そのバランス配分によって、さまざまに様相を変える。たおやかな文体の内にふと、冷徹とさえ言ってよい距離感を帯びた視線が垣間見えるところは、お茶の水女子大学理学部生物学科卒で、作家になる前は生物の教諭だったという経歴とも繋がっているのかもしれない。川上はこれ以後、各文学賞を総ナメと言っていいほど次々と受賞し、現在は芥川賞、三島由紀夫賞、谷崎潤一郎賞の選考委員を兼任している。

平成九年｜1997｜――― 高橋源一郎『ゴーストバスターズ』

高橋源一郎は昭和の終わりの昭和六十三年に『優雅で感傷的な日本野球』で第一回三島賞を受賞、『ペンギン村に陽は落ちて』『惑星P-13の秘密』の二冊を経て、平成四年の春に刊行された「群像」増刊号（柄谷行人特集）に長編小説『ゴーストバスターズ』の冒頭部を発表したが、その後ライターズブロックに陥り、完成までに長い時間を費やすことになる。起筆から数えると七年も掛かっており、高橋はのちに「完璧病にかかっていた」と述懐している。その反省か反動か、この後、高橋は意識的な量産体制に入り、複数の雑誌で長編連載を開始、『あ・だ・る・と』（平成十一年）、『日本文学盛衰史』『ゴヂラ』（ともに平成十三年）、『官能小説家』『君が代は千代に八千代に』（ともに平成十四年）とコンスタントに小説を発表していくことになる。結果として『ゴーストバスターズ』は高橋にとって「八〇年代／昭和末期」と「ゼロ年代／平成中期」に挟まれた「九〇年代／平成初期」の、ほぼ唯一の小説作品となった。と同時に、先行して発表され、執筆期間も重なっていただろう『燃えあがる緑の木』『ねじまき鳥クロニクル』という二人の先輩作家による「全体小説が不可能になった時代の全体小説の試み」に対して自分は何を書けるのか、という高橋自身の問いの産物であったとも考えられる（それも遅延の原因のひとつだったかもしれない）。この意味で本作は「全体小説が不可能になった時代の全体小説さえも不可能であることを自覚した、字義通りの意味でポストモダンな反・全体小説の試み」であった。

平成十年｜1998｜――中原昌也『マリ&フィフィの虐殺ソングブック』

中原昌也は、暴力温泉芸者という名前で九〇年代初期から活動を行っていたノイズ・ミュージシャンであり（現在もヘアスタイリスティックス名義で継続）、当時独自のサブカル路線を突き進んでいた「文藝」に、はっきりと「小説」とは明記されずに連載されたショートストーリー（？）を纏めたのが本書である。実際、エッセイなのかコラムなのか判然としない書きっぷりから、いつの間にか虚実不分明で狂気すれすれ（だがそれは書き手の狂気ではなく書かれている側のそれである）の世界に足を踏み入れている奇妙で奇怪な文章は、最初からジャンルへの配慮を持っていなかった。その後、中原は画家／アーティストとしても活動するようになるが、要するに彼の演奏と文筆と美術制作は根元では同じ行為なのであり、それは彼自身が大量に摂取してきた／いるマージナルでアンダーグラウンドな他者たちによる音楽や文学や映画や美術への返答であり御礼である。この頃、他ならぬ「文藝」を震源地として勃発していた「J文学」ブームにおいて中原は（本人の意志と無関係に）重要な役割を果たすことになる。『あらゆる場所に花束が……』（平成十三年）で三島賞受賞。「点滅……」（平成十八年）で芥川賞候補（落選）、『名もなき孤児たちの墓』（同）で野間文芸新人賞受賞。『中原昌也作業日誌』（平成二十年）でBunkamuraドゥマゴ文学賞受賞（選考委員は高橋源一郎）。小説の内外で「文壇」或いは「日本／政府」への呪詛を繰り返し吐露しており、その舌鋒の激しさとしつこさはトーマス・ベルンハルトを想起させる。

平成十一年｜1999｜——桐野夏生『柔らかな頬』

すでにトップレベルの流行作家だった桐野夏生に直木三十五賞を齎したこの作品は、彼女のキャリアにおいて、またその作品世界の歴史においても、極めて重要な位置を占めている。別名義でジュニア小説家として活動後、平成三年に『顔に降りかかる雨』で江戸川乱歩賞を受賞して再デビューした桐野は、その出自からしてもっぱらミステリ／ハードボイルドの書き手として小説を発表してきたが、この作品によって、従来の「推理小説／犯罪小説」の枠組みを内側から食い破ってしまった。未解決となった幼児失踪事件を癌で余命宣告を受けた元刑事が追うという設定は定型に沿っているが、小説が先に進むにつれ、読者は「解決」や「真相」とはまるで異なる次元に連れていかれることになる。簡潔に言えば、強度のエモーション（情念と呼んでもいい）によって駆動された想像力が小説内現実を歪曲し変容させてしまうのだ。この記念碑的な傑作の後、桐野はもはやミステリというジャンルには収まり切らない異形の作品群を続々と産み落としていく。本作にも発想元となった実在の事件が存在するが、桐野は多くの場合、現実の出来事をスターターとしつつも思うさま筆を暴走させ、時には因果律や結構も無視して、小説がそうなろうとするものを見ようとする。そうして彼女は「芥川／直木」すなわち「文学／エンタメ」という贋の二項対立を完全に破壊する。平成を通じて、これほど「問題作」「野心作」の多い挑戦的な小説家は他にはいない。

平成十二年｜2000｜――町田康『きれぎれ』

町田康は町田町蔵としてパンク・ミュージシャンとして世に出たが、その後俳優としても活躍し、歌詞の発展形として詩を発表し、そして小説を書くようになった。小説第一作の「くっすん大黒」は芥川、三島両賞の候補に挙げられ、どちらも受賞はならなかったが野間文芸新人賞を受賞、そして何度かの候補を経て本作で芥川賞を受賞した。「くっすん」や同時期の「夫婦茶碗」の方が完成度が高いと思うが、そんなことを言っても仕方がない。その後の活躍は知られる通りである。顧みてみれば九〇年代後半から、町田に限らず、いわゆる「異業種」から「文学」へと流入してくる才能が増えてきた。「J文学」現象も含め、この頃に「文学」は何度目かの衰亡の危機を直覚し、何らかの手を打とうとし始めたのだと考えることも出来るだろう。これも町田に限らず、平成以後にデビューした実力ある小説家たちの何人かは、とにかく凄い勢いで各文学賞をとっていくのだが、言ってしまえば、これもなるはやで「代表的文学者＝平成の文豪」を作り出したいという無意識的な欲望のなせる業なのかもしれない。もちろんそれは誰の、ということではないのだが。

平成十三年｜2001｜――舞城王太郎『煙か土か食い物』

舞城王太郎は、この書き下ろしの長編小説を「講談社ノベルス」から上梓してデビューした。まったくの新人であり、現在に至るまで顔も素性も経歴も非公表の、いわゆる覆面作家である。「講談社ノベルス」は広義のミステリの新書レーベルだが、八〇年代には綾辻行人や法月綸太郎など「新本格ミステリ」の作家たちを、九〇年代には京極夏彦と森博嗣という怪物的作家を世に送り出した。持ち込み原稿だった京極のブレイクがきっかけとなって設立された「メフィスト賞」の第一回受賞が森であり、舞城も同賞出身である。この作品は一風変わったハードボイルド・ミステリとまだかろうじて言えたが、その後、異常とも思えるハイペースで発表されていった（もっともそれも京極や森譲りの「メフィスト流」であったのだが）舞城小説の数々は、彼が二十一世紀にふさわしい脱ジャンル的な作家であるということを鮮やかに証明していくこととなった。デビューまもなく文芸誌での執筆も始め、「群像」に載った初短編「熊の場所」（平成十三年）で三島賞の候補となり、そして「新潮」に一挙掲載された長編『阿修羅ガール』（平成十五年）で受賞を果たした。芥川賞には「好き好き大好き超愛してる。」「ビッチマグネット」『短篇五芒星』「美味しいシャワーヘッド」と四度候補に挙げられたが受賞には至っていない。舞城の特徴はリズミックに速射される一人称の文体と、ミステリやメタフィクションのパスティーシュのような複雑怪奇な構成／構造、そして純愛や友情、勇気といったピュアでストレートなエモーションを衒いもなく丸出しに出来る好ましい青臭さであり、その存在感は唯一無二と言っていい。同様に「メフィスト賞」でデビューして「文学」へと越境した作家として佐藤友哉がいる。

平成十四年｜2002｜――吉田修一『パーク・ライフ』

吉田修一の芥川賞受賞作。同じ年に『パレード』で三島賞ではなく山本周五郎賞を受賞したことが話題となった。この種のねじれ現象はゼロ年代以降，頻繁に起こるようになり、たとえば「海燕」新人賞でデビューした角田光代は芥川賞と三島賞にそれぞれ三度候補になったが受賞はならず、二度目の直木賞候補となった『対岸の彼女』（平成十六年）で受賞した。吉田も作品歴を見るとちょうどこの頃から文芸誌＝純文学専門誌から中間小説誌などへの本格的な進出が始まっており（長編を書き出した時期とも重なっている）、本作で芥川を受賞していなかったら直木に転じていた可能性は高い。現在に目を向けると、この問題の渦中にあるのは、もちろん宮内悠介であり、彼は「直木→直木→山本→芥川→三島（受賞）→直木→芥川」今ここ、となっている（また彼はSFに冷たいと長年言われていた直木賞の候補に純然たるプロパーのSFで候補となったことでも画期的である）。話を吉田に戻せば、しかし本作はやはりまだ「文学」として書かれている、と思える。日比谷公園にたまたま集った男女のさりげない交感をノーブルな文章で描いた佳品であり、この作家が数年後には『悪人』（平成十九年）を著すと思うと俄には信じ難い気さえする。だが物語られる事象からすると『パーク・ライフ』は吉田の初期小説から見てもやや例外的な位置にあるとも言える。その後の彼が真正面から取り上げてゆく社会や時代の暗部は実は最初期から散見されるのだが、それらはあくまで小説の背景に溶け込んでいた。いわば吉田は図と地を反転させることによって現在のような存在になったのだ。

平成十五年｜2003｜——阿部和重『シンセミア』

阿部和重のライフワークである、いわゆる「神町サーガ」の開始を告げる巨編である。阿部の第二のデビュー作と言ってもいい。平成十一年から「アサヒグラフ」で連載が開始されたが、その後同誌が休刊したため、掲載誌を「小説トリッパー」に移して継続され、四年がかりで完成した。阿部の出身地でもある山形県に実在する「神町」を舞台に、戦後長らく町を隠然と支配してきた「田宮家」と「麻生家」の抗争を軸として、大勢のクセのある登場人物たちが織り成す群象劇である。これもまたひとつの「全体小説が不可能になった時代の全体小説の試み」と言える。よく持ち出されるのはウィリアム・フォークナーの「ヨクナパトーファ」や中上健次の「路地」で、これらを阿部が意識していたことは疑いないが、しかし阿部の焦点は「トポス」よりも「歴史」である。「神町」という実在する虚構の町の歴史を語る／騙ることが、そのまま「日本」

の戦後史、そして世界（というかアメリカ）の現代史に、水紋の同心円のように広がり重なっていくという巧緻極まる仕掛け。「神町サーガ」はその後、本作刊行よりも前に発表されていた「ニッポニア・ニッポン」（平成十三年）や、遅過ぎた芥川賞受賞作「グランド・フィナーレ」（平成十六年）といった中短編を含みつつ、第二の大作『ピストルズ』（平成二十二年）に繋がってゆく。叙述と描写、物語構造や挿話の操作、文体や語の選択に至るまで、作品ごとにゼロから立ち上げてはヴァージョンを改めてゆく阿部の小説作法は、日本現代文学にあってはかなり特異なものであり、技術と方法と主題が根本的なところで有機的に絡み合っているそのさまは、映画作家的と呼んでもいいものかもしれない。

平成十六年｜2004｜——綿矢りさ『蹴りたい背中』

綿矢りさは十七歳、高校生の時に「インストール」（平成十三年）で文藝賞を受賞してデビュー、大学生になって書いた第二作の本作で芥川賞を受賞した。実はちょっとズルをしているので自白しておくと、本作は平成十五年の発表なのだが、芥川賞を貰ったのがこの年なのである。周知のごとく同時受賞したのは、こちらはデビュー作で栄冠を射止めた金原ひとみの「蛇にピアス」だった。十九歳と二十歳のうら若き女性のダブル受賞にメディアは祭り状態となり、両作はベストセラーになった。思えばこれを契機として芥川賞のショーアップが始まり、ゼロ年代の末からニコニコ生放送で実況されるようになると、記者会見でのマイクパフォーマンスがクローズアップされ、かつては考えられなかった「純文学作家のキャラクター化」が進行してゆくことになる。本人のあまりの持て囃され方のせいもあってか、文壇での本作への評価は二分されたが、カッコ付きの「文学」としてどうかということではなく、綿矢が非常に新しいタイプの「小説」の書き手であったのだということは、現在からすると明白だと思われる。これ以前から「芥川／直木」の二項対立のいずれもありな作家が頻出してきたと述べたが、綿矢はどちらでもあり、というよりも、どちらでもない、という感じなのだと思う。それはいわば、ただ「小説」としか呼びようのない小説である。誰が読んでもヒロインに作家自身の境遇を透かし見てしまわざるを得なかった『夢を与える』（平成十九年）には苦心の跡が伺えたが、『勝手にふるえてろ』（平成二十二年）すなわちテン年代以降は軽快なテンポで新作を発表している。

平成十七年｜2005｜——青木淳悟『四十日と四十夜のメルヘン』

文藝賞を受賞した青木淳悟のデビュー作。選考委員だった保坂和志による「（トマス）ピンチョンが現れた」という言葉がひとり歩きして最初から大物ルーキー感があったが、実のところピンチョンとは全くと言っていいほど似ていないと思う。だが、これ以後の作品と比べると、本作は一作目ゆえの力のこもり方をしていると思える。いや、以後の小説もそれぞれに力は相当こもっているのだが、その「力」のありようが違っている、というべきか。敢えて海外の作家で喩えるならば、私の限られた知見ではあるが、似てなくもないと言えるのはジョルジュ・ペレックのような文学者ではないか。実在する高校教師の自費出版された回想録を下敷きにした三島賞受賞作『私のいない高校』（平成二十三年）に顕著だが、青木は自分自身の外部にある文書／文章や記録（アーカイヴと言ってもいい）やデータなどを基にして、非常に独特な彼ならではの変換を施したうえで「小説」として出力する。だがこのデビュー作の時点では、まだその方法は確立されておらず、むしろ変換の対象を小説の内側に生成しようとしている。逆に言えば、この作品（と第二作「クレーターのほとりで」）で内発的な想像力を用いた処理はやり切ってしまったので、外に目を向けざるを得なくなった、ということなのかもしれない。いずれにせよ青木は現在の日本文学における最前衛であり、彼がそれなりにしかるべき評価を受けてきたという事実は、ひとつの紛れもない奇跡だと私には思える。

平成十八年｜2006｜——小島信夫『残光』

小島信夫は、この小説が「新潮」に一挙掲載されてまもなく、平成十八年十月二十六日に没した。享年九十一。或る時期までの小島は、「第三の新人」の生き残りで一時期『別れる理由』（昭和五十七年）を筆頭に異様に長くて意図がわかりにくい小説を書いていたひと、という認識だったのではないだろうか（しかし私にとっては違った。私は若い頃から小島の小説が好きだった）。それが劇的に変わったのは、これはもう間違いなく保坂和志による熱烈な再評価によるものである。保坂は晩年の小島と親交を結び、さまざまな仕方で小島小説の例外性を世に知らしめようとした。『残光』を書かせたのは保坂だったとさえ言ってもいい。メタフィクションとしての私小説であり、私小説としてのメタフィクションでもあるというのは以前からだが、これそのものである最後の長編小説を書きつつある作家の実況小説であるこの長編小説は、小島の過去の小説群を何重にも入れ子にしながら、いわばたったひとりの語り手による『千一夜物語』のような奇態にして決然とした佇まいでそこにある。小島は長い長い晩年を生きた。大正生まれの彼は、自分が昭和が終わっても生存しているなどとは思ってもみなかったに違いない。

平成十九年｜2007｜―― 円城塔『Self-Reference ENGINE』

現在は存在しないＳＦの登竜門、小松左京賞の最終候補作であり、受賞はならなかったが（受賞作なし）縁あって書き下ろしというかたちで世に出た、円城塔の第一長編である。円城はこれと前後して文芸誌新人賞への投稿も行っており、本作刊行と同年に「オブ・ザ・ベースボール」で「文學界」の新人賞を受賞、ＳＦと純文学という二つのジャンルで、ほぼ同時にデビューを果たした。その後も現在まで両ジャンルを跨いで書き続けており、宮内悠介や高山羽根子など後続の同種の作家に道を開いた格好である。「道化師の蝶」（平成二十三年）で芥川賞を受賞、「文字渦」（平成二十九年）で川端康成文学賞を受賞。文理両道の博覧強記に裏打ちされた、奇想と思弁が濃縮された小説世界は、デビュー作の時点で完成している。直木賞さえとれなかった日本ＳＦ（「御三家」の星新一、小松左京、筒井康隆は、いずれも初期に直木賞候補に挙げられたが誰も受賞していない）にとって円城はいわば悲願達成の立役者であり、と同時に、これは「日本文学」が広義の「ＳＦ」化、アンチ・リアリズム化していっているという事実を証立てることでもあるだろう。

平成二十年｜2008｜——古川日出男『聖家族』

初期代表作『アラビアの夜の種族』（平成十三年）が日本推理作家協会賞と日本ＳＦ大賞をダブル受賞していることからもわかるように、古川日出男は最初から複数の小説ジャンルの交叉点に位置するような作品ばかり書いてきた。そのベクトルは、やがて半ば必然的に「文学」へと向かう。平成十七年、古川は『LOVE』で三島賞を受賞する（ちなみにこれは版元の祥伝社としては現在まで唯一の三島賞候補であり受賞である）。こうして文芸誌にも発表の場を得た古川が、主に「小説すばる」と「すばる」に断片的／集中的に発表した作品を再構成して世に問うた大作が『聖家族』である。青森の旧家、狗塚家のきょうだいを中心に、作家自身の出身地でもある（古川は福島生まれである）東北の地＝血に脈々と流れるデモーニッシュなエネルギーの噴出と、その不発の悲劇を、題名が採られたガウディの建築にも似た壮大かつ未完成（その長さにもかかわらず、この小説には明らかに意図的に方々に穴が開いている）のバロック小説として出現させた力業には瞠目したが、古川がすごいのは、これ以後、本作に負けずとも劣らない大作、力作を矢継ぎ早に書いていった／いることである。また、朗読パフォーマンスによるミュージシャンとの共演や舞台上演など、執筆以外でも「小説家」として精力的に活動している。

平成二十一年｜2009｜――村上春樹『1Q84』BOOK1・BOOK2

村上春樹は『ノルウェイの森』（昭和六十二年）以後、人気作家となったが、この作品の売れ方は異常だった。前作の『アフターダーク』（平成十六年）も、その前の『海辺のカフカ』（平成十四年）も、むろんかなり話題にはなったが、これほどの盛り上がりを見せることはなかった。事前のプロモーションが効いたということだが、その鍵はおそらくインターネットだろう。新時代の口コミであるネットは、商品の中身よりも「話題性」を流通価値として増幅し、流布する。読んだ人たちが騒いだというより、読む前に皆が騒いだのであり、こうして平成最大のベストセラー小説が誕生した。二巻が同時刊行されたのは『ねじまき鳥クロニクル』と同じで、BOOK3は約一年後に出た。小説がますます売れなくなった時代のメガヒットは社会現象としては重要かもしれないが、平成期の春樹作品としては『ねじまき鳥』の方が上である。しかし私は今でも絶対

BOOK4はあり得たと思っている。幾つもの謎が放置されたまま終わることは春樹小説では珍しくないが、これはいかにも「4分の3」という感じがする。だがおそらくは作者の内で何らかの変化があって、四冊目完結編の計画は放置されたのではないか。そしてどうやら新たな元号の時代になっても、それは変わらなさそうな気がする。いっそ突然、BOOK4とBOOK0が同時に出たら面白いのだが。

平成二十二年｜2010｜——柴崎友香『寝ても覚めても』

柴崎友香は保坂和志の流れを組む「日常派」みたいに扱われることが初期には多かったが、次第に独特な視覚的描写、いや、視覚的叙述の側面が強まってきて、そのひとつの極点として書かれた「恋愛小説」が本作である。男女が出てきても恋愛要素が希薄だった、それ以前の作風とは一線を画す物語であり、一人称の語り手であるヒロインの、かなり奇妙な、ほとんど常軌を逸しているとさえ思われる恋情に左右される三角関係を描いている。「見る／見られる」「見える／見えない」といった叙述がもともと多かった柴崎の文章が、見ているものが見えなかったり、見えてないものを見ていたり、見えないものに見られている、というような逸脱をありありと示すようになるのは、これの少し前の『星のしるし』（平成二十年）や短編集『ドリーマーズ』（平成二十一年）からである。ひょっとするとこれは、ゼロ年代の終わりぐらいから俄に立ち上がってきた

「文学のアンチ・リアリズム化」とも関係があるのかもしれない。どうもそれぞれの意味で、イメージと現実の境界があやふやになってきているようであり、何故ならば結局のところ、小説内現実とはイメージでしかないからだ。こんな当たり前のことに皆があらためて気づき始め、そのことに自覚的に小説を書くようになったのだ、というのはさすがに言い過ぎだろうか？

平成二十三年｜2011｜——朝吹真理子『きことわ』

朝吹真理子は「新潮」に発表した「流跡」(平成二十一年)が高く評価され、二作目の中編である本作で芥川賞を受賞した。同時受賞したのは西村賢太の「苦役列車」である。四半世紀の時を隔てた、貴子と永遠子の物語。淡く輝く幾重もの記憶のヴェールが風でめくれてはまた戻るような繊細さと、今ここが不意にいつかどこかに通じてしまう大胆不敵さとを併せ持った、極めて反時代的な物腰の小説である。作者は高名なフランス文学者たちの一族に属しているが、ここには外国語からの影響ではなく、あくまでも「日本語」の可塑性と弾力性が感じられる。だがこの後、おそらくは朝吹も「完璧病」(高橋源一郎)にかかり、芥川賞受賞第一作はなかなか発表されることがなく、五年近くが経過した平成二十七年末からようやく長編『TIMELESS』が連載開始された。同作が完成し単行本が出たのは平成三十年、前作『きことわ』から七年後のことだった。受賞第一作にこれほど時間がかかったのは、おそらく平成でも随一ではないかと思う。しかしそのような振る舞いも含めて、この作家が自ずと身に纏う反動性は貴重なものだとも感じられる。

平成二十四年｜2012｜——山下澄人『緑のさる』

山下澄人は若くして倉本聰の富良野塾生となり、テレビや映画で俳優として活動、自らの劇団FICTIONを立ち上げ、作演出を行っていた。本作は書き下ろしだが、FICTIONを観ていなかった私は、一読して驚愕したことを今も覚えている。小説に最低限の作法のようなものがあるとしたら、この小説ではそれが悉く無視されている。しかもそれが如何にもな前衛という風ではなく、ものすごく自然なのだ。山下はこのときすでに四十代半ばだったが、とんでもない野生児が登場したと思ったものだ。彼はその後、ハイペースで小説を発表してゆき、富良野時代の自分をモデルにした『しんせかい』（平成二十八年）で芥川賞を受賞した。その経歴や見た目、ぶっきらぼうな口ぶりのせいもあって、無頼派的なイメージが持たれがちだが、小説の決まり事をそこここで軽やかに踏み外してみせるステップは、おおらかで優しい。実際にそうなのだが、山下は、もっとも正しい意味での「３・１１以後の小説家」なのであり、あの日の後も続いてしまっている時間と空間に対峙するために、ことばを書いているのだと思う。

平成二十五年｜2013｜――保坂和志『未明の闘争』

保坂は、「新潮」で長期間にわたり連載された「小説をめぐって」（『小説の自由』『小説の誕生』『小説、世界の奏でる音楽』の三冊に纏められている）を経て、平成二十一年より「群像」で本作を連載開始、現在は「小説をめぐって」シリーズも「小説」だとされているが、最初からそのつもりで書かれた長編小説としては『カンバセイション・ピース』（平成十五年）以来の作品となった。日本語文法を逸脱した冒頭の文章がやたらと話題になったが（私もした）、保坂にしてみればあれは軽いジャブのようなものであり、この小説の内部で起きている事件の数々といったら、戦後日本文学の中でも際立った実験性を披瀝していると言ってよい。思い出すという行為と想像するという行為が、思考するという行為によって連繋され、現実と拮抗する虚構の時空間を産出する。その後も保坂は初の新聞小説『朝露通信』（平成二十六年）、短編集『地鳴き、小鳥みたいな』（平成二十八年）『ハレルヤ』（平成三十年）と順調に作品を発表し、平成末の現在も「群像」で毎回題名が少しずつ変わっていく長編を、「すばる」で「読書日記」という小説の連作を継続中である。

平成二十六年｜2014｜――多和田葉子『献灯使』

「3・11」の一年後に編まれたアンソロジー『それでも三月は、また』に、多和田葉子は短編

「不死の島」を寄稿した。衝撃的な内容だった。二〇一二年（発表の時点では未来だった／この項のみ西暦で記す）に天皇主義者による脱原発クーデターが起こり、政変の果てに日本政府自体が民営化され、すべてが経済合理性と隠蔽体質に覆われる。放射能汚染への疑惑と忌避のせいで日本国は世界から孤立する。二〇一七年に「太平洋大地震」が起こったが、すでに日本への渡航は途絶えていた。二〇二三年に日本に密航してきたポルトガル人の旅行記が出版される。それによると、二〇一一年に福島で被爆した際に百歳を越えていた老人たちは「死ぬ能力を放射性物質によって奪われて」まだ全員が生きている。その代わり子供だった者は重篤な障害を発症した。そうして老人が若者を介護する社会が訪れた。そんな中、ふたたび巨大地震が起こったらしい。語り手の「わたし」は二〇二三年に思う。「福島で事故があった年にすべての原子力発電所のスイッチを切るべきだったのだ。すぐまた大きな地震が来ると分かっていたのに、どうしてぐずぐずしていたのだろう」。多和田はこの後、これと同一の世界観に属する小説、戯曲などを発表し、一冊に纏めたのが本書である。小説内未来の予測は当たらなかったが、二〇二三年＝ＸＸ五年はまだ来ていない。

平成二十七年｜2015｜——又吉直樹『火花』

人気お笑い芸人が「文學界」に初めて書いた小説が、文学界を越える大きな話題となり、三島賞はとれなかったが芥川賞を受賞して、空前のベストセラーを記録した。もちろんこれは『1Q84』以来の大フィーバーである。又吉の「文学」に対する愛情と熱意は疑うべくもないし、小説自体もじゅうぶん栄冠に値するものだったと思う。だがしかし、やはりこの受賞がその後に及ぼした影響はポジティヴな要素ばかりとは言えないのではないか。平成十六年の綿矢・金原ダブル受賞以後、じわじわと進行してきた芥川・直木のショー化のプロセスの頂点を成すこの出来事の後、受賞作と受賞者の「一般的話題性」と「キャラ人気」が一定以上を越えない場合は、以前にも増してめだたないままになってしまうのではないか。受賞作家が記者会見でウケを取ろうと必死でネタを考えている心中を想像すると、なんだか胸苦しくなってくる。だがしかし、この傾向は今後ますます強まるだろうし、このベクトルを抑止することは、そのまま「文学」の更なる沈没を意味する。それはわかっている。又吉は平成二十九年に受賞第一作となる「劇場」を発表、「火花」の時は辛抱して、これで芥川賞をあげたほうがよかったのにと、私は正直思った。

平成二十八年｜2016｜——村田沙耶香『コンビニ人間』

村田沙耶香の筆力と個性は以前から評価が高かったが、この作品で完全ブレイクした。コンビニで長年バイトを続けるヒロインのアンチ・ヒューマニスティックな内面をクリアに描き出したこの小説は、何よりもまず村田自身が同じ境遇であるという事実によって、世間の注目を集めた。

小説としての完成度も非常に高いが、単行本がミリオンセラーという爆発的な売れ行きとなったのは、小説外の話題性によるところが大きい。村田はこの作品と前後して『殺人出産』『消滅世界』『地球星人』と続く一連の近未来（？）小説を書いており、そこで一作ごとに突き詰められてゆく非情極まる人間観は『コンビニ人間』と相通ずるものだが、SF仕立てである分、更に容赦がない。特に『地球星人』でのそれは決然としたおぞましさのレベルに達している。しかし同時に、村田の小説的想像力は、紛れもない現在の日本社会の諸問題を強烈なライトで照らし出している。生きにくさ（だが、それならば「生きやすさ」とはいったい何か？）を構成するさまざまな条件を徹底的に解除していった先に顔を出す、ディストピアそっくりのユートピア。村田は精確な意味でレイト平成期の小説家の代表である。と同時に、彼女はアフター平成期を幻視する予見的な作家である。

平成二十九年｜2017｜——村上春樹『騎士団長殺し』

『1Q84』以後の『色彩を持たない多崎つくると、彼の巡礼の年』（平成二十五年）でも『女のいない男たち』（平成二十六年）でも似たような祭り現象が繰り返されたわけだが、そのヴォリュームは少しずつ縮小していき、しかし久々の大長編となると、これはどうしても期待されざるを得なかったのだった。結果がどうだったのかはともかく、この作品は多くの意味で明らかに「村上春樹による村上春樹」としての小説であり、それは自己模倣とか再生産というよりも、ほとんど「春樹自身による春樹の二次創作」という感じであって、私としてはそのことがむしろ大変興味深く、思わず長い批評を書いてしまった（「凡庸ならざる肖像画家の肖像」／「文學界」平成二十九年5月号）。そこでも書いたことだが、春樹は『多崎つくる』でも本作でも、彼独特の仕方で「3・11」を描こうとしたのだと私は確信している。春樹は肝心なところをぼかす＝書き落とすという、いわゆる「黙説法」を批判されることが多いが、私の考えではそれは村上春樹の、というより現代日本文学の、平成の文学の病いであって、そしてその「病い」には理由があると思っている。隠されると思わず気になる、そんなのズルい、というような単純な話ではない。直截性の不可能。この視点に立ったとき、今やひょっとしたら「日本文学」とは無縁な存在と思われているのかもしれない、村上春樹というひとりの小説家を、同時代の日本語作家たちと同一線上で論じることが出来るようになるだろう。

平成三十年｜2018｜——奥泉光『雪の階』

奥泉光のデビュー作は、昭和六十一年に「すばる」文学賞に応募し、入選はならなかったが同誌に掲載された『地の鳥 天の魚群』だが、文芸誌に旺盛に作品を発表するようになったのは平成に入ってからである。平成の約三十年の間に彼は押しも押されぬ最重要作家のひとりとなった。

奥泉の平成最後の長編が本作である。彼は「小説」のジャンル性に極めて意識的な書き手であり、とりわけ『「吾輩は猫である」殺人事件』（平成七年）以後、さまざまな小説のジャンル／サブジャンルの形式を身に纏い、しばしば特定の先行作／家を下敷きにしながら、散開する謎と隠れたる神秘というほぼ一貫したモチーフを手を替え品を替え問い続けてきた／いる。武田泰淳と松本清張のパスティーシュ的アマルガムである本作もまた然り。けっして明解な筋立てというわけではないし、文章の次元でも別空間、別時間の混在など相当に高度な技術が駆使されているのに、開かれたリーダビリティがあり、実際に幅広い読者を得ている。よく読んでみれば奥泉の小説はどれも凄まじい力業であり、その強度の「力」のせいであちこちが歪み瓦解しかかってさえいるのだが、明らかに面白いのだ。そしてその面白さはポピュラーなものである。平成文学きっての技巧派であり、小説が言葉による人工物であるということをよくよくわかっている奥泉は、新しい元号のもとでも次々と力作を生産していくことだろう。

平成三十一年｜2019｜———— ?・?・?

さて、平成最後の年は五ヵ月しかなく、現在は三月の半ばを過ぎたところである。三ヵ月の間に発表／刊行された小説の中からどうにか選ぼうと考えてはみたのだが、当然ながらむつかしかった。無理して何かを置くのも変なので、ここは空席とさせていただきたい。

結局、三十作になってしまった。繰り返し述べておくが、これは「平成を代表する三十作」というよりも「平成を考えるための三十作」であり、作品そのものへの評価とはやや異なる選択方針による。私以外が選んだら、まったく違ったセレクションになるだろうし、私がもう一度やったとしても、入れ替わる作品があるかもしれない。

しかしそれでも「色々あった」の「色々」を多少とも開陳することが出来たのではないかと思っている。ひとりの批評家の、近視と乱視と老眼の目を通した「平成」の「文学」の風景が、少しは見えてきたのではないだろうか?

文芸評論

2013・2014・2018・2019

1。

あらためて確認するまでもないことだが、たとえば「文学」と口にした途端に、そこに「文学」と「文学以外」が立ち現れる。より「文学」側に寄り添った言い方をすれば、これは「文学」の「内部／外部」ということになる。ここに置かれた「／＝スラッシュ」は、もとより恣意的なものであるかもしれない。ひとによって全然異なるのかもしれない。けれども、このスラッシュは、今なお機能し続けているかに見える。と同時に、かなりくたびれてきているようにも見える。経年劣化も、延命治療も、どちらもとりあえず目に映る限りでは現実のようである。それは、良い悪いの問題ではなく、ごくごく現実的な現実認識の問題である。そして文芸評論、文芸批評もまた、この現実の中で生産され、多かれ少なかれ、一見そうは思えないようなものも含めて、このスラッシュをめぐって書かれている。

東浩紀の『セカイからもっと近くに』には、「現実から切り離された文学の諸問題」という副題が附されている。この本は、新井素子、法月綸太郎、押井守、小松左京を論じた評論であり、この四名が狭義の「文学」には属さない（とされている）のは自明だと思われるが、では何故、にもかかわらず、ここに「文学」の一語があるのか。冒頭に、東はこう書いている。「文芸評論という、いまや古びたあまり見向きのされないジャンルがあります。本書はそのジャンルに属する本です」。この挑発的とも挑戦的とも受け取られかねない書きぶりが、しかしおそらくほとんど挑戦挑発のつもりでは書かれていない、ということにこそ、この本の真の挑発性がある。

　あっさりと「文芸評論の愛好家は、四人の作品にあまり触れていないでしょうし、逆に四人の作品の読者は、文芸評論の読解スタイルにあまり親しんでいないでしょう」と認めてみせた上で、東はこう続ける。「にもかかわらず、ここで彼らを取り上げたのは（中略）、本書の主題を追求するためには、文学の保守本流ではなく、いわば「辺境」で活躍する彼らのようなジャンル作家やアニメーション作家に注目することが必要だと考えたからです。裏返せば、ぼくは、もろもろの賞を受賞し、世間からきちんと「文学者」として承認を受けている、そのような作家の想像力においては本書の主題はもはや先鋭的なかたちでは現れない、そう考えたのでした」。そして、ならばその「本書の主題」とは何なのかといえば、「想像力と現実が関係をもつことのむずかしさ」である、と東は述べる。

　ここにあるのは、かつて「文学」が担っていた（と東が措定している）役割――それはここでは専ら「現実」との関係性において測られる——を、いつのまにか「文学」が喪失もしくは放棄してしまい、代わって「文学」からしたら「辺境」とされる者らが、たとえ無意識的ではあれ、その役割を果たしている、だとすればむしろ、彼らを論じる方がはるかに「文芸評論」として真っ当である、というような認識だと思われる。つまり「現実」と関係を切り結ぶ「想像力」としての地位を、いつしか「文学」は「文学以外」に明け渡してしまった、ということである。

この姿勢表明にツッコミどころがないわけではない。ひとつには、ここにほの見える「文学」なるものが、幾らなんでもと思えるほどに、あからさまな古めかしさを纏った権威として捉えられているということがある。「もろもろの賞を受賞し、世間からきちんと「文学者」として承認を受けている」という書き方は、ぐるりと廻ってむしろ東の方が、たとえば筆者などよりもはるかに「文学」の制度的な威光を信じ続けているように思えなくもない。そもそも「文芸評論」がジャンル自体として「見向き」された時代など、かつてでさえちゃんと存在したことがあったのだろうか。

もうひとつ気になるのは、ここで「辺境」とされている四人が、活動領域やキャリアはそれぞれバラバラではあるが、いずれも生半可な「文学」など太刀打ち出来ないほど沢山のファン＝消費者を抱えた、いわば「想像力（コンテンツと呼び変えてもよいだろう）ビジネス」における紛れもない勝ち組たちだということである。つまり「文学」からすれば「辺境＝マイナー」ということになるのかもしれないが、マーケット的には、彼らはれっきとした「メジャー」なのである。

『セカイからもっと近くに』のアプローチは、実のところ、八〇年代に高橋源一郎が行なっていた『文学がこんなにわかっていいかしら』に始まる一連の文芸批評によく似ている。そこで高橋は、たとえば少女マンガやテレビゲームなど「文学」よりもずっと「メジャー」なネタを使って「文学（性）」をあぶり出すという、当時としては野心的かつアクロバティックな作業をしていた。そしてそこで絶えず参照されていたのも「現実」、すなわち「今」とは如何なる時代なのか、という問いだった。

「文学」が「現実」からいつの間にか著しく乖離しており、それゆえにより「現実」に密着した「文学以外」の「想像力」の導入が必要となり、それが他ならぬ「文芸評論」として提示されることが正当化される、という事態は、従って、けっして新しいものではない。高橋源一郎以前にだって、おそらく六〇年代から同様の試みは幾つもあっただろう。それらは常に「文学」の「保守本流」性ではなく、その（とりわけマーケット的な意味における）「辺境」ぶりにこそ立脚しており、逆説的に、そのことに強く拘泥してもいる。

それらは「現実」を何らかの仕方で含有しようとするよりも、より積極的に「現実」に自ら包含されることを選び取る。そしてしばしば、くだんの「スラッシュ」など歯牙にも掛けない、情容赦のないマーケットと呼ばれる場処で、大なり中なり小なりの成功を収めることになる。そして、そのつもりでやっているのだから、その限りでは、まったくそれでいいのである。

だが「文芸評論」の側（を自認する者たち）が、この挑発ならざる挑発を、まんま真に受けてはならないことは勿論だが、しかし単に無視しておけばいいという状況ではなさそうなのも、また「現実」なのではあるまいか。更に厄介なのは、このたびの「現実」には、「震災後の」という言葉がくっつけられているということである。

大澤信亮『新世紀神曲』は、東浩紀批判を含む「文芸批評」論の「復活の批評」、震災に「批評=言葉」で対峙しようと自問煩悶する私的覚書「出日本記」、そして平野啓一郎『決壊』、鹿島田真希『ゼロの王国』、阿部和重『ピストルズ』、古川日出男『聖家族』、町田康『宿屋めぐり』、舞城王太郎『ディスコ探偵水曜日』という六編の大作を探偵小説仕立てで論じた最も長尺の表題作の三つから成っている。同論文については川村湊氏による昨年の本項でも触れられているので多くは述べないが、前著であるデビュー作『神的批評』にも増して、大澤が「文芸批評」の延命、いや蘇生新生を自らに任じていることはよく汲み取れる。それは「文学」に刺し込まれるスラッシュ、その外圧的な境界画定に対する内部からの異議申し立ての様相を強く帯びてもいる。

筆者としては、それがいささか極私的な、より踏み込んで言うならば実存的というか大澤自身の個人的なサヴァイヴァルの調子を色濃く有してきていることが気にならないではないし（何故なら、それはともすれば悪しき古き「文学」性に回収されてしまいかねないと思うので）、作品としての「新世紀神曲」は必ずしも上手くいっているとは思えない部分もあるのだが、にしても大澤には今後も「最後の文芸評論家」としての矜持を保ち続けて貰いたいと一読者として思う。

大澤信亮は「文芸批評」の歴史（的正統）性に極めて意識的な書き手だが、彼が先行世代で最も親近感を抱いている評論家は、疑いなく山城むつみであろう。「新潮」に長く連載された本人言うところの「雑文」を集成した『連続する問題』は、先に世に出た『ドストエフスキー』と執筆期間がほぼ重なっており、あちらではひとりのロシアの作家について集中的に論じられた主題群の、近現代日本における鏡像ともいうべき話題が、この本では文字通りの「連続する問題」のセリー／レイヤーとして縦横に語られている。

　元になった「雑文」が書かれたのは二〇〇二年から二〇〇八年にかけてだが、本に纏めるにあたって「切断のための諸断片」と題された補論が書き下ろされた（連載の最終回は鹿野武一のことであり、補論はそこからそのまま書き継がれている）。「雑文」としての制約（というか自由？）もあって、多くの事柄が書かれてあるのだが、中でも如何にもこの著者らしい独特な粘り強さで思考が連続していくのは、「ひとくちにいって、近代日本の視野における朝鮮の位置づけをめぐって構造的に生じる盲目性の問題である」。

　その論証と主張をここで簡単に繙くことはしないが、言うまでもなく、それは二〇一三年を通して一気に悪化したと言わざるを得ない「朝鮮」との関係に否応無しに接続されるだろう。日本人は今やますます「盲目」を極め、進んで両目を固く閉じようとしている。この本が出版されたのは二〇一三年四月だが、むしろその後に「現実」との本格的な対決が始まったのだと言えるかもしれない。そしてそれは「想像力」が鋭く関係すべき「（震災後の？）現実」が、ただ単に「現在」のことではない、少なくともそれだけではあり得ない、という端的な事実をも指し示している。
「現実」と「現在」を短絡的に同一視してはならない。「現在」は、すぐさま新たな「現在」に追い抜かれていくだろうが、真の「現実」とは、要するに弛まなく「連続する問題」の別名なのだ。

こう考えるなら、柄谷行人が『世界史の構造』『哲学の起源』という大がかりな展開と遡行を経て、半ば唐突に、長らく封印されていた『柳田国男論』を上梓し、続いて『遊動論―柳田国男と山人』を書き上げたこともまた、明らかに「連続する問題」としての「現実」にかかわっている。「現実」は「文学」の内にも外にもある。当たり前のことである。

2。

二〇一四年は蓮實重彦『『ボヴァリー夫人』論』（筑摩書房）が遂に刊行された年として記憶／記録されることになるだろう。あとがきを兼ねた巻末の「もろもろの謝辞」に「起源も定かではない企画の成立から三十年余の歳月が費やされてしまった」とあるこの二千枚の書き下ろし論考は、何よりもまず「ギュスターヴ・フローベール論」ではなく『ボヴァリー夫人』（一八五六年）という一編の長編小説、ただそれのみを相手取って延々と書かれていることに最大の特徴がある。単なる前置きと結語には留まらない独立した内容を備えた序章と終章を足せば全部で十二を数える各章において、蓮實はいわば十二回（以上）『ボヴァリー夫人』を論じてみせる。

　ここにあるのは、ひとつの巨大な論攷というよりも、それぞれに個別の企図と戦略を有した小論（といっても枚数的にはどれも十分な長さを持っているのだが）が半ば一話完結式にひたすら数珠繋ぎにされていくと共に、いつしか互いに呼応し複雑に響鳴して合ってゆくさまであり、この意味では、その圧倒的なボリュームにもかかわらず、重厚というよりもむしろ軽快な書物と言うべきかもしれない。

　そこで鍵とされているのが「テクスト的な現実」という言葉である。言い替えればそれは現にそこに「書かれてあるもの」ということになるだろう。蓮實は『ボヴァリー夫人』に書かれてあるものをひとつずつ摑み出してはためつすがめつし、また別の書かれてあるものと突き合わせ、比較し、並べ変え、絡み合わせる。書かれてあるものだけを扱うということは、そこに書かれていないものは厳しく遠ざけられる、ということでもある。

　如何に多くの論者が『ボヴァリー夫人』に書かれてなどいないことを読み取ってしまっているか。書かれてあるものについてだけでも、このように無限とも思える多様で自在な読みを披露することが出来るというのに。何ごとか気の効いたことを考えつくよりも前にすべきことがある。それはむろん読むこと、ただひたすら読むことに他ならない。

　確かにそれを書いたとされる「作者」の権能を切断して、目の前の「テクスト的な現実」に忠実であること、ただそのことによってのみクリエイティヴたりえるのだという批評的スタンスは、蓮實が一貫して標榜してきたものだが、「これとこれを繋いでしまうのか！」「これだけで一点突破してしまうのか！」といった唖然とさせられるほどに大胆極まる読みの数々に、あらためて「荒唐無稽」という蓮實的ワードを思い出してしまった。遠い昔に外国語で書かれた小説についてのこの本は、同時に紛れもない「日本の文学評論」の現在時の達成でもある。いったい今、小説に対して、これほどの豪腕な読みを行使し得る者がどれだけ居るだろうか。これは『ボヴァリー夫人』という特権的な作品であるがゆえ、ということではまったくない。時間さえあれば『『ボヴァリー夫人』論』の著者は対象を変えて同様のことを幾らでもやってみせるだろう。

　とどのつまり、この本は「文学評論」の書き手たちと、その予備軍に対する一種の啓蒙、ないし挑発としての機能も有している。なお、関連する講演や鼎談などを収めた『「ボヴァリー夫人」拾遺』（羽鳥書店）も出ている。また、志賀直哉、藤枝静男、安岡章太郎を論じた一九八五年初版の論集『「私小説」を読む』が初めて文庫化された（講談社文芸文庫）。

　渡部直己「今日の「純粋小説」」（新潮10月号）は、蓮實重彦直系の「テクスト論者」による百二十枚の評論である。副題に「『日本小説技術史』補遺」とあるように、「技術」の一点をもって日本近代文学史を読み直した『日本小説技術史』（新潮社、二〇一二年）を踏まえて、そこでは扱われなかった現代小説の或る傾向を取り上げたものである。横光利一「純粋小説論」（一九三五年）及びその執筆動機となった『紋章』（一九三四年）に曖昧かつ無意識的に胚胎されていた方法意識を足掛かりにしつつ、岡田利規、小野正嗣、奥泉光、松田青子、藤野可織、保坂和志、大江健三郎などの作品が矢継ぎ早に論じられる。

そこで渡部が指摘するのは「キャリアも実力も異にする現代作家たちによる作品の数々が、その中枢をひとしく特異な焦点移動に委ねるという事態」である。「特異な焦点移動」とは、名を挙げられた作家たちの小説がしばしば「一人称と三人称とのあいだを移動し往復する」ことであり、渡部はそれを「移人称小説」と名付ける。更に渡部は、それらを一人称が三人称へとシームレスに移動する「越境系」と、その逆のベクトルを持つ「狭窄系」に分け、それぞれの特長を追ってゆく。長さに比してかなり多くの作品が分析されていることもあって、全体としては来るべき大がかりな論考への助走といった感に留まっているが、たとえば「移人称小説では携帯電話が繋がらない」という驚くべき発見は、まさしく「テクスト的な現実」に虚心で対峙すること、ただひたすら読むことによって見出されたものだと言える。

論中で言及されている拙稿「「小説」の上演」（「新しい小説のために」第四章、群像4月号〜6月号）及び渡部、佐々木の対談「脱構築vs複雑系——今日のフィクションを読む」（新潮二〇一五年1月号）も参照のこと。そこでは拙著『あなたは今、この文章を読んでいる。』（慶応義塾大学出版会）が提示した（同書には渡部の筒井康隆論と『日本小説技術史』への言及がある）「メタフィクション」ならぬ「パラフィクション」も俎上に載せられている。いずれにせよ「移人称小説」の増加——それが増加しているとして——が意味しているものが何であるのかが見えてくるのは、もう暫く後のことになるだろう。

安藤礼二『折口信夫』（講談社）も大著である。デビュー作『神々の闘争　折口信夫論』（講談社、二〇〇四年）以来、安藤は直接、間接にたびたび折口を論じてきたが、十年を機に、あらためて一から「折口信夫という謎」を問い直し、膨大な資料／文献を駆使して、その問いに答えてみせた。

　前半では折口の「生涯」、とりわけ柳田國男と出会う以前の、本人が積極的に語ろうとはしなかった時期に焦点を置き、折口という特異な人間が如何にして出来上がったのか、柳田の民俗学との遭遇以前の折口の思考の「起源」と「根源」が、実人生における様々な体験を通して解き明かされる。後半では折口の「思想」が章ごとに「乞食」「天皇」「神」「宇宙」を鍵概念として論じ尽くされる。構えとしては実証的なスタンスを保ちながら、時として大胆な推理推論を恐れず、しかしその大胆を大胆だけでは終わらせず、追って注記や傍証でしかと補強してゆく理路の歩みは、堅実な蛮勇とでもいうべき独特な読み味を持っている。

　安藤は「はじめに」において「本書を自分が信じる「批評」の実践として書き上げた」と述べているが、この宣言に「文学研究者」ならぬ「文芸批評家」としての矜持を読み取るのは強ち間違いではないだろう。「「批評」とは、他者の遺した言葉を徹底的に読み解く（「解釈」する）ことによって、その言葉をまったく新たなかたちで甦らせる（「創作」する）こと」。安藤のアプローチはいわゆる「テクスト論」とはかなり異なるものだが、言葉への忠実さ、読むことの顕揚という点では相通じている。安藤は疑いなく現在もっともアクティヴな「文学評論」の書き手の一人だが、折口信夫という巨大な対象にかんする仕事に一区切りを付けて、今後どのような仕事に向かうのかにも注目したい。

松浦寿輝『明治の表象空間』（新潮社）も紛うかたなき大著である。松浦は過去に『平面論――一八八〇年代西欧』（岩波書店、一九九四年）でヨーロッパの「近代」における「表象空間」の仮構／成立を論じたが、これはその日本ヴァージョンである。序章として「国体」論が置かれた後、明治維新以後の「行政」と「法」の醸成と、福沢諭吉、中江兆民を扱った第一部「権力と言説」、「学」と「知」の制度＝システムの再検討から「天／皇」の表象分析に向かう第二部「歴史とイデオロギー」を経て、第三部「エクリチュールと近代」でようやく「文学」が対象化される。だがそこでは北村透谷、樋口一葉、幸田露伴という「基本的には「言文一致体（口語体）に背を向けた、従ってその文体がむしろ旧弊と映る三人の書き手しか扱わないという選択」が為されている。なぜなら「「明治の表象空間」の特異点を形成し、日本語によるエクリチュールの「近代」を開いたものは、むしろこれら三人の遺した「漢文体」を骨格とする文章であり、「言文一致」の問題はそこではさして関与的なパラメーターではない」というのが、ここでの松浦の主張であるからだ。

この大作に賭けられた批評的野心は、おおよそこの一点に集約されている。冒頭であからさまに予告されているとはいえ、丹念に資料読解を積み上げ、迂遠とも思える論述を大きく旋回させていきながら、次第に「従来の文学史の因襲的な視角」とは異なる像が炙り出されて来るさまは実にスリリングである。

蓮實、安藤、松浦による三冊の大著、ここに現代小説のささやかな流行と見えなくもない「移人称」の淵源を横光利一に求める渡部論文を加えてもよかろうが、これらに共通している視座とは、なまじな「新しさ」を易々と凌駕する、きわめて意識的＝戦略的と言ってよい、だが（敢てこの言葉を使うなら）一種のアナクロニズムである。総じてここには即時的な「現在」への距離化というスタンスがある。

この点について『明治の表象空間』で松浦は、福地桜痴を題材として、「今・ここ」の特権化を「現代性」の問題として論じている。そこではかなり唐突に「ツイッター」や「フェイスブック」という単語さえ記されているのだが、それぞれの達成とは全く別に、いまや「文学評論」においては、「今・ここ」から身を引き離して、汲めども尽きせぬ「過去」へと遡行してみせること、すなわち歴然と反＝時代的であること、ほとんどそれのみが逆説的に「現在」における足場を確保するのではないかとも思えてきてしまい、いささか複雑な気分にならざるを得ない。

3。

二〇一八年は平成三十年であり、翌年すなわち二〇一九年＝平成三十一年の四月末日をもって「平成」が終わるということを、文学であれ何であれ多少とも意識せざるを得ぬまま、一年が過ぎた気がする。今はすでに「令和」に入っている。だがもちろん「令和の日本文学」がどのような変容を遂げていくのかを案ずるのは、まだいささか気が早い。

東浩紀編『現代日本の批評 2001—2016』は、東が編集発行人を務めていた雑誌「ゲンロン」の連続企画をまとめたものである。先行して二〇一七年秋に『現代日本の批評 1975—2001』が出ており、これをもって一九七五年から二〇一六年までの日本の「批評」の歴史を辿り直す試みが完結したわけである。誰の目にも明らかなように、これはかつて柄谷行人、浅田彰、蓮實重彦、三浦雅士らが「批評空間」で行なった共同討議「近代日本の批評」の後継を成すものであり、と同時に「近代日本の批評」で提示された。いわば「批評空間」史観に対して「ゲンロン」史観(?)を置く意図もあったものと思われる。

筆者も参加しているので手前味噌になってしまうが、大まかに言って、いわゆる「批評」が、ほぼ「文芸評論」と同義であり、かつ「思想」ともほぼ同義であったのが「近代日本の批評」で扱われた時代であり、しかしそれ以降、この「批評＝文芸評論＝思想」という等号は音を立てて崩れていくことになった、それが「現代日本の批評」が露わにしたことだったと言えるのではないか。その背景には、もちろん「文学」のサブカルチャーへの敗北、あるいは埋没という現象がある。「現代日本の批評」では、狭義の「文学」ないし「文芸」に属する案件は、話題にされないわけではないが、同時代の種々の文化的事象と関連づけて、より正しくはその一部として論じられている。その傾向は時を経るごとに強まっていき、筆者も加わった最後の討議においては、もはやほぼ完全に「批評」とは「文芸評論」のことではなくなっている。

　これを「ゲンロン史観」と呼ぶことも出来るだろうが、肝心な点は、このことが東を始めとする討議参加者たちによる偏向した価値判断ではなく、端的に事実だということである。とっくの昔に「批評」は「文芸評論」のことではなく、そして「文芸評論」は「思想」たりえなくなっている。しかしこれには、状況的に、とか、一般的に、という但し書きを付けるべきだとも思う。何故ならば、現在も「批評」を代表しようと欲望する「文芸評論」、「思想」であろうとする「文芸評論」は書かれているからである。

　では「文芸評論」の書き手／担い手は、どのようにして登場するのか。群像新人評論賞は二〇一五年のリニューアル以降、大澤真幸、熊野純彦、鷲田清一といういずれも文芸評論家ではない三人が選考委員を務めてきたが、この顔ぶれの最後の年となった二〇一八年は、長崎健吾「故郷と未来」が受賞した（「群像」12月号掲載）。長崎は東京大学大学院の日本史学博士課程に在籍中（当時）で、当選作は柳田国男論である。一見何のケレン味もなさげな表題にも現れているように、柳田の文章をじっくりと丁寧に読み直していくことで、必ずしも柳田が明示的に述べたわけではない、だが論を読み終えてみれば疑いなく柳田の独創だと思える「故郷と未来」をめぐる思考が立ち上がる。実直さがそのまま大胆さ、また貴重さとも思える書きぶりには好感が持てる。尚、同賞は次回から大澤以外の二名と入れ替わりで、東浩紀、山城むつみが選考委員に就任している。山城は一九九二年に同賞を受賞して文芸評論家としてデビューした、いわば生え抜きである。今後に期待したい。

　由緒ある群像新人評論賞に対して、ぐっと新しい評論賞が、すばるクリティーク賞である。選考委員は、大澤信亮、杉田俊介、浜崎洋介、中島岳志（のみゲスト）の四名で、二〇一八年の第二回は赤井浩太「日本語ラップ feat. 平岡正明」が受賞した（「すばる」二〇一九年2月号掲載）。表題の通り、昨今何度目かのブームとなっている「日本語ラップ」と、特異な文体とマルチな活動で知られた評論家、平岡正明を重ねて論じたものであり、長崎健吾とは対照的に、青臭くさえある勢いと気負いに満ちた文体がユニークである。しかしよく読んでみれば、長崎と同様の生真面目さも透けて見えてくる。平岡にかんしては、音楽家でもある大谷能生が、その膨大な著作のほぼ総てをレビューした『平岡正明論』も二〇一八年に上梓されており、二〇〇九年の没後も新しい読者を獲得しているようである。

　高橋源一郎の『日本文学盛衰史』（二〇〇一年）が、平田オリザ率いる劇団「青年団」によって舞台化された。「日本文学」の黎明期（黄金期？）を支えた綺羅星のごとき文学者たちが次々と登場する小説仕立ての文学史＝文芸評論というべき同作を、いったいどうやって演劇にするのかと思ったが、原作のパロディアスかつ批評的なキャラクタライゼーションを活かしつつ、時制を現在に巧みに移動させた秀抜な仕上がりとなっていた。この上演に前後して、『日本文学盛衰史』の続編として「群像」で連載されたものの、長らく単行本化されていなかった長編小説が『今夜はひとりぼっちかい？　日本文学盛衰史　戦後文学篇』として刊行された。前作同様、実在の文学者たちが多数出てくるのだが、これも前作と同様、道具立てや社会背景などは執筆時期（二〇〇九年～二〇一二年）にあからさまにズラされており、インターネット以後、SNS以降の環境において「日本文学」が否応なしに蒙ることとなった不可逆的で致命的な変化が極めてアイロニカルに描かれる。

その高橋とは度々対談している斎藤美奈子が、岩波新書の一冊として『日本の同時代小説』を上梓した。コンパクトな頁数のなかに、一九六〇年代から二〇一〇年代に至る半世紀もの小説史を封じ込め、総勢数百名の小説家を取り上げたもので、こう書くと如何にも労作という印象を受けるかもしれないが、斎藤の数ある著作の中でも比較的ライトな内容となっている。読書ガイドとしては重宝されるのかもしれないが、同じ著者による、もっと長尺の「日本の同時代小説」論が読みたいと思うのは筆者だけではないだろう。徹底して社会反映論的な評価軸と、「純文学」は「社会」との紐帯を失念してはならないという実に真っ当な、それゆえにある意味平凡な、それゆえに反動的とも受け取られかねない主張は、今や傾聴に値するものなのかもしれない。

「近代日本の批評」の参加者のひとりでもあった三浦雅士の『孤独の発明　または言語の政治学』は、デビュー作『私という現象』（一九八一年）以来、言語論（文学論）と身体論（舞踊論）を縦横に交錯させながら、実のところ一貫して「「私」という現象」の生成過程、その秘密を問題にしてきた著者の集大成というべき大作である。三浦は水村美苗の『日本語が亡びるとき』の再読から思考を開始し、自らの「孤独」の容器である「日本語」の淵源と深層を探り当てるべく、長く曲りくねった道程をひたすらに辿ってゆく。小西甚一、大岡信、チョムスキー、折口信夫、白川静、司馬遼太郎、等々、しかしそれは博覧強記というよりも、三浦雅士という夢想する孤独な散歩者が、ひょっとすると何度目かかもしれない角を曲がってみたところで不意に出くわした、懐かしくもあり、また新鮮でもある「文＝人」たちとの邂逅が、穏やかな熱を帯びた筆致で描き出されていくかのようだ。全編を通じてとりわけ特権的な導きの糸である大岡信が連載終了間際に亡くなったことを記す「あとがき」まで、二読、三読に耐える、豊饒な、そして孤独な書物である。

『孤独の発明』と同じく「群像」での連載が一冊に纏められた前田英樹『批評の魂』もまた、三浦とはまた違った仕方で「批評」という「孤独」の技法と、その原理を晒け出す。前田はソシュールの研究から出発したが、映画、美術、武術、文学など、領域横断的な批評を行なってきた。彼の「領域横断」ぶりは独特なものだが、その根本に在る「魂」の在処と様態が、この本では語られる。小林秀雄のあまりにも有名な「様々なる意匠」から、小林と切り結んだ正宗白鳥へ、次いで河上徹太郎が、岩野泡鳴が言及される。白鳥の『自然主義盛衰史』がつぶさに解析され、やはり白鳥を経由して内村鑑三の信仰の問題が、そして再び小林秀雄を通して本居宣長が、次々と舞台上に姿を現しては入れ替わり立ち替わり、長い永い時間を行きつ戻りつしながら、前田は「批評の魂」に向かって、いわば螺旋状に掘り進んでゆく。「孤独な未完の自画像を描き続ける批評の魂は、停滞を知らない。仕立て上げられた知識の凝固も腐敗も、ここでは無縁のものだ」と前田は書く。まるで三浦雅士が書いた文章のようではないか。

やはり「群像」に分載された安藤礼二『大拙』は、安藤の過去の著作の中で非常にしばしばその名が書きつけられながら、一冊に纏まった本がなかった鈴木大拙にかんする待望の長編論考である。大著『折口信夫』（二〇一四年）と同じく、評伝と批評を自在に往還する論述のダイナミズムには、ますます磨きがかかっている。安藤の独自性は、実証的な側面や先行研究への配慮に最大限留意しながらも、ここ一番となると、推理と想像を思うさま臆することなく駆使して、事実の証明とはまったく異なる次元に論を飛翔させようとするところである。『折口信夫』でもその跳躍ぶりは際立っていたが、本書も同様である。いうなれば「大拙その可能性の中心」なのであって、それゆえ、これは「論文」というよりも「批評」なのである。折口と同じく、すでに夥しい数の評論が存在する大拙について新たに安藤が書けるのは、何処かに秘匿されていた資料を発見したからでも、知られざる伝記的事実を獲得したからでもない。彼が鈴木大拙という「人＝文」を、創造的に読むことが出来たからに他ならない。

平成の終わりがけ、もう随分と前から「批評＝文芸評論＝思想」という等号は失効しているが、それでも試みをやめない者はいる。孤独な魂たちは、読むことを止めはしない。

4。

二〇一〇年代の最後の年、二〇一九年の文芸評論の世界における重要な出来事といえば、加藤典洋が亡くなったことをまずは挙げなくてはなるまい。享年71。一九八五年に『アメリカの影』で鮮烈なデビューを飾って以来、常に「文学に何が可能か？」を最前線で思考し、発言し、行動し続けた批評家だった。

とりわけ大きな議論を呼んだ『敗戦後論』（一九九七年）以後は、狭義の「文芸評論」の枠に留まらない旺盛かつ果敢な執筆／言論活動を行ない、量、質ともに、吉本隆明、江藤淳、柄谷行人と並ぶ、戦後を代表する「批評家＝思想家」としての存在感を発揮した。文学の問題が、社会の、国家の、時代の問題とイコールに成り得ることを同時代に示すことの出来た稀有な論者であったと思う。結果として生前最後の著書となった『9条入門』と追悼出版と言ってよい『大きな字で書くこと』の振れ幅にこそ、この批評家の真骨頂があった。

加藤典洋は江藤淳が提起した幾つかの論点を批判的に継承した。江藤が自死を遂げる当日に偶然面会していた元編集者の平山周吉による『江藤淳は甦える』は、関係者への綿密な取材と膨大な資料の読み込み、そして著者自身の時として辛辣な意見も辞さない評言によって、江藤の没後二十年にして決定版というべき評伝となった。江藤淳という文芸評論家の才気と野心、その成功と挫折の歴史を詳細かつ見事に描き出している。後半生における江藤の政治への接近には、戦後日本をどのように捉え直すのかという問いとともに、江藤個人の自己実現の問題が抜き難く存在していた。平山の平明な筆致は、そのあたりをじわじわと抉り出してゆく。

江藤淳という批評家は、巨大であると同時に、ある意味で小さくもあった。これはけっして江藤を貶めるわけではない。むしろ江藤は、ともすれば顔を出す自身の卑小さと必死で格闘しながら、批評に、言論に向き合い続けたのだと言ってよい。これまでにも相当な数の江藤淳論が著されており、これからも書かれるだろうが、今後はこの本が掘り起こした幾つもの事実や証言、そして卓見を避けて通ることは出来ないだろう。

江藤淳と若き日には親友といってよい間柄でありながら、小谷野敦『江藤淳と大江健三郎―戦後日本の政治と文学』（二〇一五年）に克明に描かれているように、ある時期から回復不可能なまでに疎遠になってしまった大江健三郎の『全小説』全15巻が完結し、版元の講談社「群像」が二号にわたって重厚な特集「大江健三郎の〈現代性〉」を組んだ（10月号、11月号）。安藤礼二「純粋天皇の胎水」、宇野重規「祈り、テキスト、習慣―大江健三郎と現代日本の精神性」、尾崎真理子「予言者としての大江―「全小説」解説を書き終えて」、工藤庸子「ドン・キホーテからロリータへ―大江健三郎と「晩年の仕事（レイト・ワーク）」」、高原到「テロリストが、生まれる―「セヴンティーン」「政治少年死す」試論」、成田龍一「方法としての「書き直し」・序説―いま、大江健三郎を読むこと」と、文芸評論家以外の書き手が多く執筆しているのが目立つ。

どれもかなり長文の読み応えある論考だが、中でも特集の冒頭に起用された、文芸評論家として唯一、大江健三郎賞を受賞した安藤礼二の「純粋天皇の胎水」は、大江の一時期の小説に頻出する「純粋天皇」なる概念をめぐる思弁を独自の視点から掘り下げた画期的な批評である。今後これを膨らませて一冊の大江論を書き上げることを安藤には望みたい。

その安藤礼二は三冊もの新刊を上梓した。まず『列島祝祭論』は、『折口信夫』（二〇一四年）と『大拙』（二〇一八年）という二冊のモノグラフィ、そして井筒俊彦にかんする一連の仕事の派生物と言える長編論考だが、相手取られるのは、折口、大拙、井筒の思想と思考の根源に位置する「日本」そして「天皇（制）」である。丹念に文献を読解しながら、要所要所で大胆な、まさに「批評的」と呼ぶしかない跳躍を繰返す筆捌きはきわめて刺激的であり、知的興奮に満ちている。「近代を条件としながらも近代に徹底的に抗った表現者たちは、皆、政治の革命だけでなく解釈の革命の根源に還ろうとしていた」（後記より）。すなわちこれは「近代」批判の書でもある。

安藤はこうも書く。「近代を問い直すためにはできる限り遠く近代を離れ、そこから近代を相対化していく必要がある」「近代日本が生んだ卓越した表現者たちは皆、近代日本お乗り越えていくために、時代を超えた自らの源泉に立ち返り、そこからもう一つ別の近代、もう一つ別の世界の可能性を表現として探求し、実践していった」（同）。真の意味でのポストモダンの到来のためにこそプレモダンが召喚され、「もう一つ別の」近代＝世界が要請される。ここに姿を現しつつあるのは文献学でも訓詁学でもない、一個の猛々しくもラディカルな思想である。

『迷宮と宇宙』は過去十年ほどに書かれた作家論、作品論の集成である。全体の三分の二を占める、書名にもなった第一部「迷宮と宇宙」は、二〇一〇年に「すばる」に連載されたもので（『折口信夫』の連載開始よりも前である）、平田篤胤、エドガー・アラン・ポー、泉鏡花、谷崎潤一郎、土方巽、江戸川乱歩、三島由紀夫、澁澤龍彦が取り上げられている。第二部「胎児の夢」は、ラフカディオ・ハーンと折口信夫、宮沢賢治と夢野久作を掛け合わせて論じた二編の論考。そして末尾に置かれた総論というべき第三部は「批評とは何か」と題されている。

第一部と第二部は、大江健三郎賞に輝いた『光の曼陀羅——日本文学論』（二〇〇八年）の続編の趣きがある。「照応と類似」と副題の附された第三部は安藤自身の「批評原論」である。こう始まる。「批評とは何か。もっともシンプルに定義すれば、批評とは、読み、そして書くことだ」。まさにシンプルな定義だが、安藤は「読み書き」こそがもっとも重要かつ困難な営為なのだと言う。「読むことと書くことの基盤、読むことと書くことの起源には言語がある。批評とは、言語とは何かを原理的に問うことだ」。つまり「批評とは何か」という問いは、そのまま「言語とは何か」という問いでもある。しかしここで安藤の言う「言語」とは、一般にそう思われているものよりもはるかに広範な意味と機能を備えている。それは実質的に、人間の意識的無意識的な思考と行為のおおよそ全部を指している。安藤は小林秀雄、吉本隆明、柄谷行人、シャルル・ボードレール、ステファヌ・マラルメ、アルチュール・ランボーと、批評の先達を足早に経巡りながら、最後に柳田国男にごく短く、だが鋭く触れる。また、この文章は、そのまま『列島祝祭論』

のイントロダクションにもなっている。

『吉本隆明――思想家にとって戦争とは何か』は、「戦後思想のエッセンス」というシリーズの一冊として刊行された吉本隆明論である。同シリーズからは他に、大澤真幸が聞き手と編者を務めた『戦後思想の到達点　柄谷行人、自身を語る　見田宗介、自身を語る』と、中島岳志の『石原慎太郎　作家はなぜ政治家になったか』が刊行されている。他の二冊とはある意味では正反対とも言えるアプローチだが、ここで安藤は詩人＝文学者としての吉本隆明と思想家＝戦後知識人としての吉本隆明のあいだに通路を開こうとする。しかも安藤の視座はあくまでも前者に置かれるのだ。これは安藤が他の批評対象についても一貫して採ってきたスタンスであり、彼が「文芸批評家」であるゆえんである。コンパクトな頁数で戦後思想最大の巨人の全体像を摑み取ろうとする力業だが、安藤がはじめて触れた吉本の著作であったという『共同幻想論』を核とする吉本の柳田国男理解への応接が論脈の底を走っており、最後にはやはり「批評」の二語が記される（後記「来るべき批評の未来に向けて」）。こうしてみると安藤が二〇一九年に出した三冊の本はすべて繋がっている。

磯崎憲一郎の小説以外の文章を一冊に纏めた『金太郎飴　磯崎憲一郎　エッセイ・対談・評論・インタビュー 2007―2019』は五百頁を超える大冊だが、著者自身が題名で「金太郎飴」と述べているように、頑固とも呼べるほどに一貫した姿勢が却って好ましい。もちろん、その「姿勢」はさまざまな言い方が為されているのだが、私なりに言い換えれば、それは「小説至上主義」ということになるだろう。「文学」ではなく「小説」であるところが重要である。小説に「新しさ」を求めない、むしろマルセル・プルーストやフランツ・カフカ、サミュエル・ベケットを繰り返し読むことの価値を主張する磯崎は、しかし保守的なのではない、まったく逆である。彼は「小説」においてはモードの更新とはまったく別のところに、いわば絶対的な新しさが宿っているということ、「小説」における「前衛」とは時間的推移とは無関係なのだということを、まさに金太郎飴のように言い募っている。私もまったくその通りだと思う。そしてそのことを磯崎自身の小説が何よりも雄弁に証明している。

　最後に、非常に僭越ではあるが私自身の著書について述べておきたい。『私は小説である』は、内容的には『新しい小説のために』(二〇一七年)の後継となる論集である。今しがた磯崎憲一郎の「小説の新しさ」批判に首肯したばかりだが、私が前著で掲げた「新しい小説」とは、磯崎も含む何人かの現代日本の小説家たちによる、いうなれば「強い必然性を伴った実験」のことだった。『私は小説である』には、同じ問題意識のもとに一時期集中的に発表した小島信夫と小沼丹にかんする長短さまざまな文章を中心に、大江健三郎と村上春樹の初期作品を比較した長編論文や、村上の『騎士団長殺し』論、小説家としての蓮實重彦を総体的に論じた批評などが収められている。

　どうも私も「金太郎飴」的に同じようなことばかり書いている気もするが、多少とも真面目にやろうとすると、どうしてもそうなってしまうのかもしれないとも思う。

批評から創作へ

倉本さおり×佐々木敦

佐 たぶん僕、倉本さんと今年（２０２０年）話すの初めてですよね。

倉 いや、豊崎由美さん、大森望さん、杉江松恋さんと毎年参加している Twitter 文学賞で会ったじゃないですか（笑）。あのとき実は私がけっこうエグい咳をしてて、クラスターが発生するんじゃないかって。

佐 あ、そうだった。そうだそうだ（笑）。確かにあなた咳してましたね、そういえば。全然忘れてた。あれが一月でしたっけ。

倉 三月七日。

佐 日にちの感覚がなくなってる……。じゃあ、もう四カ月ぐらい前ですね。全然記憶から消えた。コロナ前の今年の出来事が記憶から全部飛んでしまってる。

倉 そうそう、そうなんですよ。だから佐々木さんからいただいたゲラの文芸時評を読んでいると……。

佐 すごい昔な感じがするでしょう。三月の末までだから、コロナが本格化する前で終わってるし。最終回に感染症を扱った作品（砂川文次「臆病な都市」）を取り上げているけど。

倉 砂川文次さんの作品は、今のコロナ禍を予見していたのでは、なんて言われていますね。たぶん砂川さんがあの作品を書き始めたころは新型コロナウィルスのことなんか全くニュースにもなっていなかったと思いますが。

佐 そこから考えると、今日が七月十日なので、もう三カ月以上経ってるわけで、時間が経つのが異常に速い。このZOOM対談を今日に決めたときは、だいぶ先だなと思ってたんですけど、あっという間に来ちゃった。

倉 今回の刊行のきっかけって、佐々木さんが文芸時評を五年間やり続けてきて、これを何かの形にしようと思った、ということだったんですよね。

佐 はい、僕は東京新聞他の、いわゆる新聞三社連合の文芸時評をちょうど五年間やらせてもらったんです。新聞によって違うと思いますが、僕がやっていた文芸時評は、基本的にひとりの人が、本人がやめると言わない限りずっと続けるという感じだったらしいんですよね。僕の前任者は沼野充義さんだったんですけど、沼野さんもたぶん十年ぐらいされていて、その前の人はもっと長かったというのをお聞きしたんですよ。逆に言うと、僕が退任したのはちょうどきりよく丸五年になったんですけど、それはまったくの偶然なんです。去年、文芸時評を含めて仕事を整理しようと思い立って、三社連合に契約はいつまでかと聞いたら、たまたま二〇二〇年三月までだった。普通だったらそのまま自動更新されるんですけど、更新しない、思う処があって次の更改のタイミングで退任させていただきたいと申し出て、以後はその前提で半年ぐらい残りをやっている感じだったんですよね。やめると決めたときは丸五年なんて全然意識していなくて、計算してみたらそうだったという感じで、自分としては五年もやっていた感じがしない。あるいはもっと長くやっていたような感覚もあって、とにかくこのタイミングになった。それで、五年分というとどれぐらいの分量なんだろうと考えてみたときに、新聞の文芸時評は文字数がすごく少ないからそんなに分量はないんじゃないかと思って計算してみたら、意外とそこそこの枚数になっていたので、それに何か足したりすれば文芸時評の本が作れるんじゃないかと思いついた。なおかつ「ことばと」のことがあったので、書肆侃侃房の田島さんに話をしてみたら、書籍化を引き受けてくださったんですよね。紆余曲折あったあげくタイトルは『絶体絶命文芸時評』になりそうなんですけど、十年ぐらい前に出した一冊目の文芸時評本が『絶対安全文芸時評』だったので、「絶対」繋がりでいいのじゃないかと。自分の中でひとつのサイクルを閉じるという意味でも、自分にとって最後になるかもしれないこの文芸時評は本にしたかったということがあったんです。田島さんが「やりましょう」と言ってくださったので、今に至るという感じです。

新聞に書く文芸時評

倉 いまちょうど『絶対安全文芸時評』の話が出たのでお聞きしたいんですが、新聞ってある種パブリックな空間というか、全く文学に興味がないかもしれない人たちも読む媒体じゃないですか。そこに載せる時評ということで、心構えや書き方は変わってきましたか。

佐 たまたま昨日の夜（七月九日）、渋谷のSPBSという本屋さんの主催で、「いま文芸誌があつい！［緊急開催］５大文芸誌が大集合！　文芸誌サミット」というZOOMのトークイベントがあって、自分の担当者が多かったので見てたんです。幅広い話題が出て面白かったんですけど、新潮の杉山達哉くんが、文芸誌というものを知ったきっかけは、「スタジオボイス」で僕がやっていた連載「絶対安全文芸時評」をたまたま読んだことだったという話をしていて、それが十二年ぐらい前なんですね。僕はいろんなジャンルで仕事をしてきたライターなので、文芸の世界、あるいは「文芸誌的世界」と僕は呼んでいるんだけど、何誌かの文芸誌が形づくっている世界というか、昔だったら文壇と言われたようなものに対して、アウトサイダーとしてやってきたわけなんですよね。二〇〇〇年代半ばぐらいまではまだそんなに文芸誌には書いていなかったし、「絶対安全」というのは「文芸誌の外にいるから好きなこと書いていいよね」というアイロニカルな意味だったので、最初は完全に言いたい放題言ってもいいという体で、外の人として始めたわけです。実際には性格的に、言いたい放題言う、みたいな感じにはならないんですけどね（笑）。それで『絶対安全文芸批評』と『文学拡張マニュアル』という「スタジオボイス」の文芸時評が元になった本が出て、それが僕の文芸批評の最初の二冊だった。そのあと、二〇一〇年代、僕は文芸誌でたくさん仕事をしてきて、自分は今でもある意味でアウトサイダーの気持ちが強いのだけれども、端から見たら「アウトサイダーなんて絶対言えないでしょ」という感じに急激になっていったわけですよ。文芸誌で書く評論系のひとが必ず通る道、文學界の新人賞小説月評とか群像の創作合評とか、そういうものを経て、新聞の文芸時評の依頼が来た。文芸時評の第一回で僕は「自分は文学が何なのか今もわかっていない」と書いているんだけれども、自分では正直な気持ちのつもりでも「お前何言ってるの」と思われても仕方がないぐらい、文学関係の仕事をするようになっていたのも事実。最初は本当にアウトサイダーとしてインサイドのことをやっていたんだけど、やっぱり途中からは他人から見ればインサイドであることは否定できない。それでもアウトサイダー的な感覚を失うことはない感じでやってきた。だから、作品の評価の仕方とか好みはあまり変わっていないかもしれないけれど、『絶対安全文芸批評』と『絶体絶命文芸時評』を比べたら、やっぱりけっこう違うんじゃないかと思うんですよね。それは書いている方としても、先ほど倉本さんが言ったように、新聞は誰が読むかわからないということがあるし、誰もに読んでほしいという気持ちもあるわけです。でも実際には新聞の文芸時評を熱心に読んでいるのは、やっぱり文芸界隈の人たちなんだよね。そういうつもりはなくても自分の発言がプレイヤーの一人の発言として受け取られちゃう、みたいなことはどうしても意識しないわけにはいかない部分もあって。だからたとえば芥川賞に対する距離感とかは、十年前には完全な他人事なので、面白がることはあってもまだいわばメッタ斬り的な距離感だったけど、今はやはりメッタ斬りの側ではない。そう意識して書いているつもりはなくても、どこかで意識せざるを得ない。

倉 『絶対安全文芸時評』のときには、あまり作者のプロフィールを説明するようなことはなかったと思うんですけど、今回の時評を読んでみると、作家のプロフィールとか立ち位置だけではなくて、発表された文芸誌の今現在の立ち位置みたいなものまで含めて書いている。

佐 そうですね、昔は作品第一だった。

倉 たとえば佐々木さんが今回の時評を始めた頃はちょうど「文學界」が武藤（旬）編集長時代で。

佐 そうそう、昨日のトークでも話題になってました。武藤さんの時代は文學界がもっともカルチャー寄りの特集主義を採っていた時代。現在の丹羽編集長になって変わってきたけど。

倉　時評って通読すると見えてくる部分も多いんですよね。もしかしたらうがった見方かもしれないけど、今回の佐々木さんの時評を通読してみて、「文學界」へのアラート的なツッコミが特に多い気がしました。

佐　武藤さんは、まあ映画が好きだとかご自分の志向もあったとは思うけど、やっぱり文芸誌がどうやってサバイブしていくのかということを考えた結果、あの路線になってたんだと思うんです。僕も個別の特集や記事は面白く読んでたのだけど、ともすれば肝心要の小説が置いてけぼりになってしまうのでは、という危惧があったんです。文芸誌はやっぱり基本は創作で勝負してほしい。でも実際には武藤時代に文學界は話題作を連発したんだけどね。でもまあ、いわば一種の禁じ手を選んだように僕には見えたので、イケイケだからって他誌が追随しないように及ばずながら釘を刺そうとした、のかなあ。

倉　そう。「独自のカルチャー路線を行く」という表現が佐々木さんの時評の中に頻発するんです（笑）。

佐　「独自の」という表現がちょっといやらしいですよね（笑）。それは全然意識してなかったけれども、確かにそのとおりだと思います。

倉　やっぱり、その斬った刀がどこに向かうのかという点に佐々木さんの問題意識が明確に表れていて、ある種の特集主義に対する危機感みたいなものがあったのではないかと。

佐　雑誌だから、もちろんいろんな記事や特集があっていいと思っているんですけど、文学以外のテーマの特集で跳ねると、それに引っ張られるということがあって、そこに対するバランスみたいなことはやっぱり気になる。もともと十年以上前に「スタジオボイス」で文芸時評をやったのも、若い頃から文芸誌を好きでずっと読んできて、その上でのことだから、文芸誌的なるものに対する愛情は一応あるつもりなんですよね。だから僕の文芸時評って、特集のこともちょろちょろ書いてはいるけど、やっぱり作品中心なんですよね。連載はほぼ扱わない。とにかく小説をいくつか必ず取り上げるということをやらないといけないと思ってきた。特に二〇一〇年代の新聞各紙の文芸時評ってすごく変質していて、僕みたいに毎号作品を取り上げて書くというオーソドックスなスタイルは少なくなってしまった。なんか謎のエッセイみたいなものとか。

倉　それ、石原千秋さんのことですか（笑）。

佐　「今月の石原千秋」みたいなやつとか、あれはあれで面白いけれども、もう文芸時評ではないわけです。だから作品ガイドみたいなものをある程度きちんとやっておきたいという気持ちはあって、それが特集に対するある種の物言いに繋がっている部分はあったと思うんですよね。ただ、別に特集が悪いわけではないし、僕は雑誌が好きだから、一ライターとしても特集が大好きな部分もあるんです。だけど、文芸誌はそこのバランスがものすごく重要。「文學界」は編集長交代で路線が変わったけれども、ちょうど綺麗にクロスするような形で「文藝」が新しい特集主義へと変わった。もともと特集はやってたけれど、前の編集長の時代はどちらかというと作品中心だった。そして「群像」が特集だけとも言えない大きなリニューアルをした。

倉　武藤時代って、他の雑誌もなんだか不思議な動きをしていましたよね。

佐　文芸誌は毎月ほぼ同じ日に出るし、倉本さんもご存じのようにすごく狭い世界だから、文芸編集者ってお互い仲がいい。どうしたっていろいろと事情や状況を共有しあってしまうし、当然お互い刺激も受けるだろうし、でもライバルでもあるという。昨日の話題で面白かったのは、「群像」の森川（晃輔）くんが、「フェミニズムの問題を「文藝」がとりあげてバズッたけれど、いちばん最初にやったのは「すばる」ですよね」という話をしていて「そういう流れは実は「すばる」から始まったんじゃないか」みたいなことを言って、「すばる」の岸（優希）さんが喜ぶ、みたいな。で、「新潮」は今はほぼ特集をしない。

倉　発表される創作に基づいた特集以外はあまりしないですね。

文芸誌における特集

佐　特集は月刊誌である以上やろうと思えばいろいろやれる

し、やった方がいい部分もあるけれども、やり方は文芸五誌だけをとってもバラバラで、その違いはウォッチャー的には面白かったりするわけです。だから、文芸時評をやっていると、毎月何かしらみんな工夫を凝らして特集をやっているから、それを紹介するだけでけっこう文字数がいってしまうので、それはちょっと捌くのが難しかった。かといって、明らかに話題になりそうな特集を完全にスルーすると、わざと無視しているようにも見られかねない。まあ「文藝」に関してはそういう感じを出してしまった部分もあるんだけれども、それは全然他意はなくて、作品を二つか三つは絶対取り上げたいと思うと、文字量的にどうしても全部を俯瞰した形では書けない。それに「文藝」は絶対他でも話題になると思ったし。倉本さんはいま共同通信の時評をやっていらっしゃるけど、共同通信って一カ月に一回で、文字量ってどれぐらいなんですか。

倉 短いですよ。一七〇〇字ちょっとしかないですね。

佐 あ、同じだ。僕のも一九〇〇字だったのが一六〇〇字になったのかな。忘れちゃったけど、とにかく新聞の文芸時評って二〇〇〇字いかないんですよね。だからどうしても選別と焦点化が必要になってくるし、結局泣く泣く落としたり、ああ、あれも取り上げたかったなとこっちが思っていても、読む側は「敢えて外したんだな」ってなるわけでしょう。

倉 それ、ものすごく言われますね。

佐 僕がいちばん刺さったのは、栗原裕一郎氏から『コンビニ人間』を初出で取り上げなかったと指摘されて、そのときには「これはちゃんとケツを拭かなきゃな」みたいなことは思いましたよね。芥川賞の候補になったり、受賞したものでも、オンタイムで取り上げなかったものはやっぱりいくつかあって、それは当然、芥川賞のタイミングできちんと取り上げてきた。逆に言うと、初出時にちゃんと書いたものは芥川賞をとったら二回書くことになっちゃうから、それは避けたいということもあって、なかなか難しいですよね。

倉 佐々木さんの時評のイメージって、リアルタイムで読んでいたときは、もしかしたらツイッターでの発言のイメージが強かったのかもしれないですけど、「僕はこれが好きだ」っていう個人主義でやっているイメージがものすごく強かったんですよ。でもこうやって通しで読んでみると、意外と全体を網羅している印象というか。内容の細かい部分にまでは踏み込んでいなかったとしても、こういう対談、鼎談をやっていたっていうことから誌面全体の構成まで伝えていて、時事性というか、時評イコールニュース性みたいな部分も積極的にキャッチアップしているのかなと思ったんです。

佐　これってジレンマだなと思うのは、作品主義で三つぐらいちゃんと小説を取り上げたいと思っていても、自分の中で取り上げるべき小説が二つとか一つしかないときもあるんですよ。あるいはもっと多いときもある。面白い特集もたまたま三誌ぐらいやっていたり。それって時期の問題もあるわけだけど、そういうときに取捨選択をする必要もあって。倉本さんが言ってくれたように僕は批評家としてはかなりの「推し派」で、この作家はいいと思うと芥川賞をとるまでは褒め続けるとか、そういうところがあるわけです。

倉　それ、読んでいてめっちゃ感じました。とらせるまで推し続けるというのをアピールしている（笑）。

佐　でもその一方で、ウォッチャー的な、文芸誌的世界のポリティックスを見ないといけないという気持ちもあるから、一応批評家なので、そういう感覚に引き裂かれることが時にはあったんですよね。結局、多くを語ろうとしても中途半端にしかならないから本当に難しくて、最後の二年間で文字数をさらに減らされたときは、「これどうやるんだろう」って思った。江藤淳の『文芸時評』とか柄谷行人の『反文学論』とか、昔の偉い文芸評論家の文芸時評が本になっているものを読むと、あの頃ってすごくいい時代で、一回の文字量が今とは比較にならないぐらい多いわけです。そうすると論も張れるけど、今はそれとは全く違うところで、少なくともゼロ年代以降ぐらいの文芸時評家は闘わなければならない。なおかつ、特にこの十年は新聞の文芸時評を作家が書く、プレイヤーなのにアンパイアも兼ねる、みたいなことが増えてきていて、純粋な文芸批評家というのはすごい少ない。

倉　そもそも現行の芥川賞の選考委員が作家のみで構成されていますからね。

佐 ある意味なかなか苦しい闘いをしなきゃならない部分もあって、それを承知でやっていることだから仕方ないとはいえ、どこかで疲弊してくる部分というのはある。たぶん倉本さんも僕と近い仕事をしているから、これってやっぱりなんか疲れてこないですか。

倉 昔の、それこそ江藤淳の頃の文芸時評って、あらすじとかは書かないんですよね。もうそのへんの知識は共有しているものとみなして、どんどん判断を書き連ねていく。でも私たちの時代は、石原さんみたいに自由にやっている人もいるにはいるけれど、やっぱり読んでいない人たちのことを予め想定して語らなければいけない。つまり、ある種のあらすじを提示することで、ジャッジメントをするという目標を共有するための手続きみたいなことをしないといけない。その手続きに腐心しているうちに「あれ？　私、なにやってるんだっけ？」って思うことはある（笑）。そういう点に関しては、それこそ栗原裕一郎さんが村上春樹さんの『ダンス・ダンス・ダンス』に出てくる「文化的雪かき」っていう表現を援用してしょっちゅうぼやいていますが、雪かきの疲弊みたいなものは多少なりともありますね。

避けて通れない「あらすじ問題」

佐 そうだよね。今言った「あらすじ問題」、少し前にツイッターとかで話題になっていたりした。確か、国語教師だかの人が「読書感想文なんていらなくない？」って言って、読書感想文よりあらすじをちゃんと書ける方が重要なんだ、みたいな話が出てた。僕はそれに対しては異論もあるんだけど、僕らの大先輩の豊崎由美さんもかねがね、あらすじを書く能力はすごく重要なんだとおっしゃっていて、その話題にも確か参戦していました。僕は、批評対象をすでに知っている人と、まだ知らない人の両方に訴えかけるにはどうしたらいいか、ということをずっと考えてきたんです。だって、読者は両方いるわけだから。けれども、当たり前だけどこの二つはぜんぜん違う。昔は今よりももっと文壇というものがはっきりとあったから、文芸時評ってどこに書いていようが結局は文壇を相手にしか書いていなかったわけです。それで成り立っていたけど、我々はどこかで、もちろんやっぱりそこでしか機能していないのかもしれないという不安は常にありながらも、その一方では外に開かれていて、偶然読んだ人が「あれ、こういう小説がこの雑誌に載っているんだ、面白そう」って思ってくれることをどこかで使命として考えている部分がある。そうすると、少なくともそれがどういう小説かを紹介することは重要だと思う。でもそうすると、また文字数が嵩んでしまう。

倉　佐々木さんの、それこそ文芸時評の第一回でも「自分には文学なるものはわからないんだけれども、それを読んだ人が何か新しい視点や世界を拓けるということが、『文学は何か』であるより重要だ」と。ずっとそれを繰り返しおっしゃっていますね。

佐　そうですね。自分がそうしたいというだけではなくて、そうあるべきなんじゃないの、という気持ちもやっぱりあるんです。新規参入読者という存在がすごく重要なわけで、それは単純に読者の幅を広げるということもあるし、そろそろ文字とか本を読むことが好きになりだしたティーンエイジャーが文芸誌に興味を持つモーメントってものすごく少ないわけだよね。僕は大学で「文芸誌について考える」みたいな演習をやったことがあるんだけど、そうすると出版業界に就職する人も多い学部であるにもかかわらず、四十人の履修生で文芸誌を買ったことがあるのは一人か二人なんだよ。でも、その一人か二人が文芸誌編集者になったりする。やっぱり年を取ってくると若者に新規参入のきっかけや誘因を与えたいという気持ちが湧いてくるんですよね。だからどうしても、入りやすい時評を書きたいというのはあった。

倉　ジャーゴンとしての批評用語みたいなものって佐々木さんの時評にあんまり出てこない印象です。今村夏子さんの評とかすごく面白い。

佐　今村さんには僕はわりと熱いですよ。

倉　批評用語的なものを避けた言い回しがすごく多いなあ、と。例えば、「それはもはや文法的に変であっても意味は通じる、むしろその変であることによってこそ伝わる何かがある、という次元にまで及んでいる」。これは保坂和志さんの「未明の闘争」以降の小説のことなんだけど、たぶんこういう言い方ではなく、あるテクニカルタームを使えば五単語ぐらいで完結することなのかもしれない。でも、そういう文芸的な地場の中でしか通用しない言葉を使っちゃうことによって間口を狭めてしまうということって絶対あるよなあと。

佐 これだけじゃなくて、「ご存じ」っていうのが嫌なんだよね、すごく。

倉 「ご存じのとおり」とか「言うまでもなく」構文ですね。

佐 僕は、オフで普通に喋ったりするときは、どちらかというと頭の働き方が「ご存じ型」の人間だと思うんです。だって「ご存じ」だから。だけどそれはやっぱり避けたいというか、まだそのことを知らない人にばっかり向くんだよね。それはもう、今までの他の批評でも全部そうだったから、だからマニアックな対象を扱っているのにマニアに嫌われやすい。それは自分ですごく自覚していて、そこは文学に関しても露骨に出ちゃっている。最初の話に戻りますけど、それは新聞時評だということも大きいと思う。それとともに、追って各紙のウェブサイトにも転載されるので、より広い読者に読まれる可能性を考えざるを得ない。倉本さんがやってる共同通信の時評がウェブに載らないのは、配信だからいろいろ問題はあると思うんだけど、すごくもったいないと思う。だからまとめて本にするのはすごくいいことだと思うし、今は将来出す本の一部を書いてる感覚でやってほしいです。ネットに載ると、新聞とはまた違う読まれ方をするじゃないですか。それは僕はすごく意識していました。今は書評もすぐネットに転載されるし。

倉 共時性みたいなものがいったんぶち切られるところはあると思いますね。

佐 そうですね。基本的には、特に新聞はその日の新聞なわけじゃない。その翌日の新聞にはもう載ってない。それを意識する部分は一方であるんだけど、もう一方でそれがネットにもあがって今でも読まれちゃうという、両方がある。実際自分がやっているときは月単位で締め切りに合わせて考えて入れているから、そんなに連続性があるわけじゃないつもりでも、今回五年分を読んでみると、やっぱりある連続性とか、統一感があったり、あるいは「金太郎飴」みたいに同じようなことばかり言っている。それは、今回も同じようなことを言っておこうというのではなくて、ある年月によって堆積された分を改めてもう一回トレースすることによって初めてわかることで、それは自分にとっても新鮮ではありましたね。

倉　これは後で詳しく聞こうと思っているんですけど、時評で佐々木さんが危機意識を持っていたことが、佐々木さんが「半睡」で書いたことに結局は反映されているんだなということは思いました。

佐　結局繋がっているんですよね。文芸時評をやりながら出した何冊かの本とか、文芸ジャンル以外のものとかも全部繋がっている。これは自分の売りでもあり、よくないところでもあると思っているのは、あまりにもたくさんのことをやっているので、僕がやっていること全部を把握している人は僕ぐらいしかいないと思うんですよ。そういうふうに考えると、結局はある面、ある面しか見られていないから、それぞれの面だけでも勝負できるようにしておかないといけないという気持ちはやっぱりあるんですよね。二十年ぐらい前だったら、みんな僕のことを音楽の人としか思っていないわけで、今はどちらかというと文学の人、あるいは演劇の人だと思われたりすることが多い。自分は一人だから結局自分のこだわりの中で仕事をしているので、こだわりが結果的にある種の分散のように見えるものを生んでいるだけだと思っていても、やっぱり端から見たらそういうことではないから、それも本をたくさん出すということに繋がっている気がする。一冊一冊はバラバラだけど、何冊か読んでくれたら、「この人って実は同じことをいろんなジャンルに関して考えている人なんだ」ってわかってもらえるはずだと思うので。まあ、昔はこんなことは思っていなかったけど、年を取ってきて考えるようになったよね。

倉　時評ないし批評の役割についてちょっとお聞きしたいんですけれども、私は佐々木さんの時評を読んでいて、かなり意識的にアラートを鳴らしているなと感じたんですね。例えば「人気作家が「責任編集」する特集は、ともすれば業界人の顔見世興行になってしまう危険性を帯びている」とか、「文芸誌の特集もずいぶん「手を替え品を替え」感が出てきたものだ」とか、「文芸誌の特集主義的傾向については何度も書いてきた」とか。ある種のコメンテーター役を自認する形で楔を打ち込んでいるイメージを持ちました。

佐　「文藝」はあなたも連載されているから言いにくいんですけど、リニューアル後の「文藝」も諸手を挙げて「すごい！」とは言っちゃいけないと思っている自分もいて。確かにあのバズり方はすごいことではあるんだけど、僕は昔から、まだ評価や人気を得てないものはアゲて、すでに人気や評価のあるものには辛くなる、という傾向が強いんですよ。みんな褒めるだろうから、自分は敢て苦言というか小言を記しておこう、みたいな。まあ、ファンや支持者が多いものにそれをすると無意味に敵を作るんだけど。現に「文藝」はまったく原稿依頼をしてこないし（笑）。そのさじ加減みたいなものは、何だろうな……人によっては「上から目線」と思う人もいると思うんですよね。だからすごく気を遣うんだけれども、どちらかというと僕は素朴に、ほんとうに思ったことだから書いておこう、みたいな感じなんです。思ってもいないことをあえて書く、みたいな作為の次元の話ではなくて、本当にそう思っちゃったからやっぱりこれは書いておかないと嘘になるんじゃないか、という気持ちが強い。アラートって言ってくれたけど、アラートとか釘を刺すとか、そんな偉そうなことをする感覚でもなくて、それに俺のアラートなんか誰も真に受けやしない（笑）。ぐるぐる回っちゃうんだけど、だからともかく書いておこう、でもある。そこは本当に両方で、僕はどこかで、人によって見え方はいろいろだと思うけど、自分が怪我するのを避けるみたいなことはそんなに考えていないというか、怪我してもたいした問題じゃないという気持ちがどこかにある。よく僕、褒めてばっかりとか言われるんだけど、今言ってくれたように意外と厳しいことも言っているわけです。

倉　うん、意外なほど（?）言ってますね。

佐　でも、その厳しいことは、どちらかというと相手が「そんなこと言われても」としか言いようがないことに対して言っている場合が多い。でもむしろ「そんなこと言ってもしょうがないじゃん、状況が状況なんだから」とか、「こういうときなんだから、それはありにしないと」とか、そんなようなことに対してむしろ言っておきたい気持ちがすごくあるんですよね。あんまり効力を発揮してないけど（笑）。でも言いたいんだよ。

倉 なんでアラートだと思ったかというと、又吉直樹さんが芥川賞を受賞された直後の佐々木さんの時評の中に、「人気芸人の受賞が「文学」に齎すものよりも、いきなりの芥川賞が、この出てきたばかりの新人作家に、何を与え、何を強いてゆくのかが気になる」とあって。この主客の取り扱い方に私はすごく危機意識を感じ取ってしまった。

佐 ある意味では又吉さんにもアラートを出しているからね。危機意識みたいなものはやっぱりあるんです。これはヤバいなとか、特集主義みたいなことに対してもそうなんだけど、これはいいことだとされているけど、実際いいことなんだけど、それがいいことだという方向だけにどんどんいくと、よくないことの方に向かってしまう、みたいな、悪い予感みたいなものがわりとあって、それは書いておきたい、時評だから、というのはあるんですよね。それを読んで、「あ、そっちはまずいんだ」と思う人はたいしていないのかもしれないけども。そもそも文芸誌を毎月チェックして何かしらのことを思う人ってすごく少ないわけだし。そういう世界の中では、「みんなこっちに行こうとしているけど、それは決していいことだけじゃないよ」って言いにくくなっちゃうと思うんですよね。僕は良くも悪くもやっぱりどこかで部外者感がずっとあるので、叩かれてもそんなに失うものもないし、褒められるものもそんなにないから、ちょっと自由にものが言えるという気持ちが今もどこかにある。だから言っておこう、と。別に何かを求めているわけではないけれども、後から見て「あのとき佐々木はこういうことを言っていたんだな」みたいなことがあったときには、俺の悪い予感なり良い予感なりは当たっていたんだなと思って嬉しくなることもあるから、やっぱり引っかかりは書きとめておきたいというのはあったんですね。時評だから。

対岸からの言葉

倉 これは佐々木さんのパラフィクション論にも関係があることだと思うんですが、佐々木さんのコメントって、あくまで「対岸」からの言葉なんですよね。別の土地にいるのではなくて。ただ単に文学門外漢というか、文学的な勢力圏と全く関係がない人がよその国の話を書いているというようなものではなく、むしろ明確に、相対する立場から向こう岸にツッコミを入れているようなコメントが多い。例えば、戌井昭人さんのこととかも何回も出てきているんだけれども「戌井はすでに五度も芥川賞候補になっているのだが、この作品はどうだろうか？」みたいな。

佐 だからずっと候補になってない。

倉 あと「現在の顔ぶれは読み巧者が揃っていると思う。言うまでもないことだが、優れた小説家だからといって他人の小説をよく読めるとは限らない。その意味で、現在の選考委員会は信頼に足る」（笑）。

佐 いやあ、エラそうだよね（笑）。

倉 選者に言及するって、対岸にいないとできないことだなと思うんです。

佐 それと関係があるかどうかわからないんだけど、文芸誌に新たな書き手が参入する方法って、端的に言うと二つしかなくて、一個は新人賞で、もう一個は他分野から連れてくる。

倉 その件に関しては作家さんの中でも危機意識を持っている人はいますよね。上田岳弘さんとか。

佐 たとえば斎藤環さんみたいな精神科医が文芸批評を書くとか、そういうのがすごく増えた。ある意味では僕もそれに近いんだけど、僕が特殊なのは専門がないってことなんですよね。「本当はこういう分野の専門家なんだけど、でも専門外の文学についても書いてます」でさえない。僕はどのジャンルに対してもどこかでそういう感じになるわけです。だからこそ逆に、単純に「外」の人にはならないんだと思う。僕が基本的には音楽批評家で、ふだんは音楽のことばかりやっているんだけど、ときどき文芸誌に呼ばれて文芸批評もやってくださいというふうになったんだったら違うのかもしれないけど、もう全然そうじゃない。でも自分の意識としては、アウトサイダーだと言っているけど、本当は全部の中にいるつもりなんだよね。

倉 そうですね。

佐 全部の中にいるのだけど、外部との関係性や外部への緊張感を内部の者が持っているべきだという気持ちが強いから、対岸みたいな書き方になってくるんだろうね。十年前に「スタジオボイス」で書いていたときは本当に外だったけど、でも読者としてはいっぱい読んでいるから、作品の評価だけじゃなくて、賞をとるとかとらないとか、ややポリティカルな読みみたいなものを勝手に書いても平気だよね、という気持ちがあった。それが「絶対安全」というフレーズになったわけだけど、内部に来たら来たで、「こうなったからには何を言ってもいいよね」という境地に辿り着いてしまって、単に言いたいことを言いたいだけかもしれない（笑）。それに理窟をつけているだけというか。でも、栗原さんのようなリアル外部感とはやっぱり違う、ということは認めざるを得ない。文芸誌でいっぱい仕事をしているから。栗原さんの場合は「俺は文芸誌からはお座敷が掛からない、だから言いたい放題言ってやるぜ」というネタとワンセットになっているわけです。それが面白いわけで。でも僕はそれとはやっぱり違う、どこかで役割を果たしている気持ちもあるんです。

倉 なるほど。もう一つ、アラートの意味なんですけど、必ず受賞後第一作へのツッコミがあるな、ということ。

佐 それはかなり意識していました。結局、二作目が勝負だよ、ということは、又吉直樹についても書いていて、ここ最近、新人賞即芥川賞が増えていて、それってどうなんだろうみたいなことはけっこう繰り返し書いていて、そこは僕の持論なんです。ちょっとは影響する部分もあるだろうから、やっぱりそういう意見があるということを書いておきたいという気持ちはすごくありました。

倉 何回も候補に挙がっていた人、羽田圭介さんや古川真人さんに対しても、受賞後第一作のことを書いていますよね。

佐 受賞後第一作問題というのがあるんですよね。でも、それが受賞後に書かれたとは限らない。実はそこもけっこう気になっていて、ある作品で受賞して、新人作家はいちおう完成して編集に預けても載らないままになってる場合があるから、いけるとなったときにそれを直させて出してくるということも絶対にないとは言えない。それでも、とにかく二作目以降が重要なんだっていうことは言っておきたいというか、ビギナーズラックはあってもいいと思うけど、話題性があったりすると、ただそれだけで売れてしまうから、結果として才能が消費されてしまう。文学だけではないけれども、文学は特に、話題性をどうやってテコに使うのかという点が気になるんだよね。それは僕は嫌いだから、本当は。僕はどっちかというと文芸誌は売れない方がいいと思っているぐらいだから、あまりにも売れないのはよくないけど、あまりにも売れすぎると、それが逆に終焉へのテーマになりかねないと思っているぐらいなので。その罠はやっぱり「話題性」じゃないですか。自分から見て安易に思える話題性への火つけは、本当はすごく気に入らないんだと思う。でも気に入らないとはさすがに書けないから、書き方はちょっと変わってくる。

倉 そもそも佐々木さんは、文芸誌の役割ってどういうものだと思っていらっしゃるんですか。

文芸誌は文学の専門誌

佐 文芸誌じゃないと載らないような小説と、文芸誌じゃないと載らないような評論など小説以外の文章を載せる、ということだと思う。『ニッポンの文学』でも書いたけど、僕は文学って一種のジャンル小説、SFとか時代小説とかミステリーと同じようなものだと思っている。文芸誌は「文学」というジャンルの専門誌なのであって、数ある小説ジャンルの中で純文学と呼ばれる文学がいちばん価値があると考えようとするからおかしくなる。でも文芸誌じゃないと載らないタイプの文章ってあると思うんだよね。それらは文芸誌がなくなってしまったら、もう世の中に登場しなくなってしまう。入れ物と入れ物の中身はワンセットだから。それが僕が文芸誌が存在するべきだと思っている最大の理由です。

倉 例えば、青木淳悟さんや福永信さんあたりの作品群のことですか?

佐 まさにそうで。あるいはもっとすごく古典的な、私小説風の作品だって、個人的な好みはあるけれども、それとはまた別に、仮に文学と呼ばれているジャンル小説の入れ物として文芸誌があり続けてほしいと思っている。でも文学をジャンル小説のひとつとするのは実は少し間違っていたと今では思う。むしろ文学は、他のあらゆるジャンル小説のどこにも収まり切らないような小説の入れ物なんです。ジャンル性の外部としてのジャンルというか。たぶん今言っていることが、特集主義に対する危惧みたいな感覚と繋がっているんじゃないかな。そっちに引っ張られると、いつのまにかそれがメインになってしまう。

倉　私はどちらかというと、いまの「文藝」のような特集主義には肯定的で、分母を増やすことで通気性がよくなるんじゃないかと考えているというか。内向きのスパイラルに陥らず、批評性を持って文学が見つめ直される契機になるんじゃないかなという期待はあるんです。佐々木さん自身も「端的に言って、文学にカテゴライズされる小説の主人公の仕事=職業には多様性が乏しい」って時評の中で書いていますよね。実際、文芸誌って、読む人が書く人になっている面がありますし。でも、集団における多様性の担保が進化の糸口であって、結局はそれが生存率の上昇に貢献するというのは一般的にもよく言われることですよね。もちろん文学的なるもの、ないしその入れ物としての媒体がそのまま「Quick Japan」とか「BRUTUS」に取って替わられてしまうと本末転倒になってしまうんですけれども、読む人の生態とか生育環境は常に多様性があったほうがいいんだろうな、とは思っています。

佐　その観点に立つと、「群像」のリニューアルも基本的にはいいことだと思うんですよね。いろんな志向の読者に開かれている雑誌の作り方みたいなことで考えると。要するに特集に興味を持った読者がその雑誌に載っている他の文章も読んで、「あ、こういうのがあるんだ」という、そこで出会いが生まれる、という。ただ僕は、もちろんそれはそうだし、それが理想なのだけれども、実際には、ある特別な記事や著者にだけ興味を持って文芸誌を手に取ったひとの九割ぐらいは結局それしか読まないと思うんですよ。だからさっきのような希望は、やっぱりそれしか読まれないという現実をどこかでオミットして語られていると思ってしまう。だから開口部を増やすだけでは駄目で、僕は特集よりも作品そのものがより多くの読者を獲得するにはどうやったらいいのかということを考えてしまう。それはやっぱり読者の育成とワンセットなんです。そのためにこそ面白そうな特集とか問題意識で新たな読者を引き付けることはいいことだと思うけど、それだけになっちゃうとやっぱり主客が逆転してしまう。しかも特集ってその時々の話題性、流行、トレンドと繋がっているから、一過性になってしまう危険性があると思うんですよね。

倉　つまりプラットフォーム、それこそ在来線をちゃんとしておいてね、という？

佐　まさにそのとおり。ある特集を文芸誌であるなしにかかわらず興味を持つ人がいる。こういう特集だったらこんな人に書いてもらえば、こういう記事の並びだったら勝てるよね、というのはある。僕も「ことばと」の編集長になったので、やっぱりそういう編集者マインドみたいなものはあると思っているんです。だけど、それに引っ張られるのが怖い、みたいな気持ちはかなり強く持っていて。わかりやすいところで勝とうとするのは安易な気がしてしまう。それにそういうことって自分で火をつけているのではないわけで、世間の話題とか、いま社会や世界で何が問題になっているのか、ということ。それはジャーナリスティックなフォームであって、アクチュアルなことなんだけれども。

倉　そうですね、社会にどうコミットするか、という。

佐　それも僕は半面危険だと思っているわけです。そういうふうにすると、結局それに逐一対応しているだけになってしまうから、自分から問題や価値を作り上げることが難しくなってしまう気がして。しかも今はＳＮＳがあるからホットな話題性にベットしたほうが絶対勝てるので、そうするとどんどんそっちにいってしまうということがあり、そっちに行ってしまうとしばらくは勝てるんだけど、必ずそれはインフレーションを起こす。そうすると、最終的にはむしろ以前よりも苦しくなってしまうのではないか。特に文芸誌は、変に部数が上がるとその部数を維持しなくてはならないみたいな圧力が出てきたりして、売れるのはもちろんいいことなんだけど、結局そのせいで雑誌がなくなることだって起こり得る。今の時代、売れないことは悪かもしれないけど、生かさず殺さず、死なず生きず、みたいな感じでやっていくのが、だって何十年もそれでやってきたわけだから、そっちの方が延命という意味ではまだしもいいんじゃないかと。

倉 ちょっと余談になってしまうんですけど、朝日出版社の営業さんで『うもれる日々』という本も出している橋本亮二さんという方がいらっしゃるんです。とにかく読者として文芸誌を読むのがすごく好きで、毎月三誌は必ず読んでいる。その橋本さんと、双子のライオン堂の店主の竹田信弥さんの発案で「文芸誌を読む楽しみ」について語り合う機会をいただきまして。そのときに橋本さんが、「文芸誌を読むようになるまでは古典とか昔の大文豪の作品を読まねばと思っていて、現代小説を全く読んでいなかった」と。だけど仕事で読むようになったらすごく面白い、となったらしいんですが、一方で、「文芸誌を買っているところを見られるなんてオナニー見られるより恥ずかしい」っていう書き込みをツイッター上で見かけたんですって。

佐 わかるわかる。

倉 わかるんですね（笑）。

文芸誌を買うという隠微な喜び

佐 書店で文芸誌を買うという行為は、人によっては隠微な喜びだったりするんじゃないですか。単純に意外と高いということがあるし。大学で「文芸誌を読んでこい」というのをやったときにも、発表月発売の文芸誌を必ず一誌は読んで、それについて発表しなければいけないのね。で、まずそこで出てきたのが、文芸誌ってどこに売っているかわからない、という話だった。本当に知らないんだよね。一応文学部に入っている子たちなんだけども、彼らが教養として読んでいるのは基本的に近代文学なんです。文芸誌的な小説って本当に読まれていない。にもかかわらず読ませてみると「あれ、なんか面白い」となるわけ。それってすごく希望のある話でもあるし、もう一方で越えられない巨大な壁がずっとあるという感じもする。ある種のカルト性みたいなものがやはり文学にはあって、それはいい面と悪い面があると思っているんだけど、普段はそういうカルトチックにしか存在していない文学というものが、年に二回だけ変に跳ねる。それが芥川賞なんですね。だから芥川賞がなかったらもっとカルトになっているに違いないし、あるいはもう文芸誌はないかもしれない。いや実際、若者からはダサいと思われているのはあるよ。発表させると、作品の内容よりも、雑誌の作りがダサいみたいなことばかり言うわけ。表紙のセンスがない、とか。

倉 あははは！　ダサい、そうか、いやすみません（笑）

佐 最近は幾つかの雑誌がデザインリニューアルを重ねて、ちょっといい感じになっているけどね。

倉 一時期の「群像」なんか、めちゃオシャになりましたよね。

佐 学生はそっちのほうを気にするわけです。でも本当は、これは文芸誌編集者もちゃんと聞いた方がいい意見だよね。僕はどっちかというと、特集をどうこうよりも単純に見てくれをオシャレにするというのはありだと思う。もっとするべきだと思うし、それこそ「文藝」は頑張っているよね。今の学生は、芸術文化とかカルチャーに一定以上の関心があるだけでオタクとかマニアとか呼ばれる時代に突入してしまっているので。もうけっこう前になるけれど、今の大学生は「ロッキング・オン」を読んでいるだけでサブカルと言われると聞いて驚愕したことがある。そこから考えたら文芸誌を読んでいるやつなんて、変な虫とかを集めているやつに近いと思われているかも。

倉 そうなんだ……。私の中ではオタクの垣根というかハードルは逆に低くなっていて、もうちょっとフラットなイメージだったんですけど。

佐 ああ、フラットだけど、そのフラットがもうすごい落ちていて、趣味性のハードルは上がっていて、なんか特に趣味がないという感じで揃っているというイメージだけどなあ。逆に、だからこそ大学の授業みたいなある種の無理強いで文芸誌というものに遭遇させるということをやってみると、なかなか興味深いことがわかるし、彼らにしても「読んでみたらけっこう面白いものもあったし、実は自分の好きな作家も書いていることがわかったから、ときどき気にしてみようと思います」みたいな。その程度でも、ちょっとはやったなという気持ちになりますね。我々はすでに文芸誌をチェックしている人を前提には書けない、でもどんなに頑張ってもそんなに増えないよね、というのはあるから、すごい難しいんだけど。

倉　「全誌読んでいます！」っていう人は、関係者や研究者、物書き志望者を除いた人口の中にはほとんどいないですよね。

佐　いないし、言ってしまえばそれは意味がない（笑）。我々はそれが仕事だからしてるけど、でももし素人だったらきっと毎月、本屋で五誌を見て「今日はこの二誌かな」という程度。金のあるなしではなくて、単純にそのぐらいの温度だよね。それでも相当なマニアということになる。

倉　でもその温度というのが何によって規定されているかというと、他の情報量の多さとか、読むために割ける時間みたいなものがそのまま価値に直結したりする。単純にそれが仕事でお金になるというのはなかなか難しいですから。

佐　そうですね、新しい号に二百枚とか三百枚、場合によっては五百枚ぐらいの中長編が幾つも載っていると「あちゃー」ってなるからね（笑）。「今月来ちゃったわー」みたいな感じになるわけじゃないですか。

倉　「わあ、四百枚か……」みたいな（笑）。

佐　ただ、裏返すと、仕事じゃないと読まなかったかもしれないけど、読んでみたら「おお！」ということもある。逆もあるけどね。そこはどうしても読んでみないとわからない。本って、他のジャンルのものより圧倒的に受容する側に強いるものが大きいから、そこにどうやってインセンティブを与えるのかっていう。社会的な問題意識に訴えるとか、「今、注目の」みたいなので引っ張ったりとか、いろんなインタレストの伝え方はあると思うんだけれども、そういう外側に準備されたものだけでやっていると中身が空疎化してしまう。だから単純に、面白い小説が載ってればいいわけじゃないですか。鴻池留衣とか、本当に面白いわけじゃない。

倉　面白い。鴻池さんの「ナイス・エイジ」が芥川賞の候補にならなかったのはかなり本気でショックでしたもん。

佐　すごい面白いし、なかなか文学的な評価はされにくいのかもしれないとは思うけど、だからといってあれを文芸誌以外のどこに載せられるんだよ、という。そういう読んだことがないような小説を読みたいし、それは文学の醍醐味だと僕は思っている。他のどこでも読めないような小説をどんどん入れていくということをずっとやってきたわけじゃないですか。芥川賞をとると急にザ・文学と聖別されちゃうわけだけど、でも本当はそんなことが重要なわけではなくて、何かよくわからない、小説なのかどうかもわからないようなものが載ってるなと思って最後まで読むと何かを感じる。青木淳悟さんの小説なんてまさにそうで、だから彼の作品こそが文学なんですよ。そこは本当に頑張ってほしいと思うし、僕はそういうのが読みたくて文芸誌を読んでいる。

倉 確かに、文芸時評や月評って、ほぼほぼ編集者さんや出版社の方が読んでいる。

佐 読んでるし、けっこう影響されている。

倉 だから、そこで推したものがそのまま芥川賞の候補にあがっていたりするわけじゃないですか。佐々木さんが訴えかけたりしていること、「青木淳悟を忘れるなよ」「福永信を忘れるなよ」「戌井昭人を忘れるなよ」じゃないけれども、釘とか楔とかアラートと表現したのはそういうことです。

佐 予言しておきたい、みたいな気持ちがあるんですね、良いことも悪いことも。

倉 予言したとおりっていう自己言及が多かったですよね。

佐 滝口悠生くんとか山下澄人さんとかの芥川賞は、作品を読んだときに、これで勝てないんだったら、これが候補になって受賞までいかないんだったら完全におかしいだろう、みたいな気持ちがあって、そういう書き方をしちゃってるよね。駄目でもともとみたいな気持ちもあるから、逆に強気に出る。で、賞をとったときには「俺はわかってた」と言いたい。

倉 そこは素朴に、言いたいんですね（笑）。

佐 言いたい言いたい（笑）。「俺、推してたよ」って。それは自分が褒めたからということではなくて、まさに予知。「私は知っていた、こうなると思っていた。三カ月前の文芸時評を読んでね」という気持ち。そういうときは勝負をかけている。でも勝負をかけるときは本当にいけると思っているときですね。

倉 ちょうど滝口さんの「死んでいない者」が芥川賞をとる

直前くらいのタイミングで、東京新聞の「文学　この一年」で佐々木さんと対談をさせてもらいましたが、すごい議論が白熱したのを思い出しました。

佐　あの対談は毎年十二月頭に収録するから、ちょうど次の芥川の候補が発表されるぐらいで、一月に発表だから、そういうタイミングだと燃えるよね（笑）。山下さんの「しんせかい」のときも、あれは明らかに芥川賞を狙った小説なので、「しんせかい」の前のいくつかの作品で芥川賞候補にもなっているし、どれかでとってても不思議じゃないと思っていたけど、「しんせかい」までわかりやすくしてやったんだからこれで芥川賞をあげないのだったら意味ないくらいの気持ちがあった。なのでやっぱりかなり力を入れて書いたよね。でも、そういうことを考えてしまう癖をやめたいと思うんだよね。

倉　どういうことですか？

佐　いや、だって、文芸時評はやめたわけだから。なのに今もついつい考えてしまう。候補作の並びを見ると個々の作品の評価とは別にあれこれ考え始めちゃうわけ。

倉　よく言えば純文学の生態系というか、磁場というか。

佐　そうそう。もちろんそれは別にやらせとかどうこうではなくて、僕はよく「無意識」って言っているんだけど、文芸誌的世界の無意識みたいなものってやっぱりあると思っていて。「無意識」というのは、芥川賞に関しても、予備選考という意味では単純に文藝春秋の社員だったりするわけだけど、それだって特定の誰かの意思だけで動いているわけではないから。ただ、なんとなく何を是としているのか、ということはやっぱり見えてくるわけじゃないですか。この人は候補になったけど落ちた、この人が芥川賞をとった、という事実があると、じゃあ次はこうなんだろうなっていうふうに見てしまう。そこは、メッタ斬り的な視点にも近いけど、メッタ斬りとはちょっと違った観点で僕は票読みみたいなことを考えてしまう癖ができちゃってるから、それはやめないとな、って思っている。

倉　確かに。私は古川さんの小説自体は好きで、「背高泡立草」の現代パートの魅力については二万字くらいで語りたいくらい好きなんですけど、芥川賞受賞に関しては、授け方に対するもやもやが少なからずあって……。あげるんだったらああいう言い方であげなくてもよくない？みたいな拘泥はある。

佐 もちろんそうですよね。文芸時評にも書いたけど、島田雅彦さんは「俺は頑張った、自分は六回候補になって落とされたから、俺みたいなやつを作らないように、とにかく受賞作を出すんだ」とでも言いたかったんだと思うけど、完全に裏目に出たよね。あれは古川さんにとっては非常にショックな言葉だったと思う。

倉 蓋を開けたら、受賞後第一作の「生活は座らない」がすごく面白かったし評判良かったからいいんですけどね。それこそ佐々木さんも時評で書いていましたが。

佐 そうそう、なんでああいうのを書けるのに今まで書いていなかったんだっていう。

芥川賞の狙い目は百枚？

倉 芥川賞ギブスってよく言うじゃないですか。やっぱりあるんだな、って思っちゃいました。

佐 百枚台が芥川賞の狙い目なので、新人賞をとって芥川賞をとるまでは皆、そのくらいの中編を一年に一作か二作出すということでやっていくのは如何なものかと言ってる人は作家にも多いし編集者もけっこうそう思っている部分はあると思う。だけど結果として芥川賞をとるのととらないのとでは大違いだから、どうしてもそこに引っ張られる。しかも芥川賞って年二回あるから、もらったら売れるかもしれないとなると、それはやっぱり勝負をかけざるを得ないよね。本当は芥川賞をとっても全然売れない人もいるんだけど、でもとらないよりはとった方がいいわけじゃない。良きタイミングで百八十枚とかが載っていると、ああ、これは勝負をかけてるなって思って読んでしまう。

倉 枚数が左右するってわかっているから、いけない読み方だなと思いつつそういうものとして読む。

佐 思わざるを得ないですよね。極端にとんがったことをやっていた人が、ちょっととんがりを鈍らせるととれるっていうパターンはあるよね。あとは新人賞で、出身雑誌の中で候補になってるあいだはとれなくて、初めて別の雑誌に書いたときにとるっていうパターンがけっこうある。

倉　滝口悠生さんがそうだし、上田岳弘さんもそうですね。

佐　磯崎憲一郎さんもそうだった。そういう謎のジンクスみたいなのって、まああるわけじゃない。本当はそんなことで決まっているわけではないはずなんだけど、やっぱり僕らのように定点観測をしていると、そういうものが浮かび上がってきて、いろいろと思っちゃうことはありますよね。

倉　本谷有希子さんなんかも、わりと久しぶりに候補になったタイミングでそのままスッととったのが印象に残っています。今まで何回も候補に挙がってきていて、これはとるのでは？というところでなぜか受賞に至らなかったのに。読者の思うタイミングと授賞のタイミングってずれることが多い気はします。

佐　阿部和重くんもそうですね。芥川賞に限らず、文学ってある程度賞をとると、もっととれるという傾向があって、川端、泉鏡花、谷崎、野間とか、そういう名だたる文学賞をいくつかとると、まだこの人はこれはとってないな、という形でとっていくように見える。それで賞をだいたいとり終わると、芥川賞の選考委員になる。そういうのって、別にそんなことをみんなが意識してやっているわけではないのに、そういうふうに見える。

倉　結果として浮かび上がる双六システム。

佐　それはいいことか悪いことかといったらいいことではないはずなんだけど、誰かが仕掛けているわけでない以上、そういうことなんだな、という前提の中で考えるしかなくて、そのとき重要になってくるのは、特に芥川賞の場合は本当に効果が強いので、芥川賞というものをこれ以上極端に権威化しないということは重要だと思うんですよね。芥川賞作品だからすごいって世間は圧倒的に思ってしまうので。芥川賞の発表の日にツイッターで「芥川賞」で検索をかけると、本当に普段全然本なんて読んでいない人が芥川賞にだけめちゃくちゃ反応しているわけ。それだけのアナウンス効果があるし、だからそれは手放せない。

倉　うーん。一方で、ツイッターで発信する人ってアウトプットし慣れているというか、何かがあったときすぐに自分の考えを表に出せる人が多いじゃないですか。そういう人って、全人口から見たら多数派とは言えないんじゃないかなとも思っているんです。個人的な話で恐縮ですが、私の母は新聞読者のマスゾーンにあたる七十代女性でして。「本を読むこと自体はそれなりに好きだけど、純文学のような小難しいことはわからない」っていう、いわゆる「一般読者」として想定されるタイプの人物なんですね。だから私は彼女の反応を一種のリトマス試験紙のように参考にしていて、芥川賞の作品は必ず読んでもらうんですよ。そうすると、「今回はよくわからなかった」みたいな答えがしょっちゅう返ってくる。でも、高橋弘希さんの「送り火」を読んだときは「芥川賞なのに夢中になって読んじゃった」って（笑）。

佐　なんか、どっちかわからないよね。芥川賞のことも高橋弘希の作品のこともよくわかんなくなってくるというか。

倉　「芥川賞なのに」という枕詞が面白くて。今村夏子さんの「むらさきのスカートの女」もやっぱり夢中になって読んでいて、「芥川賞なのに一晩で読めちゃった」って。おそらく本人にとって、芥川賞がすごい賞だというのはイメージというか、コノテーション的なものとしてあるんですよね。その一方で、語弊があるかもしれないけど、純文学イコール難しくて技巧的すぎて、ある種のエンタメ的ジャンル小説を読んでいる人は、普通に楽しめないものだと思っている。

佐　そう思っている人はたぶん多いですよね。

倉　学生に「むらさきのスカートの女」を読んでもらうと、「これが芥川賞だとは思えなかった」みたいな感想をもらうんです。それは低評価という意味ではなくて、「これが純文学なんですか？」という、どちらかというとポジティブな戸惑い。

佐　そういうふうに思う学生さんや倉本さんのお母様も、実はよくわかっていないながらも文学というものに対するある種のイメージは持っている。で、実際に芥川賞をとった作品を読んだときに、ギャップがあると良くも悪くも「え？」と思ったりするわけだよね。本当は文学って小難しいとか観念的とか、いわゆる文学的なものだけが文学じゃないんだと思うんですけど。

倉　佐々木さんが時評の中で鹿島田真希さんを評するときに「文学と面白さは相容れないものだと思われている節があるが、それは違う」みたいなことを書いていますね。

佐 ああ、書きましたね。もちろん文学的な小説が文学なんだけど、でも文学的な小説だけが文学ではないということがあって、要するに、いろいろあるよね、という。どうしても文学って高尚で難解なものだと思われがちで、ときどきそういうものも出るじゃないですか。「ab さんご」とか。そういうふうに考えると、なかなかわからない。ただ、今村さんとか高橋さん、本谷さんもそうだし、「コンビニ人間」とかもそうだし。そういうことって実は重要なのかもしれないですね。

倉 今、佐々木さんが、「文学的なものが全て文学なわけではない」と言った部分の「文学的」っていうのは、これまでの文芸誌なり文壇なりで扱われてきた技巧とかモチーフとかの問題みたいなものを文脈として共有しているかしていないか、ということなのかなと解釈していますけど。

佐 そのとおりだと思うんだけど、ある種のテクネーとかメチエの歴史的集積みたいなことが実態なのだとして、しかし文学っていうときに、その上に変な観念みたいなものが想定されている感じがする。僕は、文学って言葉は高邁な感じがするからあまり好きではないんだけれど、なんかイメージってあるじゃない？

倉 私はそれが乗代雄介さんの小説作品の評価のされ方に関わってくる問題だと思うんですよね。乗代さんって熱烈なファンが多いけど、逆に強めのアンチもいるじゃないですか。

佐 そうね。千葉雅也さんの『デッドライン』に関しても、あれってある意味で完全に私小説なんだけど、もう一方で批評家が小説を自分の思想の小説バージョンとして書いたみたいな感じの受け取り方をどうしてもしてしまう人がいて、それは、そういうふうに思っちゃう人の中でも、だからいいって思う人、だから嫌だって思う人がいる、ということがあると思うんです。乗代さんの場合も近いかも。

倉 個人的には、千葉さんと乗代さんは似ているようでいて根本のところが決定的に違うイメージを持っていて。私自身が全然哲学にも明るくないせいかもしれませんが、千葉さんの小説は、さっきおっしゃったテクネーやメチエに相当するものを体系として理解していなくても読めるように意識的に開いて書いてくれているような気がしたんです。千葉さんの考えている思想なりがちゃんと自分の身体的な言語と結びついて運動をしていて、その運動をさらに小説の言葉に移し替えているから、見ているこちらはその一連の言葉の動き自体が面白いな、と感じたんですよね。

佐 僕もそう思います。たぶんそれを比較すると、乗代さんはやっぱりストレートにブッキッシュに見えちゃうという。本人はブッキッシュって言われたくないぽいけど。でもそれは、どう考えたってそうだから、そんなこと言われてもしょうがないよね、と思うけどね。ブッキッシュでいいじゃない。

倉 いやほんと、それ自体は魅力のひとつだと思う。というか「あの少女」文体といい、サーガの構造といい、あれだけサリンジャーの影を堂々と掲げていてブッキッシュじゃないっていうほうが無理筋では。

佐 一般読者みたいな世界の話と、文芸誌読者みたいな謎のカテゴリーと、もっと狭い芥川賞の選考委員の人たちみたいなカテゴリーと、いろんなレイヤーになっているんだけども、その中で何がよいとされるかはもちろん一個ではないわけだけど、そういうのを僕の感触でベタに言っちゃうと、「結局頭で作っているよね」って思われてしまうと意外と弱い。乗代さんを嫌いな人がいるのも、それだと思う。

倉 これは佐々木さんが書いた「半睡」という小説にも関わってくることかもしれないけど、作者と語り手のジェンダーって想像以上に根深い問題なのかなと思いました。繊細かつ根気強く検証していかなくちゃいけないというか。

佐 吉祥寺の古書防波堤で「乗代さんの作品についてなんでもいいからみんなで語ろう」みたいな読書会をやったんです。そのときに、乗代さんの作品のジェンダーというか、セクシュアリティみたいなものの扱いに対して、すごく意見がはっきり分かれたんですね。男女問わず「気持ち悪い」っていう人もいて「ああなるほど」とは思うんだけど、もう一方で「いや、気持ち悪いってのもわかるんだけど、実は」という読み方をする人もいたりとか、「全く気持ち悪いとは思わない」という人もいたりとか、すごくいろいろだなと思った。

倉　あくまで個人的な見解ですが、例えば『最高の任務』に所収されている「生き方の問題」なんかは、むちゃくちゃ気持ち悪いんだけど私は好きなんです。小谷野敦さんとの読書人での対談でもしつこく語っちゃいましたが、あれはちゃんと気持ち悪い語り手であることを作者が引き受けている気がしたんですね。その態度をある種の誠実さとして感じ取ったというか。乗代さんって、作者と読者の共犯関係、あるいは書くことと読むことの功罪を探求している書き手だと思っているから、そこは核としてあるんじゃないかと。

佐　それがもう、一般読者の共感を得られないじゃない。別にそれでいいんだけど。

倉　うーん。「生き方の問題」のキモさに対してストレートに拒絶反応を起こしている人の中には、そもそも仮構されたフィルターが一枚挟まっていることを認められない、あるいは認めていない人たちもいると思うんですよ。でも今回の芥川賞候補になった「最高の任務」に関しては、さらに問題が錯綜している気がしました。それこそ「読み手にリテラシーを強いる」ということの内実の話でもあるんですが、単純に知識どうこうの話だけではなくて、メタ的な視点で鑑賞することをどれだけ強いているかという話になってくるんじゃないかと。乗代さんの小説って、ある意味では登場人物を全部キャラ化しているじゃないですか。特に主人公やその叔母さんをはじめ女性キャラクターに顕著ですけど。

佐　というか、いつも同じひとなんだよね。

倉　いかにも臈長けた、テンプレ的な「きれいなお姉さん」への憧れみたいなものを煽情的に駆り立てるような描写が入っていたりとか。その延長としてのモブキャラのふるまいについても同じ。そういうフィクションとしての型があるんだよ、というのを予め受け入れた上で読まないと、真面目な読者ほど気持ち悪くなっちゃうと思うんです。結局は読み手自身の問題だから私が決めることではないんだけど、乗代さんはたぶんわかった上で引き受けていると思う。でもそれって固有のリテラシーを強いることだよな、と。そういう意味でも、やっぱり乗代さんはブッキッシュだなって思ってしまう。

佐　ブッキッシュな意味でのリテラシーと、ブッキッシュな知識とは無関係な読解力の、両方の面において、読者にいい意味である程度の仕事をさせたいと思うと、それが悪く受け取られるパターンがあって、そこはおそらく「文学とは何か」みたいなことも関係があると思う。僕はときどき身も蓋もない定義みたいなものを口走ってしまうんですけれども、僕の最新の定義だと、文学って結局のところ「私」、つまり作者自身の内面を書くものなんだよね。そう思われている。全部私小説なわけ。あるいは私小説的に読まれる可能性を前提にしているものが芥川賞とかになるような文学で、それに対してエンタメとか文学以外だと他者を書くことができる。全く作者とは無関係な他人、頭で作った登場人物たちを動かして、それによって何かを実現しようとする。単純に物語の面白さだけではない。だから僕は、エンタメの方が書くのに頭を使っていると思うわけ。エンタメは頭で、文学は心で書く、というイメージ。だから逆に言うと、頭で作っている部分が浮上してくるような小説は文学の世界ではあまり好まれない、少なくとも好まない人がいる、というのはあるなと思っていて。結局、けっこう単純というか、その作家の中でもわかりやすく作家自身と繋げて読めるような作品が芥川賞をとることが多くて、まあ、その方がいいともいえる。つまり、多くの人がそういうものの方が読みごたえがあると思うのだし、それが面白かったと思うことによって「この作家は他に何を書いているのかな」となることもあるから、結局それで正しいということになるんだと思うんですね。そう考えてみると「最高の任務」が芥川賞をとれなかったのもよくわかる。

「キモい」

倉　これは芥川賞の選考会でも言われていましたが、「最高の任務」の痴漢の部分については佐々木さんの読書会でも否定的な意見はありましたか?

佐　言われた。めちゃくちゃ言われてた。「キモい」って。でも、あれが書きたいわけじゃない。

倉　あくまで私個人の見解ですが、あれを書きたいのであれば語り手の主観の世界のキモさを敢然と引き受けなくちゃいけないんだと思うんですよ。それこそ「生き方の問題」みたいに。でも、ものすごくハートウォーミングないいオチにしちゃっているから、乖離した部分を読み手側が感傷でいやおうなしに埋める作業が生じる。そこにキモさとは別の気持ち悪さを感じてしまった、というか。最後の最後のお風呂の場面で太ももに書かれた携帯番号が再登場する点には批評性を見出すこともできるんだけど……あれこれ考えたものの、すくなくとも現時点での自分の感覚ではどうしても推しきれなかった。

佐 俺なんてけっこう感動しちゃったからね。キモいこともわかるけど、トータルには非常に複雑な感動がそれを超えてくる、みたいな読後感だった。気持ち悪さが勝るとそこまでいかないじゃない。けっこう読者を分けるタイプの作家だな、と。

倉 それはおおいに感じます。人の心を動かす力を持っている書き手であることは間違いないし、単純に生理的嫌悪という言葉で片づけたくはないんです。要するに「生き方の問題」に関しては、書簡体の形式をとりながら徹頭徹尾語り手と作者の間にちゃんと距離があって、語り手イコールキモい人間だ、というコンセンサスを言外にばんばん出してくれているけど、「最高の任務」のほうはレイヤー以前にもうちょっと作り詰めいていたというか、ホームドラマ然とした読み味のほうが強かった。だからこそ、作為の部分に対してネタなのかマジなのか判断つきかねる部分があって。

佐 そうですね、確かに。これって自分の小説でもそうで、僕がはじめて書いた「半睡」という小説は、まず虚構の語り手を作って、最初から最後までその人物が遺した手記というかたちになっている。あの「わたし」は、ネタバレして言ってしまうと、『ノルウェイの森』の主人公が転生した人物なんですよ。だからMとNは緑と直子なんです。そうすると村上春樹チックだとか春樹へのオマージュ、と受け取る人がいるんだけど、あれは批判しようと思って書いているわけですよ。あの「わたし」というのは本当に酷いやつで、なのに自分を酷いってわかっていない。わかっているつもりなのだけどほんとうはわかっていない。そんな男が回想録を書いて、なんとかして過去と帳尻を合わせようとするんだけど、結局合わない、ということを書きたいと思って書いたんです。だからフィクションなんだけど、それでも必ずある種のモデル探しをされるというか、「わたし」と僕自身がどれだけ近いかとか、そういう読まれ方をされちゃうところがやっぱりあった。「わたし」はある種の自己弁護をしながら自己懲罰もしている感じになっているのだけど、そういうふうには読んでくれないひとがわざわざあれを読むひとにもいることがわかって、正直少し辛くなった。知り合いのライターの女性から「「半睡」読んで面白かったけど、村上春樹を批判していないのが許せない」みたいなことを言われて。いや、俺はぜんぜん批判しているつもりなんだけど、って。

倉　ツイッターやネット上で感想を検索してみたんですが、「男っぽい小説」とか、「男性が書いた小説だな」みたいな書かれ方をされてますよね。

佐　それがまさにテンプレで、そういう反応って絶対出てくるなと思っていた。だってそういう人を描いているんだから。そこがすごくわかってもらいにくいというか。ある語り手をフィクショナルな存在として拵えたうえで、その人物が最終的に罰される話を書こうと思った。でも手記はその人が書いているので、信頼できない語り手的に、嘘も誤魔化しも入ってきてしまう。でも本人は本人なりに出来得る限り頑張っているつもりでいる。結局はぐるぐると再帰的に回っちゃうわけだけど、そういうことをやってみようと思ったんです。だけど、なかなかその回路がわかってもらえないのと、わかった上で、だからそれが嫌だっていう人もいる。そこは、うーんなるほどなあ、と思った。でも問題は、じゃあ全てが単に頭で作った人工的でフィクショナルな内容なのかというと、やはりそうではなくて、他者の物語を書いているんだけど、それは遠心的に自分に返ってくるものだということもわかっていた。だって、だからあれを書いたんだから。ちょっとひねりのある小説でも書いてみようかな、みたいなことで、わざわざ何十年も仕事してきて批評家やめるとまで言って小説を書くことはないわけだよね。でも、それもわかってもらえない。わかってくれる人にはわかってもらえるけど。だから本当にいろいろ考えました。あれは一作目じゃないと成立しない小説だから、ということもあったけど、結局文学ってどこかで、どんな人物が出てきても、その人物の向こう側に作者の実存みたいなものを読者がものすごくベタな形で見たがるのを避けることができない。だからそれを利用するしかない。そういう気持ちが、ある種のフィクショナルな私小説みたいなものを生んでいると思う。自分でやってみて、そこは難しいと思った。

倉 ジャンルが違う話になっちゃうけど、例えば少年ジャンプに掲載されている漫画の作者が男性なのか女性なのかということだけでなんらかの炎上に至るケースってたくさんあるんですよね。ペンネームから男性だと思われていた作者が、女性だとわかった途端に叩かれる、みたいな流れがあって。そのジェンダーがそのフィクションを書いているということに対して生じる磁場のようなものから、もちろん私自身を含め、読者ってどうしても逃れられないんだな、と。

佐 そうだね、逃れられない。それは結局、本当はそうではないけど、多くの読者がどっちかのジェンダーだからなんだと思うんですよね。本当に今ってジェンダーバイアス、ジェンダーバランスを取る問題ってすごく出ていて、そんなことを考えることすらできなかった時代よりも明らかに今の方がいいのだけど、そうすると、僕は中年の男性だっていう事実からどうしても逃れられない。だから、何を書いても「男だから」と思う人は出てくるし、「男なのに」と思う人も出てくる。これは女性作家の場合もそうだし、だからどこかでジェンダーの問題って、ある種の不自由さからの解除をもたらすと同時に、別種の不自由さを生じさせているような気もするんです。だからそこにはちょっと距離感があるというか、なかなか難しい。

倉 私自身、まだきちんと言語化できていない生煮えの状態で議題にあげてしまってすみません。でも「半睡」に関して言えば、私もやっぱり「男性的な小説だな」というふうに感じました。もちろん、さっき佐々木さんがおっしゃったように『ノルウェイの森』を批評的に解体して再構築している点もわかるんですが……。参考文献として末尾にずらっと並んでいた男性作家たちの名前からもそういうイメージを受け取ってしまったのかも。

佐　キャスリン・マンスフィールドもいるじゃない。他にもいる。

倉　ああそうだ、マンスフィールドもいる。なんでだろう、ＭとＮの磁場が強いのかな。もうひとつのＭとＮ、村上春樹と夏目漱石の影があまりに強かったせいかもしれないです。

佐　ＭとＮが、『ノルウェイの森』だということもあるんだけど、ジェンダー問題だけではなくて、あの小説は要するに二人の女性を殺しているわけで、というか、あの小説って主要な登場人物は全員死んじゃうんだよね。その倫理的問題みたいなことをいう人も出てくるだろうと思ったら、やはりいた。でも、あれが本当のことだったかどうかはわからないわけだよね。こんなことを読者に求めることはできないんだけど、あそこで書かれていることは「わたし」が勝手に書いたことであって、でも「わたし」はあれを書かなければならない何かがあったんだ、ということが重要なんです。それについてのヒントが、いちばん最初のＹ・Ｙとトークをして夜に眠れなくなって、というエピソードで、あれは事実なんです。二〇一二年の、今から八年前の二月末に実際にあった出来事がきっかけなんです。もちろんあのままでは全然ないけど。だから実は自分と無関係なことを書いているわけでもないんですよね。僕が「半睡」を書いた動機はそれなりに切実なもので、でもそれはあの小説の中には書かれていない。だからいくつかの反応を見て、フィクションと事実に対するすごく平板な見方に負けたなって感じた。僕としてはけっこう複雑なことをやったつもりだったんだけど、なかなかそうは読んでもらえないし、それはやっぱり自分の力が足りなかったということでもある。

倉　生煮えのまま感覚だけで喋ってしまうと、これは佐々木さん自身の問題というよりも、批評全体の問題なんじゃないかという気がしているんです。ああいう、夏目漱石から村上春樹に至る駄目な男の小説っていうのを、批評的に素朴に書けると言えばいいのかな……批評的に拘泥なく書けるっていう事態そのものが、男性に許されてきたことなのかな、というふうに感じてしまったんです。もちろん今は斎藤美奈子さんがいるし、鴻巣友季子さんがいるし、江南亜美子さんや小澤英実さん、小川公代さんや岩川ありささんなど多くの女性の論者が文芸誌に活発に意見を寄せている。とはいうものの、近代文学的な批評の歴史を通して眺めると、圧倒的に男性の名前が多いじゃないですか。その批評の文脈みたいなものを受け継いでいくと、その文脈で今までの文学史を解釈したものを素朴に提出すると、自ずと男性的な小説になってしまうのかなっていうふうにチラッと思ったんですね。乗代さんが突っ込まれちゃったところも、わりとそこにあるのかなとも思って。

佐　言わんとすることはわかるんだけど、じゃあどうすればいいの、という気も。

倉　うーん……。ただ、今までそういう部分が言語化されてこなかった、というかそもそも可視化されてこなかったから、これを機にどんどん解像度が上がればいいなと思ったんです。

佐　「半睡」はペンネームで出そうかなとも思ったんだよね。作者が誰かわからないように匿名で出そうと思ったこともあったんだけど、僕としてはポジティブな意味で、批評家をやってきた佐々木敦がはじめて書いた小説であるということを作品理解に利用しようという気持ちがあったから、結局自分の名前で出したんだけど、たとえばこれをまさにジェンダー不明の名前で出していたら読まれ方は多少は違ったのかもと考えてしまう。プロフィール的なことだけを考えたら、僕に近いのは「わたし」ではなく、むしろＹ・Ｙの方なんだよね。もっと言うと、本当に自分が感情移入しながら書いたつもりなのは、実はＭなんです。Ｍのしゃべり方というか、Ｍみたいなパーソナリティの女性が自分の中にいる、みたいな気持ちがすごくあった。Ｍのことは、いつかもう一回書きたいと思っている。だけど今、倉本さんが整理してくれたある種の傾向を思うと、まさに僕のようなキャリアを持った男性が、女性の登場人物を描くのって、すごく難しくなってしまったとも思えてきます。何をどう書いても、ある種の強いバイアスというか、ズレの中で読まれてしまうという気がして、難しいなあと思う。でも何であれ、書いてしまったことに対しては、批評であろうが創作であろうが、人がいろいろと思うことは避けられないので、甘んじて受けて生きて行こうと思っていますけど。

文学の男女比

佐　これもまた昨日の文芸誌編集者トークの話になっちゃうんですけど、確か「新潮」でやっているリレーエッセイの連載で男女比を同じにしているという話をしていて、同じような企画は過去にもあったんだけど、そのときは書き手が全員男性だったと。これは文壇だけではないんだけど、本当にそうだったのだから、それは変えるべきだし、ジェンダーバランスが是正されていくのはもちろんいいこと。だけど、これってジェンダーの問題だけじゃなく、人権や差別の問題でも、どんどん過去に遡って、この言い方、この書き方が駄目だみたいなことを遡及して責める、みたいなことがすごく起きやすくなっている。もちろん過去だから許されるわけじゃないんだけど、なんか魔女狩りみたいになってしまいそうな部分もある。たとえば、過去にはそういうことがあったけど、あるときから反省して、今はむしろ真逆の立場で頑張っている人が、「でも過去にはこういうことを言っていたよね」と、今やっていることを丸ごと否定されるということが起きうるかもしれない。

倉　この話題を生煮えでも出しておきたいと思ったのは、これからはどんな形でも作者の立ち位置とか語り手の立ち位置というものが常に問われ続けるだろうなと思っていて。私は佐々木さんの『新しい小説のために』という評論集を読んだときに、「『私』にまつわるルールブック」という表現が思い浮かんだんですよ。今後はある種の「ルールブック」みたいなものを文字通り「みんな」ですりあわせて作っていかないと、文学の中でいいことは起きないだろうなっていうふうに思った。

佐　そうですね。去年の愛知トリエンナーレのときに、津田大介芸術監督が参加アーティストのジェンダーを完全にイーブンにするということをやって話題になったじゃないですか。倉本さんもそういう経験ってあるかなと思うんだけど、たとえばパネルディスカッションとか座談会の紅一点問題というのがあって。でも今はできる限り女性男性の数を同じにするということが是とされているし、そうなってきている。アメリカでは完全にそうだから、欧米の超スーパーPC社会に合わせていくということになっていて、それは正しいと思う。だけど、本当は正しくなくて、女性の方が優れていたら女性の方が数が多くていいはずなんだよ。だけど結局これって、誰が人を選ぶ権利を持つのかという問題と直結しているので、そうすると五分五分にするのはただの事なかれ主義になっちゃうんだよね。単に問題を回避するために、こうすればどこからも批判は起きないだろうと。ただのコンプライアンス。でも本当はそうではなくて、ある全体の中から何人か選ぶときに、機械的に男女を半分ずつ分けることが差別なんですよ。

倉 そうですね。「ジェンダーバランス的に倉本さんも」みたいなことを言われたらめちゃくちゃモヤっとしますね。

佐 それは今の話以前に失礼だよね。

倉 実際、しょっちゅうあるんですけどね（笑）。なるほど、精進します、と心のうちでつぶやきながら仕事しています。

佐 でも、ジェンダーバランス的に倉本さんっていうときに、それが他ならぬ倉本さんだっていうことに嫉妬する人もいたりするわけだから、よけい話がややこしくなってしまう。新人賞って、作品だけで評価するパターンと、その作者の名前、出身、年齢、性別とかっていうのがワンセットになっている場合とあって、僕は作品主義だから本当は作品だけで見たい。けれど、実のところ新人賞って作品にあげているんじゃなくて人にあげているんだよね。さっきの自分の話とも重なるけど。本当は性別とか年齢とか著者近影とか、ない方がいいと思う。それがあることによって、外部の情報として、その作品の読まれ方に影響を与えちゃうわけじゃない？

倉 例えば北条裕子さんの「美しい顔」問題は、結果的にその外部情報があらゆる意味で不幸な方向に作用したな、と思います。

佐 それって、どっち側にもいくわけだよね。「この新人作家の写真を見たら可愛かった、だから好き」っていう人も本当にいるし、しかもそれで商売が成り立つ部分もあったりするから、「好きです」「ファンです」って言ってくれる人のことをリジェクトできない。

倉 逆バイアスもありますよね。

佐 あるある。そういうのって本当にくだらないと思うんだけど。それこそ僕なんかは自分の見た目に自信がないですから、写真を出すのは嫌だなといつも思うんだけど、出ちゃうわけじゃない。そういう外部の情報って美醜だけじゃなくて常にそうで、だから結局作品主義って嘘なんだよね。作品主義なんて絶対できない。常に作品以外のコンテクスト、作者自身のプロフィールとか、それ以外のいろいろな要素の中で我々は小説を読んでいるのだし、評価してるのだし、小説を買ったり買わなかったりするみたいなことがあるから、そういうようなことも実は文芸時評をやるときに頭のどこかに置くようになってしまった。作品のことだけを考えることができたら幸せなんだけど、もうそういうわけにはいかないし、そうさせてくれない。

倉　うーん。読者が目下のコンテクストに合わせて「いや、あの小説のあの場面って今考えたらこういうことだよね」みたいに過去のテクストを解釈しなおしたり位置づけを変えるということがあってもいいと思うんです。だけど、批評される側とする側のルールブックがあまりにも違いすぎると不毛な戦争につながるなとも思います。

佐　反省すべきことがたくさんあるのが文学の世界だったことは間違いなくて、そのときに、しかと反省をするということ、良い方向に変えていくことが重要であると共に、変えると見せかけてより悪くなるということだってあるから、それにも気をつけないといけない。やっぱり人はわかりやすい物語が好きだから、わかりやすい悪も正義も好きなので。ある意味で、ここ十年ぐらいの間に、いまだかつてないほどに何が正義かってはっきりわかるようになったと思う。ということは、正義を偽装できるということでもあるので、本当の正義はどういうものなのかということをちゃんと考えていきたいと、一読者としても思っているんだけど、それはなかなか難しいなあ、と。わかりやすさの罠にはまらないようにしたいとは思っていますけど。わかりやすくした方が通じやすいということも事実だから。

倉　通じやすいというのもあるし、その反面、やっぱり囲い込んでいた部分って全くゼロではないと思うんですよね。「秘すれば花」ではないけれど、囲い込んだことによって成立していたユートピアというのは少なからずあると思っていて、その気持ちもわかるんだけど……。

佐 それがカルトってことだよね。

倉 そうそう。でもやっぱり、開いていこう、開いていこうとなると、まさにこんなふうに、お互いが使っている言葉のうちの共有していない部分をひとつひとつ確認していくっていう、かなり根気のいる作業が必要になる。それがいつもできる状況とは限らないんですよね。

佐 今後、過去の近代文学の名作でも、現在の視点から痛烈に批判されることとって起きうる。ちょうどアメリカのブラックライヴズマターで起きているように。

倉 私自身は、これまでは発言権があるプレイヤーとして参加させてもらえなかった人たちが参加できるようなフィールドになること自体はすごく良いことだと思っています。ただ批評と批判はやっぱり違う。批評する際にはなんらかルールが必要だし、でないとただの罵詈雑言になってしまう。今まで構築した視点なり立場なり文脈なりのどこに社会的な構造の歪みや固有の偏りが潜んでいたのか、ということを抽出する手立てが建設的な批評だと思っているから、そのためのルールブックは絶対必要だと思うんです。

佐 なるほど。確かに批評家とかも圧倒的に男性が多いということもあって、それって批評と言われている営み自体がある種のファロセントリックなものというふうな見方もできちゃうわけだけど、そうじゃないものだって本当はあるはずだし、単純にジェンダーとかの問題だけではなくて、特に今はどっちともいえない人とか、男性から女性に、女性から男性に移行する人っているわけじゃない。ジェンダーの問題ってどうしても権利の問題になっちゃうんだけど、実は同時にセクシュアリティの問題も貼り付いている。本当はセクシュアリティの問題もどんどん権利の問題になっていかないといけないということがあるから。実際そういう作家も今は出てきているわけじゃない。

倉 うん、李琴峰さんやミヤギフトシさんなんかがまさにそうですよね。他にもたくさん出てきている。それはすごく頼もしい。

佐 この問題ってすごく重要、というか、それこそが現在形の文学の問題なのだと思うので、そこは大切に考えていきたい。言葉にすれば多様性ということなんだけど、簡単な話ではない。

倉 ひとまずは、見える形式を単純に増やしていくっていうことも有効な手立てのひとつだと思うんです。

コロナ以前とコロナ以後

佐 それはちょっとずつ変わってきていると思うんですよね。文芸誌ってなんだかんだいって意外と世間の状況に敏感な部分があるから、悪い意味では話題性や流行に流されやすいという面もあるんだけど、一方で、かつてはこうだったけど今はこうなんだ、みたいなことに対しては意外と即応できる部分がある。それはすごくいいことで、文芸誌が月刊だったり季刊としてあるということは、単純に特集じゃなくても、それこそコロナというものをそのまま掲げて特集するだけではなくて、コロナ以後やコロナの渦中で書いた小説って、必ずそれ以前とは違う部分があったりするかもしれない。僕が「3・11以後」について『シチュエーションズ』という本を書いたのも、そういうことをしたかったという部分もあって、意識していなくても変わってしまうということは、作品の中に今後出てくると思うんです。

倉 コロナ以前／以後の変化といえば、議論や合意形成の場についても言えると思っていて。例えば、さっき佐々木さんがジェンダーバランスの問題について触れていましたが、いわゆる「紅一点」の布陣について考えてみるとわかりやすい。どんな議題にせよ複数の論者の中に女性が一人だけ加わると、どうしても有徴化されることを避けられないというか、「女性」役を引き受けることを期待されている空気をひしひしと感じるんですね。それはジェンダーの問題に限らず、年齢やキャリアの差に重ね合わせた上下関係から生じる役割についても言えることで。とりわけ文学の会合ってごはんを食べたりお酒を飲みながら話したりするから。「お酌」という言葉にも象徴されるとおり、そういう身体性から感じる磁場みたいなものが文壇の中で力学として働いていた部分もすくなからずあると思うんですよ。でもコロナ以降はこういうインタビューも含め、ZOOMなどを用いたオンライン会合が当たり前になって。その是非について尋ねたアンケートの結果を見たら、とくに女性や若い世代は圧倒的にやりやすくなったと言っているんですね。これは私の周囲でも同じ反応でした。それこそ女性一人、男性複数みたいな布陣だったとしても、等分割で画面上にずらっと画像が並んでいると、変に身体から生じる圧がなく、ただただフラットな印象になる点がいいらしく。一人偉い人がいて下っ端がそこに従属する、みたいな空気も醸成されにくい。これってかなり革新的なことだと思うんですよ。

佐 なるほどね。僕はどちらかというとあまり人に会いたくない人間だから、会わなくても話ができるＺＯＯＭって素晴らしいなと思っています。今は対談とかもそういう形になっていて、これがいつまで続くかわからないですけど、その場に居合わせないことによってある意味ではジェンダー的な不均衡の圧が多少なくなると、ＺＯＯＭによるアファーマティブ・アクションみたいなことが起きるというのは、なるほどと思いました。

倉 佐々木さんも大学で教員をやっているし、そろそろ自分より年下の論者の方が多くなってきたからなんとなく体感としてわかると思うんですけど、例えば自分よりもかなり年若い女性の書き手と並ぶとき、緊張しませんか？

佐 それは緊張するよ、もちろん（笑）。そういう機会もそんなにないですけどね。でも緊張するというよりも、向こうが緊張してたらやだなあ、みたいな……

倉 なにがしかの緊張を与えてしまっているのではないかという懸念ですよね。

佐 僕はやっぱり年齢的に、何かの場に行くともうかなり上の方だったりするわけなんだけど、文学の世界に来たのが遅かったし、わけのわからない仕事をしてたりするから、謎の若手感みたいなものがある。小物感というか（笑）。海のものとも山のものともわからないチンピラ感が今でもあると自分で思っちゃう部分があって、でも一方では「先生」みたいに言われたりもする。それにはすごく違和感があるんです。俺はそういうのがすごく駄目なんですよ。だから偉くなれないんだと思うけど。偉くなろうと思っていないと、自分を偉いと思っていないと、偉くはならない。

倉 話が戻ってしまうんですけど、なんでそもそもこのタイミングで小説を書こうと思ったんですか？

佐　『これは小説ではない』のあとがきでもちょっと書いたんだけど、とにかく僕は、批評家であり続けながらときどき小説や創作もやるというのは嫌だったんです。そういう人はいっぱいいるし、それはそれで尊敬はしているけど、自分はどっちかだと思っていた。小説を書いてみようかな、とか、小説のアイデアとか、考えたことはずいぶん前からあったんです。「半睡」だって二〇一二年には基本的なアイデアは思いついていたんだけど、書かなかった。その理由は、今から思えばだけど、批評家としてまだやりたいことがあったから。小説を書くときは批評家をやめるときだという気持ちがあったので、まだやめるわけにはいかないっていうのがあったんだと思うんです。でも、そういうことを漠然と考えているときは、だからといっていつかほんとうに批評家をやめて小説を書くとも思っていなかった、本当は。このままずっといくのかな、と思っていた。

倉　今でも批評をやめたわけではないんでしょう？

佐　いや、やめたよ。というか、批評家を名乗るのをやめた。ある意味では、小説っていつでも書こうと思えば書けるかもしれないという気持ちはあったし、書いたらどこかで載せてくれたりもするだろうという気持ちもあった。だけど、それはやっぱり危険だと思っていた。そんな簡単なことで小説を書いてしまったら、単なるone of themになってしまうみたいな気持ちがあって、ずっと先送りにしていたから、一生訪れないかもしれない未来みたいな気持ちがずっとあったんです。だけど、いろんなことが絡み合っているんですけど、「新潮」連載の『これは小説ではない』と、11月に出る「群像」の連載の本（『それを小説と呼ぶ』）は、僕が十年ぐらい批評家としてやってきたことの総決算みたいな気持ちがあって、自分にしか考えられないことを書けた、と満足している。今まではひとつ連載が終わったらまた別の雑誌で連載が始まって、みたいなことをずっと続けてきて、それはプレゼンスを維持するという戦略的な気持ちもあったけど、それができたのはありがたいことだし、ずっとやってきたわけです。だけど、この二つは連載を始める前から、これが一つの終わりになると自分の中でわかっていた。終わりになるようなものを書こうと思って頑張って書いたので、そういうことを意識したとき「じゃあ、そのあとはどうするの？」って思ったわけです。それで、「ああ、これはいよいよ創作をやってもいいんじゃないか」と思ったということと、いちばん大きな心理的な理由は、年齢ですね。僕、二日ぐらい前に五十六歳になったんですけど、五十五歳で「半睡」を書いたっていうことは、Y・Yが六十六歳で小説を書くことを決心したことと繋がっているんですよ。Y・Yは六十六歳のときに、八十八歳の老人が二十二歳のときのことを回想する話を書いた、という設定になっている。これはけっこう重要で、五十五歳のうちに小説家としてデビューしたかったという謎のこだわりがあった。それから「半睡」という小説は二〇二〇年の三月十一日に終わるのですが、Y・Yという作家が閏年に生まれたことはY・Yにとってすごく重要な意味を持っている。で、今年、閏年だったんですよ。それ以外にもいくつかの理由で、「半睡」を書いて発表するにはこのタイミングしかなかったんです。もしできなかったら、このアイデアは捨てるか、全面的に変えなければいけない、という。

倉 じゃあ、なんで批評家をやっているときに小説は書いちゃいけないと思うんですか？

佐 自分は批評対象の方が批評家よりも偉いんだと言ってきた。我々は常に後から遅れてやってくるんだ、と。何かの作品についての言説を生産するのが批評家で、本当に重要なのは作品の方なんだ、と。作品についての言説という大前提を絶対に忘れちゃ駄目で、対象を利用して自分を表現するとか、そういうのはとても卑しいことなんだ、などと批評家として何度も言ってきた。だからたぶん、自分が批評家のままで両方やるのは、倫理的に駄目だと思った。でも年齢を重ねて、もうあとそんなに長くは生きないだろうと思ったときに、批評家としては三十年ぐらいいろんなことをやってきて満足できたし、たぶん今後も、これまでと同じように仕事ができるだろうって思ったときに、じゃあそれをやめることができるとしたら今しかないと思ったんです。今年は五冊も本が出るんだけど、どんどん出るのは、今までやってきたことを全部まとめてしまいたい、ということ。「半睡」は一作目だけど、この後も小説は書くつもりだし、小説以外の創作もしようと思っている。「晩年に向けて俺は大きく変わるよ」みたいな気持ちになった途端にコロナで変な感じになってしまったけど。でも、これは三年ぐらい前から考えて、いろんなことを総合的に計画して進めてきたことなんですよ。今年に入って「ことばと」の編集長になって、「半睡」を発表して、批評家をやめる宣言をして、というのは全部前から決めていたことで、それを一個一個やっていっているわけだけど、コロナだけはもちろん予想できなかったから、それでいろいろな計画に変更を強いられている感じはある。でも自分がした決断はよくよく考えた上でのことなので、この後どうなっていくかはわからないけれど、批評家として今まで書いてきたようなものを今後一切書かないわけではないし、もうすでにいろいろ引き受けたりしているんだけど、少なくともウエイトは創作の方にシフトしていきたいというのはあって。実際にどうなるかはわかりませんが、気持ちとしてはそういう感じです。何十年も物書きの仕事をしてきて、最後の第四コーナーは、今までやってこなかった、でもやりたかったのかもしれない、やれたかもしれないけどやってはこなかったことを、ともかくやってみようというのが、二〇二〇年の今の気持ちなんです。

倉 批評家としてのマインドと、編集者としてのマインドと、作家としてのマインドって違いますか。

佐 マインドは同じなんだけど、それは佐々木敦マインドでしかないと思うんです。ただ、小説は書けば書けるだろうと思って実際に書いてみたら書けたし、書いてみたらなんか違うっていう気持ちもなくはないし、自分でもよくわからないところはあるんだけど、切り替えみたいなことは、もともといろいろなことを同時にやっていたから。「半睡」だって去年の八月の終わりの頃から十二月の頭ぐらいまで書いていて、その間に何回も連載とか長い原稿の締め切りもあって、結局同時にパラレルで走らせていることでしかないから、切り替えは大変じゃなかった。僕は本当にパラレルで走らせるのが得意だから、並立分散処理型なので、だから変えたいと思った、というのはあるような気がする。

倉 ひとつの定点に絞ってみたいと思ったということです

か？

批評家的仕事はやるだけやった

佐 何かをやめる、ということをした方がいい、と考えるようになった。批評家的な仕事って、自分は評論家ではなくて批評家だ、みたいなことをずっと言ってきたわけで、それはただのこだわりに過ぎないんだけど、批評とか、批評家という言葉に込めている意味というのは、やっぱり自分なりに、特殊かもしれないけどけっこう強い気持ちがあったんです。それをやるだけやった、みたいな。この後は繰り返ししかないんじゃないかみたいな気持ちになった、というよりなってみようと思ったのかな。この本と前後して、工作舎から単発の長めの批評文を集めた『批評王』という分厚い本が出るんですけど、序文が「批評王の遺言」というタイトルなんです。批評王って勝手に名乗って、でももう退位しました、みたいな（笑）。自分は批評と呼んだ営み／と試みにすごくこだわってやってきたつもりだし、批評の塾みたいなものも十年やって、批評家の卵みたいな人たちを自分なりのやり方で世に送り出した責任もあるから、完全に終わりということではないけれど、これからは自分のことをやろうかなあ、と。このあとどれだけ生きられるかわからないので。

倉 一方で、佐々木さんが時評をやっている間に、亀山郁夫さんや陣野俊史さんなんかも評論の立場にいながら小説を発表していました。彼らの小説はどういう思いで読んでいたんですか。

佐 四方田犬彦さんとかもね。一概には言えないんだけど、人がやるのは全然いいし、読んで面白かったりするんだけど、自分がそれをやったらカッコ悪いと思っていたのかもしれない。とにかく僕は、さっきも言ったように、五年前でも六年前でも、ある長さの小説を書いてどこかの文芸誌に紛れ込ませることってできただろうと思う。でもそれはすごく嫌だった。書けば書けるし載りもするだろうというのがわかっているからこそ、それに乗りたくなかった、というのは自分としてはすごくありました。

倉 「半睡」に関しては、安藤礼二さんが「群像」の創作合評でかなりボリュームを割いて評していましたね。批判的ではあったけれど、私はあの評言は「愛があるNO」

だと思ったんですが。

佐　もちろん安藤さんは僕を批評家として認めてくれているからこそ、ああいう言い方になったのだと思います。

倉　安藤さんが書かれていたことは、佐々木さん自身はどう思われたんですか。

佐　安藤さんが僕に求めているもの、小説に求めているもの、文学に求めているものは、僕自身とはやっぱり違うなとは思った。批評家が書いた小説、そして批評として本当は書くことができたかもしれないことを小説の形で書いた小説という、安藤さんがあそこで開陳しているアングルは、作者の側からすると間違いだと言っておきたい。僕は本当に、あんなことを批評で書こうなんて思ったことはないし、あれは小説というかたちでなければやれないことに取り組んだつもりでした。でも本当に難しくて、あの小説って、批評的な方向で読まれても批評的な意味合いで批判されるし、実存的な方向で読まれても批判されるから、なんか困っちゃった部分はある。ただ、安藤さんだけではなく、創作を発表したときに、結局はやっぱり、批評家として長くやってきた佐々木敦が批評家卒業宣言をして初めて書いた小説、ということなわけじゃない。それからは逃れられないから、それをも織り込んだ小説を書いたつもりだったんだけど、織り込んだこと自体、また批判の俎上にのせられるっていうことだとは思った。どれだけ頑張っても、これは避けられなかったと思うから、ある意味しょうがないことだし、言ってみれば想定内だったとも言える。

倉　なるほど……。いや、自分が佐々木さんの立場だったら、と考えてみてもまったく想像ができないんですよ。例えば、非常に恐縮ですが私自身についていえば、大学院を出て短歌をやめて以来、評する側の立場にずっと立ってきて、創作したいという気持ちはもうカラッカラになってしまったというか。単純に自分の言葉に疲れてしまっているというのもあるかもしれないけれど、読めば読むほど作り手が厳然たる「他者」に見えてくるし、だからこそ自分の評が一定の客観的判断に基づいているとどうにかこうにか思えるのに、創作の側に回ったとたん、そういうものすべて台無しになってしまう気がして。

佐　これは本当に思うことなんだけど、いま倉本さんは創作意欲はカラッカラとおっしゃったけども、ところが十年後。書いてますよ。

倉　なんでですか（笑）。

佐　自分がそうだったから。僕は別に、ずっと小説書きたいのを我慢してたわけではなくて、あるときいわば天啓のように、書こうと思ったんです。今は、倉本さんは批評家、書評家としてやれることがいっぱいあるし、そこに生き甲斐もあるだろうし、次の目標とかもあるだろうから、そういうことになっているけれども、今後、倉本さんがどのような人生を歩まれるかわからないですけど、今のところ基本的にどんどんアドバンスで来ている人だと思うんです。一言でいうとイケイケだと（笑）。イケイケ状況は、この後もまだしばらく続いていくから、イケイケが止まって、止まったらどうするかっていう問題もありますよ。でも、本当の問題は、イケイケがずっと続いてしまったときにどうするのか、ということなんです。僕も、かなり特殊なやり方ですけどそれなりにイケイケで、自分のやりたいことを自分でやれるようにしてきたわけです。じゃあこの後も、たとえば「お前は今まで三十年やってきた、これから十年、二十年、死ぬまでこの感じでやっていけるよ」って神様が言ってくれたとして、さあどうするのかってことだと思うんですよね。それはもちろん、十年後に小説を書いているなんて予言をするのはあれだけど、でも、先のことはわからないよ、ということだと思うんです。それは僕も、「半睡」のアイデアを思いついたときには、本当に書くなんて思っていなかった。構想八年とかいうとなんかカッコいいんだけど、そういうことではなくて、書かなかったかもしれないけど何かの拍子に魔が差して書いてみようとなって、それはパワーがいったけど、そのせいで今、大きく変化する渦中になっている。それはやっぱり面白いことではある。倉本さんはまだそんなことを考える状況じゃないし、そんな年齢でもないと思うのですが、でもこれは本当にわからないよ、と。批評をやっていると、誰かから「だったらお前書いてみろ」みたいな悪罵を時として受けることがあるじゃないですか。音楽でも映画でも、作り手の方が偉いんだ、みたいなことを僕はしつこく言ってきた批評家なのだけど、でも作り手からそれを言われるとムカつくんだよね。

倉 あはははは。いや、私がイケイケうんぬんかどうかは別として、「だったらお前が書いてみろ」のいたたまれなさは評者にとってめちゃくちゃ切実ですね。

佐 だから「いや、書けるんですけど」っていうことも見せたくなったのかもしれない。遠からず小説の二作目もお目にかけたいと思っています。

倉 読める日を楽しみにしています。文学ムック「ことばと」を発刊したのもそういう天啓があったんですか。

佐 「ことばと」は、田島さんから話がなければやっていない、偶然です。だけど、タイミング的には、二年前の秋に田島さんからコンタクトがあって、「たべるのがおそい」の次を考えていて、編集長をやってくれないかと突然言われて、すごいびっくりしたけど、年二回だし、面白そうだからやってみようかな、みたいな感じで。そのときにはもうすでに、これから仕事の仕方を変えていきたいという気持ちがあったので、これは一つの新しいことになるなとは思ったんですよね。それは僥倖で、自分の中で「ことばと」をやらせてもらうことになったのと、小説を書いてみたっていうことは、二〇二〇年のものすごく大きな変化だった。それは偶然なんだけど、でも運命だよね、みたいな気持ちはあります。

倉 以前「エクス・ポ」という、かなり破天荒なカルチャー雑誌もつくっていましたよね。当時ともまた違うスタンスですか？

佐 やっぱり全然違いますよね。責任感も違うし、よその会社でやるわけなので。自分のところだったら全て自分の好きなように極端なことができるけど、それだけではないし、売れ行きとかも気になるし。自分のところで出すものの売れ行きが気にならないのもおかしいんだけど、うち（ＨＥＡＤＺ）はそういうやり方でずっとやってきちゃったので。ただ「ことばと」は、僕は文芸誌が大好きなので、だからこそ今ある文芸誌に足すものがあるとしたら、どういう傾向や磁場だったりするんだろうっていうことをよくよく考えてやっていきたいと思っています。何年できるかわからないけど、すごく楽しいし、創刊号も手応えがあった。僕はいろんな企画をすぐ思いついてしまうので、昔から編集者っぽいと言われることが多くて。

倉　その流れで最後にちょっとツッコんでおきたいのですが、時評の中に「『騎士団長殺し』論バトルロワイヤル状態」という文言が出てくる回があったじゃないですか。

佐　『騎士団長殺し』バトルロワイヤルで言いたかったのは「それで勝ったのは俺だ」ってことです（笑）。誰も言ってくれないから自分で言いました。

倉　自白ありがとうございます（笑）。要するに、一つのコンテンツをしがみ倒したらそのコンテンツだけじゃなくメディア自体も寿命を早めるんじゃないか、みたいなニュアンスだったと思うんですけど。実際、文芸誌側がみんなで一斉に仕掛けた挙句、すくなくとも想像したほどには『騎士団長殺し』が売れなかった。

佐　そうね。たぶんそれは『騎士団長殺し』だけではなく、結局全部インフレなんだと思うんですよ。それは文学だけではないけど、何かが成功するとその成功モデルをみんなすぐにやろうとするから、柳の下にドジョウが何匹みたいな話で。だから僕は、あまりにも売れたらよくないと思うんです。文芸誌は、変に売れるとずっと売れ続けないといけなくなってしまう。

倉　手段と目的が逆転しちゃうと。

佐　極端に売れちゃうと、次の号は売れなかったね、と言われてしまう。騙し騙しちょっとずつ売れていくような方法がないのかなと思うんですけど、なかなかそれが難しいのも確か。僕は今年の三月以降、文芸時評をやめて文芸誌を全部読まなくてもいい生活に慣れてきた昨今ですけど、やっぱり新しい号が出揃うと、「おお、こう来たか」となるわけです。本当は「群像」のリニューアルとかめちゃくちゃ言いたいことはあるんだけど。

倉　それはネガティブな意味合いで？

佐　いや、全然ネガティブではないけど、明らかに「群像」は文芸誌じゃなくなろうとしている。はっきりそう思っていると思う。半分ぐらい、ひょっとしたら半分以上は昔の論壇誌みたいな機能を持たせようとしているのではないか。それは雑誌のサヴァイヴのあり方としては興味深いことなんだけど、そういうことをやると間違いなく文学的な要素は肩身が狭くなるから、最終的にはそれが自分の首を絞めることになるんじゃないか、と心配もしてしまう。この対話の最後にふさわしいと思うので僕の方からも聞きたいんですけど、倉本さんは文芸時評をやってきて、向こう五年のあいだに今ある文芸誌のどれかが終刊になる可能性ってどれぐらいあると思いますか。

倉 さすがに五年はもつと思うんですよ。

佐 じゃあ十年だったら？

倉 う、十年かあ……。

佐 なんかごめんなさい（笑）。でもこれってね、十年前にタイムスリップして同じ話をしたら、やっぱり「十年かあ」ってなってたと思うんです。でも今まだ文芸誌はありますよね。だからまあわからないんだけど、でもずっとこのままだよねということだけじゃない観測だってもちろんあるので、ちょっとうかがいたかったんですよね。僕は五年以内に、一誌ぐらいなくなる可能性はけっして低くはないと思っています。そこは実はすごく悲観している。だからそうならないように、どういうふうに自分が少しでも役割を果たせるか、という気持ちが全然ないわけではない。できることはあまりないかもしれませんが。

倉 そうですね……個人的には、かつての文芸誌が持っていたような権威や大きさはなくなってしまうとは思いますが、文芸誌としての機能は捨てないだろうと思います。

佐 そうね、だって文化事業、メセナだから。もう百年とか続いている雑誌を潰すことができる経営者ってなかなかいないと思うし。でも、紙をやめて電書化してしまうとか。だって中間小説誌ってどんどん電書に切り替えてるじゃないですか。以前一度「群像」が試してすぐやめてしまったけど、電子書籍になっていく可能性はゼロではないと思います。

倉 例えば集英社なんかだと「少年ジャンプ＋」という、ウェブ上で漫画作品を無料公開する、わりと実験的なサイトで成功しているケースとかがありますね。そういうノウハウみたいなものがないところは逆にヤバイかも。

佐 ああ、なるほどね。講談社も電子書籍には力を入れている。僕はやっぱり「群像」がいちばん早いんじゃないか、と。すでに電書で記事のバラ売りも始めているし。でも今から思えば、二〇一〇年代も大きな変化っていろいろあったけれども、それでもなくなった雑誌があるわけではないし、それこそテン年代の後半には「ことばと」の前身誌の「たべるのがおそい」を含めて、地方出版社の文芸誌とかインディペンデントの文芸誌がどんどん出てきて、ちょっと新しい風が吹いてきたということもあるから、それはすごくいいことだし、だから悪い変化だけではないんだけど。二〇二〇年代も、けっこう大きくいろんなことが変わる可能性が僕はあると思っていて、それは別に文学の内側の問題というよりも、むしろもっと大きなコンテクスト、社会とか日本全体の問題の中で、やっぱりどうなっていくかわからないと思っているので、その中で自分は一人の書き手として、あるいは「ことばと」の編集長として何ができるのかみたいなことを、ある程度は戦略的な部分も含めて考えていきたいと思っています。倉本さんにも頑張ってほしいですし、またご一緒できることがあればぜひお願いしたいですね。

倉　さすが編集長、最後しっかりまとめましたね（笑）。

2020.7.10 ZOOM対談

倉本さおり（くらもと・さおり）

書評家／ライター。共同通信文芸時評「デザインする文学」、文藝「はばたけ！くらもと偏愛編集室」、週刊新潮「ベストセラー街道をゆく！」等のコラムを連載中のほか、小説トリッパー、小説すばる、ダ・ヴィンチにてブックレビュー欄を担当中。毎日新聞文芸時評「私のおすすめ」(2019)、文學界新人小説月評(2018)、週刊読書人文芸時評(2015)。TBS「文化系トークラジオ Life」サブパーソナリティも務める。

あとがき

「絶対安全」から「絶体絶命」へ？

本書ははじめ『たぶん最後の文芸時評』という題名になるはずだった。新聞三社連合（中日新聞、東京新聞、北海道新聞、西日本新聞）で、ちょうど五年間担当させていただいた文芸時評をまとめたこの本が、批評家としての私の最後の文芸時評になるので、それをそのままタイトルに据えるつもりだったのだ。

だが、その後ちょっと考え直して、私の最初の文芸時評本が『絶対安全文芸批評』という題名だったので、ある種の円環を閉じるような気分で、いささか不穏ではあるが『絶対絶命文芸時評』とすることにした。「絶対安全」から「絶体絶命」へ、という変化は、私自身のことでもあるが、文芸時評乃至文芸批評という営みそのもののことでもある。いや、もしかしたら「絶体絶命」も超えちゃってるのかもしれないな、とも思う。危機だ危機だ、とやたらと触れ回るのも狼少年めくし芸が無いと思うが、むしろ今なお文芸時評乃至文芸批評が完全に滅び去ることなく延命し続けているように見えること自体が、僥倖というべきか、何かのまちがいであるような気さえしているのは、私だけではないだろう。

二〇〇八年に単行本が出版された『絶対安全文芸批評』(私にとって初めての「文芸批評」の本だった)と、その翌年に出した『文学拡張マニュアル』の二冊に収録したのは、雑誌「スタジオボイス」で勝手にやっていた文芸時評だった。その後、私は文芸誌で仕事をすることが増え、連載を基にした本も何冊か上梓してきたが、新聞の文芸時評は初の経験だった。依頼が来たときは驚いたものである。でも折角なのでやってみようと思った。気づけば五年が経過していた。インタビューでも語っているように、退任したのは自分の意志だったが、きりよく五年間になったのは偶然である。ちょうど二〇一〇年代の後半に相当するのも結果的にそうなったわけだが、テン年代後期の文学の定点観測的なドキュメントとして読むことも可能だと思う。五年間全六十回、それほど長くはないが、短くもない。実際、いろんなことがあった。私自身、読み直すまで忘れていたことも結構あった。

文芸時評をやるにあたっての私の方針は、とにかく愚直に(頑固に?)、なるべく小説を取り上げていこう、ということだった。文芸誌には小説以外にも色々な記事が載っている(私が書いてきた批評もそのひとつだ)。だが「文芸時評」というからには、まずは何を措いても「小説」を評さなくてはならないと私は考えた。文芸誌には文芸誌にしか載らないような、或る種の（この「或る種の」が問題なのだけど）小説が載っている。私はそれをとても興味深く、好ましいことだと考えている。だからこそ、本来「文芸時評」というものがそうであったところの役目に徹するべきだと思ったのだ。そのせいでいまいち地味で面白味に欠けるとか、大多数の新聞読者にスルーされることになったとしても、それはそれで仕方がない。私はそういう覚悟（？）をもって、丸五年、文芸誌を黙々と読み、せっせと文芸時評を書いた。通して読んでみたら、これがなかなか面白かったのだ。

　単行本を編むにあたって、時評をすべて収録したのは当然だが、いわばボーナストラックとして、今村夏子論と平成文学クロニクル、それに「文藝年鑑」で計四回担当した「文芸評論」の項目を併録した（年次が飛んでいるのは「文藝年鑑」は執筆者が二年毎に入れ替わるからである）。そして更に、いわばライナーノートとして、倉本さおりさんの聞き手による語り下ろしインタビューを収めた。彼女との対話によって、この本はより活き活きとしたものになったと思う。倉本さん、お忙しい中、ありがとうございました。

　私は今年（二〇二〇年）より、書肆侃侃房発行の文学ムック「ことばと」の編集長を務めているのだが、その縁により、本書も侃侃房から刊行される。編集を担当されたのは、社主でもある田島安江さんである。田島さん、お疲れさまでした。そして今後ともよろしくお願いします。

　文芸時評乃至文芸批評への私なりのこだわりにかんしては、やはり語り下ろしの中で大いに喋っているので、詳しくはそちらをお読みいただきたい。そこでも言ってることだが、私はかなり強い意味での「文芸誌存続論者」である。それは「文学存続論者」と言うのと同じことである（たとえ「文学」が如何なる意味であろうと）。月々のお務めからは（自ら）解放されたが、私は今後も毎号、文芸誌を読み続けることだろう。それは「文学」に付き合い続ける、と言うのと同じことである。

二〇二〇年八月十日

佐々木敦

発表紙誌一覧

文芸時評　2015-2020
中日新聞、東京新聞、北海道新聞、西日本新聞
（２０１５年４月〜２０２０年３月）

「あたらしい小説」のために　今村夏子論
小説トリッパー　２０１９年秋号

私的平成文学クロニクル
すばる２０１９年５月号

文芸評論　2013・2014・2018・2019
文藝年鑑　２０１４　日本文藝家協会編　新潮社
文藝年鑑　２０１５　日本文藝家協会編　新潮社
文藝年鑑　２０１９　日本文藝家協会編　新潮社
文藝年鑑　２０２０　日本文藝家協会編　新潮社

佐々木敦（ささき・あつし）
一九六四年名古屋市生まれ。ＨＥＡＤＺ主宰。文学ムック「ことばと」編集長。芸術文化の複数の分野で活動。執筆した論考、著書とも多数。広義の文芸評論の著作として『絶対安全文芸批評』『批評時空間』『文学拡張マニュアル』『小説家の饒舌』『批評時空間』『シチュエーションズ』『あなたは今、この文章を読んでいる。』『ニッポンの文学』『例外小説論』『筒井康隆入門』『新しい小説のために』『「小説家」の二〇年「小説」の一〇〇〇年』『私は小説である』『これは小説ではない』がある。
本書と同時期に、過去十数年の単行本未収録批評を集成した『批評王』が刊行された。

絶体絶命文芸時評

二〇二〇年九月十七日　第一版第一刷発行
二〇二〇年十月十五日　第一版第二刷発行

著者　佐々木敦
発行者　田島安江
発行所　株式会社 書肆侃侃房（しょしかんかんぼう）
〒八一〇-〇〇四一
福岡市中央区大名二-八-十八-五〇一
ＴＥＬ　〇九二-七三五-二八〇二
ＦＡＸ　〇九二-七三五-二七九二
http://www.kankanbou.com
info@kankanbou.com

編集　田島安江
ブックデザイン　成原亜美
カバー作品撮影　宮本和義（フュージョングラフィック）
ＤＴＰ　門前工房
印刷・製本　亜細亜印刷株式会社

ISBN978-4-86385-415-4 C0095